岩 波 文 庫

31-075-2

上　　　　　海

横 光 利 一 作

岩 波 書 店

目次

序

この作品は私の最初の長篇である。私はそのころ、今とは違って、先ず外界を視ることに精神を集中しなければならぬと思っていたので、この作品も、その企画の最終に現れたものであるから、人物よりもむしろ、自然を含む外界の運動体としての海港となって、上海が現れてしまった。昭和七年に私はこの作を改造社から出したが、今見ると、全篇最も力を尽した作品であるので、そのままにしておくには捨て切れぬ愛着を感じ、全篇を改竄することにした。幸い書物展望社の好意により、再び纏めることの出来たのを悦ばしく思う。この書をもって上海の決定版としたい。

横光利一

〔昭和十年〕

一

満潮になると河は膨《ふく》れて逆流した。測候所のシグナルが平和な風速を示して塔の上へ昇っていった。海関の尖塔が夜霧の中で煙り始めた。突堤に積み上げられた樽の上で、苦力《クリー》たちが湿って来た。鈍重な波のまにまに、破れた黒い帆が傾いてぎしぎし動き出した。白皙《はくせき》明敏な中古代の勇士のような顔をしている参木《さんき》は、街を廻ってバンドまで帰って来た。波打際のベンチにはロシヤ人の疲れた春婦たちが並んでいた。彼女らの黙々とした瞳の前で、潮に逆《さか》らった舢舨《サンパン》の青いランプがはてしなく廻っている。

「あんた、急ぐの。」

春婦の一人が首を参木の方へ振り向けて英語で訊ねた。彼は女の二重になった顎《あご》の皺《しわ》に白い斑点《はんてん》のあるのを見た。

「空《あ》いているのよ、ここは。」

参木は女と並んで坐ったまま黙っていた。灯を消して蝟集《いしゅう》しているモーターボートの首を連ねて、鎖で縛られた桟橋の黒い足が並んでいた。

「煙草《たばこ》。」と女はいった。

参木は煙草を出した。

「毎晩ここかい。」

「ええ。」

「もうお金もないと見えるな。」

「お金もないし、お国もないわ。」

「それや、困ったの。」

霧が帆桁《ほげた》にからまりながら湯気のように流れて来た。女は煙草に火を点《つ》けた。石垣に縛られた船が波に揺れるたびごとに、舷名のローマ字を瓦斯燈《ガスとう》の光りに代る代る浮き上らせた。樽の上で賭博をしている支那人の首の中から、鈍い銅貨の音が聞えて来た。

「あんた、行かない。」

「今夜は駄目だよ。」

「つまんないわ。」

女は足を組み合わした。遠くの橋の上を馬車が一台通って行った。参木は時計を出して見た。甲谷《こうや》の来るのはもうすぐだった。彼は甲谷に宮子という踊子を一人紹介されるはずになっていた。甲谷はシンガポールの材木の中から、この濁った底知れぬ虚無の街の上海《シャンハイ》に妻を娶《めと》りに来たのである。濡れた菩提樹《ぼだいじゅ》の隙間から、縞《しま》を作った瓦斯燈の光りが、春婦たちの皺のよった靴先へ流れていた。すると、その縞の中で、ひと流れの霧が急がしそうに朦朧《もうろう》と動き始めた。

「帰ろうか。」と一人の女がいった。

春婦たちは立ち上ると鉄柵に添ってぞろぞろ歩いた。一番後になった若い女が、青ざめた眼でちらりと参木の方を振り返った。すると、参木は煙草を銜《くわ》えたまま、突然夢のような悲しさに襲《おそ》われた。競子が彼に別れを告げたとき、彼女のように彼を見降ろして行ってしまったからである。

春婦たちは船を繋《つな》いだ黒い縄を跨《また》ぎながら、樽の間へ消えてしまった。後には踏み潰《つぶ》されたバナナの皮が、濡れた羽毛と一緒に残っていた。突堤の先端に立っている警羅《けいら》の塔の入口から、長靴を履《は》いた二本の足が突き出ていた。参木は一人になるとベンチに凭《もた》れながら古里《ふるさと》の母のことを考えた。その苦労を続けてなおますます優しい手紙を書いて来る母のことを。——彼はもう十年日本へ帰ったことがない。その間、彼は銀行の格子《こうし》の中で、専務の食った預金の穴をペン先で縫わされていただけだった。彼は、忍耐とは、この生活の上で他人の不正を正しく見せ続ける努力にすぎぬということを知り始めた。そうして、彼はそれが馬鹿げたことだと思う以上に、いつの間にかだんだんと死の魅力に牽《ひ》かれていった。彼は一日に一度、冗談にせよ、必ず死の方法を考えた。それがもはや彼の生活の唯一の整理法であるかのように。彼は甲谷を摑《つか》まえて酒を飲むといつもいうのだ。

――お前は百万円摑んだとき、成功したと思うだろう。ところが俺は、首を縄で縛って、踏台を足で蹴りつけたとき、やったぞと思うんだ。――

彼は絶えずその真似《まね》だけはやって来た。しかし、彼の母が頭の中に浮び上るとまたその次の日も朝からズボンに足を突き込んで歩いていた。

――俺の生きているのは、孝行なのだ。俺の身体は親の身体だ、親の。俺は何《な》んにも知るものか。――

参木に許されていることは、事実、ただ時々古めかしい幼児のことを追想して涙を流すことだけだった。彼は泣くときに思うのである。

――えーい、ひとつ、ここらあたりで泣いてやれ。――

それから、彼はポケットへ両手を突き込んで各国人の自棄《やけ》糞《くそ》な馬鹿騒ぎを、祭りを見るように見に行くのだ。——

しかし、甲谷がシンガポールから来てからは、参木は久し振りに元気になった。甲谷と彼とは小学校時代からの友達だった。参木は甲谷の妹の競子を深く愛していた。しかし、甲谷がそれを知ったのは、競子が人妻になって後だった。甲谷はいった。

「馬鹿だね、君は、何《な》ぜ俺に一言それをいわなかったのだ。いったら、俺は。」

いったら甲谷は困るにちがいないと、参木は思って黙っていた。そして、今までひとりひそかに困っていたのは参木である。だが、彼は今は一切のことをあきらめてしまっている。——生活の騒ぎのことも、彼女のことも、日本のことも。ただ時々彼は海外から眺めていると、日本の着々として進歩する波動を身に感じて喜ぶことがあるだけだった。しかし、彼は最近、甲谷から競子の良人《おっと》が肺病で死にかかっているという消息を聞かされてからは、身体から釘が一本抜けたような自由さが感じられて来たのである。

二

崩れかけた煉瓦《れんが》の街。その狭い通りには、黒い着物を袖長《そでなが》に着た支那人の群れが、海底の昆布のようにぞろり満ちて淀んでいた。乞食らは小石を敷きつめた道の上に蹲《うずくま》っていた。彼らの頭の上の店頭には、魚の気胞や、血の滴《したた》った鯉の胴切りが下っている。そのまた横の果物屋には、マンゴやバナナが盛り上ったまま、鋪道の上まで溢れていた。果物屋の横には豚屋がある。皮を剝《む》かれた無数の豚は、爪を垂れ下げたまま、肉色の洞穴を造ってうす暗く窪《くぼ》んでいる。そのぎっしり詰った豚の壁の奥底からは、一点の白い時計の台盤だけが、眼のように光っていた。

この豚屋と果物屋との間から、トルコ風呂の看板のかかった家の入口までは、歪《ゆが》んだ煉瓦の柱に支えられた深い露路が続いている。参木と逢うべきはずの甲谷はトルコ風呂の湯気の中で、蓄音器を聴きながら、お柳《りゅう》に彼の脊中をマッサージさせていた。お柳は富豪の支那人の妾になりながら、この浴場の店主を兼ねた。勿論《もちろん》、お柳は客の浴室へ出入すべき身ではない。だが、彼女の好みにあった客を選ぶためには、番号のついたその幾つもの浴室を遊ばせておくことは不経済には相違ない。

お柳は客の浴室へ来るときは前からいつも、身体いっぱいに豊富な石鹸の泡を塗っていた。マッサージがすむと、主人は客の身体に石鹸を塗り始めた。——間もなく二人の首が、真面目な白い泡の中から浮き上るとお柳はいった。

「今夜はどちら。」

甲谷は参木と逢わねばならぬことを考えた。

「参木が突堤で待ってるのだが、もう幾時です。」

「そうね、でも、抛《ほ》っといたって、あの方こちらへいらっしゃるに違いないわ。それよりあなた、いつ頃シンガポールへお帰りになるの。」

「それは分らないんですよ。僕は材木会社の外交部にいるもんですから、こちらのフィリッピン材を蹴落してからでなくちゃ、と思っているんです。」

「じゃ、もう奥さまはお探しになりましたの。」

「いや、それは、まアそう急いだことじゃなし、――何も女房のことなんか、今ごろいわなくたって、良いでしょう。」

お柳の泡がいきなり甲谷の額に叩きつけられた。スイッチがひねられた。壁から吹き込む蒸気と一緒に蓄音器がベリーマインを歌い出した。それに合せて、甲谷は小きざみなステップを踏み始めた。すると、ゆっくり絞り出された石鹸の泡は、その中に包んだ肉体を清めながら、ぽたぽた白い花のように滴《したた》った。やがて、蒸気が浴室に溢れ出すと、一面長方形の真白な靄《もや》の中に、主人も客も茫々として見えなくなった。蒸気の中からお柳の声が聞えて来た。

「あなたに馬券分けようか。」

「もうプレミヤムがついてるんですか。」

「それや、つくさ。でも、負けてもいいわよ。」

「ああ、苦しい、一寸《ちょっと》そこの蒸気、とめてくれないかな。」

「だって、もういい加減に覚悟を定めるもんよ。ここじゃ誰だって、一度は死ぬほど苦しくなるんだから。」

そのまま、二人の声は切れてしまうと、蒸気《き》もぷつりととまってしまった。

三

参木は疲れながらトルコ風呂まで帰って来た。しかし、そのときはもう甲谷は参木に逢いに突堤へ行った後だった。参木は応接間のソファーに沈み込んだまま黙っていた。浴場の奥から湯女《ゆな》たちの笑う声と一緒に、ポルトギーズの猥雑の歌が聞えて来た。時々蒸気を抜く音が壁を震動させると、テーブルの上の真赤なチューリップが首を垂れたまま慄《ふる》えていた。一人の湯女が彼の傍へ近寄って来た。彼女は参木の横へ腰を降ろすと横目で彼の高く締った鼻を眺めていた。

「眠いのかい。」と参木は訊ねた。

女は両手で顔を隠して俯向《うつむ》いた。

「風呂は空いてるのかね。」

女が黙って頷《うなず》くと参木はいった。

「じゃ、ひとつ頼もう。」

参木は前からこの無口な女が好きであった。彼女の名はお杉《すぎ》という。お杉は参木が来ると、女たちの肩越しにいつも参木の顔をうっとり眺めているのが常であった。間もなく湯女たちが狭い廊下いっぱいに水々しい空気をたてて乱れて来た。

「まア、参木さん、しばらくね。」

参木はステッキの握りの上に顎《あご》を乗せたままじろりと女たちを見廻した。

「あなたの顔は、いつ見てもつまんなそうね。」と、一人がいった。

「それや、借金があるからさ。」

「だって借金なんか、誰でもあるわ。」

「それじゃ、風呂へでも入れて貰おう。」

女たちはぱっと崩れて笑い出した。そこへお杉が浴室の準備を整えて戻って来た。参木は浴室へ這入ると、寝椅子の上へ仰向けに長くなった。皮膚が湯気に浸って膨れて来た。彼はだんだんに眠くなると、ふとこのまま蒸気を出し放して眠ってみようと考えた。彼はスイッチをひねるとタオルを喰《くわ》えて眼を瞑《と》じた。身体が刻々に熱くなった。もしこのまま死ねたらとそう思うと、競子の顔が浮んで来た。債鬼の周章《あわ》てた顔がちらついた。惨忍な専務の顔が。――専務の食った預金の穴を知っているのは彼だけだった。間もなく銀行は停止を食《くら》うにちがいない。格子の中から見た無数の顔が、暴風のように渦巻くだろう。だが、駄目だ。何もかも、人間の皺《しわ》を製造するために出来てるのだ。――ドアーが開いた。誰でもいい。参木は眼を瞑《つむ》ったまま動かなかった。空気が幅広い圧力で動揺した。すると彼はいきなり、タオルで眼かくしをされていた。お柳だ。お柳なら、皺を延ばすのが商売だ。――

「お杉さん。」と参木は故意にお杉の名前をいってみた。

誰も彼には答えなかった。参木はやがてお柳が自分に擦《す》り寄るであろう誘いをお杉が自分にするものとして思いたかった。いや、それよりお柳に、自分がお杉と遊ぶ楽しみを知らせたかった。彼はまだ一度もお柳の誘いを赦したことがない。それ故お柳を怒らすことが、彼には彼女の慾情をますます華やかに感じることが出来そうに思われたのだ。彼は眼かくしをされたまま、にやにやしながら、両手を拡げて身の廻りを探ってみた。

「おい、お杉さん、逃げようたって逃さぬぞ。俺の手は蜘蛛《くも》みたいな手だから、用心してくれ。」

すると、彼の予想とは反対に、急にドアーが開いて誰か出て行く気配がした。この空虚な間に何事が起るのだろう。参木はしばらくじっとしたまま、空気に触れる皮膚に意識を集めていた。と、突然、ドアーの外で、荒々しい音がした。瞬間、彼の上へ突き飛ばされた女があった。すると、女は彼の足元で泣き始めた。お杉だ。――参木は起った事件の一切を了解した。彼はお柳に対して激しい怒りを感じて来た。だが、今怒り出しては、お杉が首になるのは分っていた。参木は自分でタオルを解くと、泣いているお杉の乱れた髪を眺めていた。彼はお杉に黙って浴室から出ると服を着た。それから、彼は別室へ這入ってお柳を呼んだ。お柳は笑いながら這入って来ると、白々しいとぼけた顔で彼にいった。

「まア、随分今夜は遅かったわね。」

「遅いは遅いが、しかし、さっきはどうしたんだ。」

「何が？」

「いや、あのお杉さ。」と参木はいった。

「あの子は駄目よ。意久地《いくじ》が無くって。」

「それで、僕にひっつけようていうんかい。」

「まア、そうしていただけれや、結構だわ。」

参木は自分の戯れが間もなく女一人の生活を奪うのだと気がついた。彼がお杉を救うためには、お柳に頭を下げねばならぬのだ。だが、彼がお柳に頭を下げたら、なお彼女はお杉を抛《ほう》り出すに定《きま》っているのだ。それなら、自分はどうすれば良いのだろう。参木は寝台の上からお柳の片手を持つと抱き寄せるようにしていった。

「おい、お柳さん、俺がこんなことをいうのは初めてだが、実は俺は、この間から死ぬことばかり考えていてね。」

「どうしてそんなに死にたいの。」とお柳はひやかすようにいった。

「どうしてって、まだ分らぬ柄でもないだろう。」

「だって、あたしゃ、死ぬ人のことなんか分んないさ。」

「これほど情けを籠《こ》めていいて、それにまだそういわれるようじゃ、もう俺も死ぬことも出来ぬじゃないか。いい加減に何んとか、しかるべくいいなさい。」

お柳は参木の肩を叩くといった。

「ふん、黙って聞いてたら、女殺しのようなことをいい出すわね。これじゃ、あたしだって死にたくなるわよ。」

お柳は立ち上ると部屋の中から出ようとした。参木はまたお柳の手を持った。

「おい、何んとかしてくれ。このまま行かれちゃ、俺は今夜は危いんだ。」

「いいよ、あんたなんか死んだって、くたばったって。」

「俺が死んだら、だいいちお前さんが困るじゃないか。」

「さアさア、馬鹿なことを言わないで、放してよ。今夜はあたしだって、死にたいのよ。」

お柳は参木の手を振り切って出ていった。彼はこの馬鹿げた形の狂いを感じると、お柳に対する怒《いかり》がますます輪をかけて嵩《こう》じて来た。彼は寝台の上へ倒れたまま、心をなだめるように、毛布の柔かな毛なみをそろりそろりと撫《な》でてみた。すると、またドアーが開いた。と、またお杉が突き飛ばされて転んで来た。お杉は倒れたまま顔も上げずに泣き始めた。参木は彼女の傍へ近よることが出来なかった。彼はただ寝台の上から、お杉の倒れた背中のひくひく微動するのを眺めていた。彼は生毛《うぶげ》の生えているお杉の首もとから、黒い金魚のようななまめかしさを感じて来た。彼はちかぢかとお杉の首を見ようとして降りていった。しかし、ふと彼は、お柳がどこからか覗いているのを嗅《か》ぎつけると、また首をひっ込めた。

「おい、お杉さん。こっちへ来なさい。」

彼はお杉の傍へ近よると彼女を抱きかかえて寝台の上へ連れて来た。お杉はすくみながら寝台の上へ乗せられても、まだ背中を参木に向けたまま泣き続けた。

「おい、おい、泣くな。」と参木はいうと、ひとり仰向きに寝ころんで、また楽しむようにお杉の顔を眺め始めた。

お杉は一寸参木の片手が肩へ触れると、「いやだいやだ。」というように身体を振った。が、彼女は寝台から降りようともせずに、袂《たもと》を顔にあてて泣き続けた。参木はお杉の片腕を撫でながら、

「さア、俺の話を聞くんだぜ。良いか、昔、昔、ある所に、王様とお姫さまとがありました。」

すると、お杉は急に激しく泣き出した。参木は起き上ると眉を顰《ひそ》めたまま、寝台から

足をぶらぶらさせて黙っていた。彼は天井に停《と ま》っている煽風機の羽根を眺めながら、どうして好きな女には、指一本触れることが出来ないのかと考えた。——これには何か、原理がある。——しばらく彼は小首をかしげながら、しゃくり上げるお杉の泣き声を聞いていたが、

「さて、俺の帽子はどこいった?」と見廻すと、そのまま部屋の外へ出ていった。

四

甲谷は突堤へ行ったが参木の姿は見えなかった。ただ掃除夫のうす汚れた赤い法被《はっぴ》が、霧の中でごそごそと動いているだけだった。しかし、なおよく見ると、菩提樹の下の真暗なベンチの上で、印度《インド》人の髯《ひげ》が幾つも鳥の巣のようにかたまって竦《すく》んでいた。彼は芝生の先端を歩いてみた。二つの河の流れの打ち合う波のうえで、大理石を積んだ小舟がゆるゆると波にもまれて廻っていた。甲谷はチューリップが円陣をつくって咲いている芝生の中まで歩いて来た。すると、突然、彼は自分の美しい容貌の変化を思い出した。彼はすぐ引き返すと、車を呼び寄せて宮子のいる踊場の方へ走らせた。

——もし宮子が結婚しないといえば、いや、何《な》に、そのときはそのときさ。——

踊場の周囲には建物がもたれ合って建っていた。蔦《つた》がその建物の割れ目から這いながら、窓の上まで蔽っていた。踊場では、ダンスガールのきりきり廻った袖の中から、アジヤ主義者の建築師、山口が甲谷を見付けて笑い出した。山口は甲谷がシンガポールへ行く前の遊び仲間の一人であった。甲谷は山口と向い合って坐るといった。

「実に久し振りだね。この頃は君どうだ。いつ見ても楽しそうな顔をしているのは、君の顔だよ。」

「それが、見た通りの醜態だがね。ああ、そうだ。参木にこの間逢ったら、君は嫁探しに来たっていったが、ほんとうかい。」山口は溢れるような微笑を湛《たた》えて甲谷を見上げた。

「うむ、嫁もついでに探していこうと思っちゃいるんだが、いいのがあるかね。あったら一つ頼みたいね。もっとも、君のセコンドハンドじゃ御免だぜ。」甲谷はにやにや笑いながらホールの中を見廻した。

「いや、ところが、それになかなか話せる奴がいるんだよ。オルガというロシヤ人だが、どうだひとつ。参木の奴にどうかと思ったのだが、あ奴《いつ》はああいうドン・キホーテで面白くなし、どうだ君は。——意志はないか。」と山口は真面目な顔で相談した。

「じゃ君にはもう意志はなくなっているんだな、そのオルガというのには？」

「いや、それやある、しかし、ああいう女は他人のものにしとく方が、どうも面白味が多そうなんだよ。」

甲谷は山口の言葉を聞き流しながら、這入って来るときから探しつづけている宮子の姿をまた捜した。だが、宮子の姿はいつまでたっても見えなかった。

「しかし、僕の細君にして、それからまだ君が面目をほどこそうというんじゃ、それや、あんまり面白すぎるじゃないか。」

「いいじゃないか、細君なんかにしなけれや。倦《あ》きればまたそのときはそのときさ。まア、今はトウェンティ見当の月給で結構だよ。」

山口は肱《ひじ》をつきながら、甲谷のうろうろしつづける視線の方を自分も追った。外人たちがぼつりぼつりとホールの中へ這入って来た。

「ときに話は違うが、古屋の奴はどうしている。」と甲谷は訊ねた。

「ああ、古屋か、あの男は芸者の細君を月賦で買っては変えてるよ。」

「まだここらにいるのかね。」

「うむ、いる。前の細君だってまだ全額払込《はらいこみ》にはなっていないんだのに、また次のが、これが月賦だ。」

「御橋《みはし》はどうした。」

「御橋も達者だ。しかし、先生、どうもあんまり妾《めかけ》を大切にするのでつき合い難《にく》いよ。あ奴《いつ》も参木のような馬鹿者だね。」

しかし、甲谷は山口の話を聞こうともせず、うつろな眼で宮子はどうした、宮子はどうした、と絶えず思いながらまた訊ねつづけていくのであった。

「ふむ、木村はどうした。」

「木村には先日一度逢ったかな。奴さん、相変らず競馬狂でね、いつだかロシヤ人の妾を六人大競馬に連れてって、負け出したのさ。ところが、あの男は振《ふる》ってる。負けたらその場で妾を一人ずつ売り飛ばすじゃないか。それですっかり負けちゃってね、その日に六人とも売っちゃって、まだお負けに上着からチョッキまで質に叩き込んで、さアてとか何んとかいって澄しているんだが、先生が妾を持つのは、まアあれは貯金をしているようなものなんだよ。俺もお陰でだいぶん迷惑をさせられたが、オルガという女も、つまり、木村から処分されて来たもんさ。」

しかし、甲谷は別段面白くもなさそうに、「君はこのごろどうしているんだ。」としばらくたってまた訊ねた。

「俺か、俺はこの頃は建築屋はそっちのけで、死人拾いという奴をやっている。此奴《こいつ》は骨の折れる商売だが、なかなか文化に有益な商売でね。一度俺と一緒について来ないか。面白い所を見せてやるよ。」

「それや、どういうことをするんだね。つまり死人の売買か。」と甲谷は訊ねた。

「いや、そんな野蛮なもんじゃないよ。支那人から死体を買い取って掃除をしてやるんだが、一人の死人で、生きてるロシア人の女を七人持てる、七人。それもロシアの貴族だぞ。」

どうだというように山口の唇は歪《ゆが》んでいた。この豪傑ならそれは平気なことにちがいない、と甲谷は思って踊りを見た。これはまた、うどんを捏《こ》ねているような踊《おどり》の隙から、楽手たちの自棄糞《やけくそ》なトランペットが振り廻されて光っていた。すると突然、山口は踊りの中の一人の典雅な支那婦人を見付けて囁いた。

「あッ、あれは芳秋蘭《ほうしゅうらん》だ。」

「芳秋蘭って、それや何んだ。」と甲谷は初めて大きな眼を光らせると山口の方へ首をよせた。

「あの女は共産党では、たいへんだ。君の兄貴の高重《たかしげ》君はあの女を知ってるよ。」

甲谷が振り返って芳秋蘭を見ようとすると、そこへ、細っそりと肉の緊《しま》った、智的な眼の二重に光る宮子が、二階から降りて来て甲谷の傍の椅子へ来た。

「今晩は、お静かだわね。」

「うむ、いま細君の話をしてるところだよ。」と甲谷はいって手を出した。

「まア、そう、じゃ、あたしあちらへ逃げてましょう。」

宮子は身を翻《ひるがえ》すように、ひらりと盆栽の棕櫚《しゅろ》を廻っていくと、甲谷はまた山口の方へ向き返った。

「それで、さっきの死人の話だが、何んだか少し込み入った話じゃないか。」

「死人か。まアまア、それより一踊りして来なさい。死人のことは後でもいいさ。」

「それじゃ、一寸失敬。」

甲谷は宮子に追いついて二人で組むと、踊《おどり》の群れの中へ流れていった。宮子は甲谷の肩に口をあてて囁《ささや》いた。

「今夜の足は重いわね。あたしはその人の重さで、何を考えてるのかっていうことが、まアだいたい分るのよ。」

「じゃ、僕は?」と甲谷は訊ねた。

「あなたは、奥様が見つかりそうよ。」

「左様。」

実は、甲谷は一人の死人と七人の妾について考えたのだ。——何んと奇怪な生活法ではないか。廃物利用の極意《ごくい》である。甲谷はその話を聞くまでは、激しく宮子と結婚したい希望をもっていた。だが、七人の女と一人の死人の価値とを聞いてからは、妻帯者の不幸ばかりが浮んで来てならぬのであった。踊がすむと甲谷は山口の傍へ戻って来た。

「君、さっきの死人の話をもう少し聞かしてくれよ。」

「まア、そう急がなくったって、死人はいつでもじっとしているよ。」

「ところが、貧乏だって、じっとしているさ。」と甲谷はいってまた宮子の方をちらりと見た。

「だって、君は貧乏しているようには見えんじゃないか。」

「いや、それや、僕も僕だが、それより参木の奴のことなんだよ。あ奴をもう少し何んとかしてやらないと、死んでしまう。」

「死ぬって、参木の奴が?」と山口は顎を突き出した。

「うむ、あ奴は近頃、死ぬことばかり考えておるのだ。」

「じゃ、俺に金儲けをさせてくれるようなもんじゃないか。」

甲谷は足をぱっと両方へ拡げると、身を揺り動かして大きな声で笑い出した。

「そうだ、あの男は、今に君に金儲けくらいはさすだろう。」

「それや、面白い。よし、そんならひとつ、参木を俺の会社の社長にしてやろう。」

甲谷は山口の豪傑笑いの中から、参木に対するいくらかの友情を嗅《か》ぎつけると喜び勇んで乗り出した。

「君の会社は何んというんだ。」

「いや、名前はまだだが、ひとつ、君から参木の奴に話してみてくれ。あ奴が死人になりたいなんて、それや、もって来いの商売だよ。」

「それで、その死人をどうする会社だ。」

「つまり、人間の骨をそのままの形で保存しとこうっていうんだ。これを輸出すると一人前が二百円になって来る。」

甲谷は二百円もする会社の材木の太さを考えながら、

「しかし、そんなに人間の骨が売れるのか。」と小声で訊ねた。

「君、医者に売るんだよ。医者ならそこは彼らの手先でどこへでも自由が効《き》くのさ。もともと僕だって、学術用に英国人の医者から頼まれたのが初まりなんだ。」

甲谷は参木が人間製造会社の支配人に納まっている所を想像した。すると、やがて、彼らしい幸福が、骸骨の踊りの中から舞い上って来るのではないかと思われた。

「それで踊りを見ていて、よく骸骨に見えないもんだね。」と甲谷は眉を吊《つ》り上げて笑った。

「それがこの頃困るんだ。俺の家の地下室は骸骨でいっぱいさ。生きてる人間を見ていても一番先に肋骨が見えてくる。とにかく君、人間という奴は誰でも障子みたいに骨があるんだと思うと、おかしくなるもんだよ。」

笑いながらアブサンを飲む大きな山口の唇が開きかかると、再びダンスが始まり出した。甲谷は立ち上って彼にいった。

「君、ひとつ踊って来るからね、そこから骸骨の踊りでも見ていてくれ。」

甲谷はまた宮子と組んで、モールの下で揺れ始めた男女の背中の中へ流れ込んだ。甲谷は宮子の冷たい耳元で囁《ささや》いた。

「君、今夜は宜《よろ》しく頼んでおきます。」

「何《な》に？」

「いや、何んでもないさ。いたって当り前のことだよ。」

「いやよ。風儀が悪いじゃないの。」

「だって、結婚しなけれやなお風儀が悪くなるさ。」

「もう、お饒舌《しゃべ》りしちゃ、塵埃《ごみ》を吸うわよ。」

しかし、甲谷は山口の眼がうす笑いを浮べて光っているのを見るたびに、いずれどちらも骸骨だと気がつくように、激しく宮子の脊中を人の背中で廻し始めるのであった。

そのとき、宮子は山口がしたように、急に甲谷の耳もとで小声でいった。

「あなた、ちょっと、あそこに芳秋蘭が来ているわ。」

甲谷は山口にいわれたまま忘れていた女のことを思い出して振り返った。だが芳秋蘭の姿はもう廻る人の輪の中に流れ込んで見えなかった。

「君、その芳秋蘭という女の方へ、僕をひっぱっていってみてくれないか。さっきも山口がその女の事をいってたが、何んだ。」

宮子は甲谷を引いて逆に流れの中を廻っていった。甲谷はあれかこれかと宮子の視線のままに首を廻わしているうちに、不意に背後の肩の中から、一対の支那の男女の顔が現れた。甲谷は吹かれたように眼を据えると宮子にいった。

「あれか。」

「そう。」

甲谷は宮子を今度は逆に引きながら、芳秋蘭の後から廻っていった。すると、くるくる廻るたびごとに、芳秋蘭の顔も舞いながら、男の肩の彼方から甲谷の方を覗いていた。甲谷はその美しい眼前の女性を、自分の兄の高重も知っているのだと思うと、かすかに微笑を送らずにはいられなかった。しかし、秋蘭の眼は澄み渡ったまま、甲谷の笑顔の前を平然と廻り続けて踊りが終《や》んだ。――歌余《かよ》舞い倦《う》みし時、嫣然《えんぜん》巧笑。去るに臨んで秋波一転――。甲谷は徐校濤《じょこうとう》の美人譜中の一句を思い浮べながら、宮子にティケットを手渡した。

「あの婦人は実に綺麗だ。珍らしい。」

「そうね。珍らしいわ。」

宮子のむッと膨れかかった口元を楽しげに眺めながら、甲谷は山口の傍へ戻って来るとまたいった。

「君、あの芳秋蘭という婦人は珍らしい。どうして君はあの女を知っているんだ?」

「僕は君、これでも君の知らぬ間にアジヤ主義者のオーソリチーになっているのだぜ。この上海で有名な支那人なら、たいていは知ってるさ。」山口は満面脂肪に漲《みなぎ》った顔を笑わせて秋蘭の方を見た。

「じゃ、僕は以後心を入れかえて君を尊敬するから、ひとつあの婦人を紹介してくれ。」

「いや、それは駄目だ。」と山口はいって手を上げた。

「どうしてだ。」

「だって、君を紹介するのは、日本の恥をさらすようなもんじゃないか。」

「しかし、君がもう代表して恥をさらしてくれているなら、何も僕が晒《さら》したってかまわぬだろう。」

山口は虚を突かれたように大げさに眼を見張った。

「ところが、それが、僕のはお柳の主人の銭石山《せんせきざん》に紹介されたんだからね。銭石山より、まだ僕の方がましだろう。」

「じゃ、今夜は思いとまるとしようかね。」

甲谷と山口が、片隅の芳秋蘭のテーブルの方へ視線を奪われて黙り始めると、それに代って、宮子を張り合う外人たちが、夜ごとの騒ぎを始めて快活に動き出した。山口は甲谷の腕を引くと、宮子の方を向きながらいった。

「おい甲谷、君はあの宮子が好きなんじゃないか。」

「そう、まア、見た通りの所だね。」

「ところがあれは、腕が凄いからやめなさい。あそこにいる外人は、見てるとみなあの女のいいなりだよ。」

「じゃ、君も一度は叩かれたことがあるんだな。」

「いや、あの女は、日本人なんか相手にしたら、お目にかからんよ。あれはスパイかも知れないぜ。」

「よろしい。」と甲谷はいうと、昂然と胸を反《そ》らした。

二人は煙草をとり上げて吸いながら、しばらく外人たちの宮子をからから会話に耳を傾けて黙っていた。

「あれは君、アメリカ人かい。」と、しばらくして甲谷は訊ねた。

「うむ、あれはパーマーシップビルヂングの社員が二人と、マーカンテイル・マリン・コンパニーが一人だ。ところが、今日はこれならまだ静《しず》かな方で、ときどき宮子を中心に、ここで欧洲大戦が始まることもあったりしてね。それが楽しみで、実はここへ来るんだが、あの女の本心だけは流石《さすが》の俺にも分らんね。」

山口はゆっくり首をめぐらせて、外人たちから芳秋蘭のいるテーブルの方へ向き返った。すると、「おッ」と彼はいって背を起すと、うろたえたように周囲をくるくる見廻しながら甲谷にいった。

「どこへ行った。芳秋蘭?」

甲谷はそれには返事も返さず黙って立ち上ると、山口を捨てていきなり表へ飛び出した。芳秋蘭の黄色な帽子の宝石が、街燈にきらめきながら車の上を揺れていった。甲谷は黄包車《ワンボウツ》を呼びとめると、すぐ帽子も冠《かぶ》らず彼女の後から追っていった。彼は車の上で上半身を前に延ばし、もっと走れ、もっと走れ、といいながら、頭の中では芳秋蘭を追いもせず、しきりにだんだん遠ざかっていく宮子の幻影を追っているのであった。

——あの女は、あれは素敵だ。あれが俺の嫁になれば、もう世の中は締《し》めたものだ。

ブリッジ形の秋蘭の鼻は、ときどき左右の店頭に向きながら、街路樹の葉蔭の間を貫いて辷《すべ》った。唾を吐いている乞食や、鋪道の上で銅貨を叩いている車夫や口の周囲を光らせながら料亭から出て来た客や、煙管《きせる》を喰《くわ》えて人の顔を見ている売卜者《ばいぼくしゃ》やらが、通りすぎる秋蘭の顔を振り返って眺めていた。甲谷は彼らがそんなに振り返り始めると、ふと忘れかけている秋蘭の美しさを、再び思い浮べて彼らのように新鮮になった。ひき緊《しま》った口もと、大きな黒い眼。鷺水《ろすい》式の前髪。胡蝶形の首飾。淡灰色の上着とスカート。――しかし、宮子は？　彼女の周囲では外人たちが競《きそ》って宮子の嗜好を研究し、伸縮自在な彼女の視線の流れを追い求め、彼女と踊る敵の度数を暗黙の中に数え合い、そうして、ますます宮子を高く彼らの肩の上へ祭り上げる方法ばかりをとっている。しかし、あの女をシンガポールへ連れていったら、美人の少いシンガポールの日本人たちは、ひっくり返って騒ぐだろう。

甲谷はふと気がつくと、秋蘭の車が、突然横から現われた水道自動車に喰い留められて停止した。すると、甲谷の車はその隙に割り込んで、秋蘭を追い抜くと同時に、自動車の側面に沿って辷り出した。甲谷の追って来た努力は、全くそこで停止させられねばならぬのだ。彼は振り返って秋蘭を見た。彼女は背広の青年を後に従えて、足を組み直しながら甲谷を見た。甲谷は彼女の顔から、一瞬、舞踏場の記憶を呼び起したかのごとき微動を感じた。しかし、甲谷の車夫は、並んだ自動車が急激に速度を出し始めると同時に、彼もまた一層速力を出して走り出した。秋蘭との距離がだんだん拡がっていった。

甲谷は再び振り返って秋蘭を見た。だが、そのときには、もう秋蘭の姿は見えなくて、アカシヤの花蔭に傾いた青い壁が、瓦斯燈の光りを受けながら蒼ざめて連っているのが眼についただけだった。

山口はもう甲谷の帰りが待ちくたびれて、ホールから外へ出た。金色の寝台の金具、家鴨《あひる》のぶつぶつした肌、切られた真赤な水慈姑《みずくわい》、青々と連った砂《さ》糖黍《とうきび》の光沢、女の沓《くつ》や両替屋の鉄窓。玉菜、マンゴ、蠟燭、乞食、——それらのひっ詰った街角で、彼はさてこれからどこへ行ったものやらと考えた。すると、トルコ風呂で背中をマッサージしてくれるたびに、いつも羞《はずか》しそうに頬を赭《あか》らめているお杉の顔が浮んで来た。数々の羞《はじ》を知らぬ放埒《ほうらつ》な女を見て来続けている山口には、お杉の滑らかに光った淡黒い皮膚や、睫《まつげ》毛の影にうるみを湛えた黒い眼や、かっちり緊《しま》った足や腕などは、忘れられた岩陰で、虫気もなくひとり成長していた若芽のように感じられた。

——しかし、待てよ、あの女を嗅《か》ぎつけてるのは、まさか俺だけじゃないだろう。

——

山口は早くお杉を見に行こうと急に思い立つと、立ち停《どま》って顔を上げた。すると、忽《たちま》ち、もう先《さっ》きから、街の隅々から彼の挙動を窺《うかが》っていた車夫の群が、殺到して来た。山口はうす笑いを洩《もら》しながら車夫の顔をずらりと見廻して、その一つに飛び乗った。

山口はトルコ風呂へ着くと誰も人のいない応接室へ這入り込んだ。じんじんと蒸気を出す壁の振動が、かすかに身体に響いて来た。彼はソファーへもたれて煙草を吸った。

しかし、前方の壁に嵌《はま》った鏡を見つけると彼は立ち上って口髭をひねくってみた。すると頭の上の時計の音から、ふと家に一人残しておいたオルガの姿が浮んで来た。オルガは昨夜、急に癲癇《てんかん》の発作を起して彼の手首に爪を立てたのだ。山口は手首の爪痕をカフスの中から出したり、引っ込めたりしてみているうちに、腹部を出して悶転《もんてん》しているオルガの反《そ》り返った咽喉《のど》が、お杉の咽喉に変って来た。

「おい。山口君。」

突然、開いたドアーの間から、甲谷の兄の長い高重の顔が現れた。山口は振り返って煙草を上げた。

「しばらくだね。さっきまで君の弟とサラセンで踊ってたんだが、あんまりあれは、上海へ置いとくといけないぜ。」

「じゃ、今夜弟はここへ来るんだな。僕はあ奴《いっ》をこないだから探してたんだが。」

「いや、それは分らんぞ。君の弟は俺をほったらかして、芳秋蘭の後からつけてったままなんだよ。どうも手も早けりゃ足も早いよ。」

「じゃ、秋蘭は踊場にいたのかい。」と高重は眼を見張った。

「うむ、いた。実は俺も後からつけてみようと思ってたんだが、おさきに君の弟にやられたよ。」

高重と山口はソファーへ並んだ。高重は突き出た淡い口髭の周囲をとがらせながら、黒い顔の中で、一層訝《いぶか》しそうに眉を顰《ひそ》めていった。

「秋蘭が今頃サラセンで踊ってるなんて、それはおかしいぞ。誰かいたか、傍にロシア人でもいなかったか。」

「いたね。一人若い男がついてたよ。」

高重は東洋紡績の工人係りで、芳秋蘭は彼の下に潜んでいる職女であった。その職女が日本人経営の踊場へ来ることに関して、高重の理解し兼ねていることは、早《は》や山口にも分るのであった。

「しかし、いずれ秋蘭だってスパイだろう。どこへだって現れるさ。」と山口はいった。

「ところが、僕の工場には今しきりにロシアの手が這入って来てるのでね。こ奴《やつ》にはたまらんのだ。いつ爆発するか分らんので、実はひやひやしているのだよ。手先の秋蘭は、どうも戦闘力が激しくってね。」

「ロシアか、あれは不思議な奴《やつ》だのう。わしにはあ奴《いつ》は分らんよ。」

山口はまた立ち上ると、鏡を覗き込みながら、

「どうです。高重さん、いっぱい今夜は？」

「よろしいですとも。」

「それじゃ、一つ。」

山口は好人物の坊主のような円顔を急にてかてか勢《きお》い込ませると廊下へ出た。彼はそこで、お杉をひと目と、急がしそうに湯女《ゆな》部屋を覗いてみた。そこにもお杉がいないと、今度は階段を二階の方へ三、四段上ってみて、人気のなさそうな気配を感じると、また浴場の中を覗き廻った。

「駄目、駄目、今日は思惑《おもわく》計画、一切手違いというところだ。」

「何をごそごそこで狙っているのだ。」と高重はいった。

山口は高重には答えずに、表へ出ようとすると、湯女の静江が這入って来た。彼女は山口を見ると、いきなりぴったりと彼の胸にくっつくように立ちはだかって、早口でい

った。

「あのね、今さきお杉さんが首になったのよ。お神さんが嫉《や》きもち焼いて、ほりだしてしまったの。あの子可哀想に、しくしく泣いて出ていったわ。」

「どこへいった?」山口は思わず外へ乗り出した。

「どこへって、それがあの人、行くとこなんかあれば誰も心配しやしないけど、そんなとこなんかないんですもの。」

山口は後から来る高重にかまわず、急いで三、四歩通りの方へ歩いていった。しかし、勿論《もちろん》、今頃からお杉の行先なんか探したって分ろうはずもないのに気がつくと、またくるりと廻って静江の傍へ引き返した。

「お杉の行先が知れたら、すぐ知らせてくれないか。分ったかい。」

彼は暗闇の方へ向き返って、五ドル紙幣を静江に握らせて、また高重の後を追って来た。

「どうも今夜は、金の要ることばかりだよ。」

「何んだ。お杉って?」

「いや、これがなかなか可憐な代物《しろもの》さ、甲谷が秋蘭を追っかけていきよったから、そんならこっちを一つと思ったら、風呂屋のお神が首を切って抛《ほう》り出したとこだというのさ。ひでえ野郎だ。」

高重は山口がお杉の家出で周章《あわ》て出したのを見ると、お杉とはどんな女だったのかと考えた。前に高重は妹の競子が娘の頃、彼女を山口にならやっても良いと思ったこともあったのだ。その頃は、山口も競子が好きで、彼女を包む沢山の男たち同様に、競子の後を暇さえあれば追いかけたのである。山口は大通へ出ると、霧の深まって来始めた左右の街を見廻しながらいった。

「これからサラセンへいっても良いが、まさか甲谷は、今頃まで俺を待ってる気遣いもなかろうね。」

「芳秋蘭を追っかけていったのなら、ひょっとしたら、奴、今頃はやられているかもしれないぜ。あの女はいつでもピストルを持ってるからな。」

「しかし、女に親切にして、撃《う》たれたという話はまだ聞かんよ。それより君はどうなんだ。あの秋蘭は素晴しい美人だが、毎日あの女を使っているくせに、まさか金仏《かなぶつ》でもないだろう。」

「ところが、あの女は大丈夫だ。僕はあの女の正体を、まだ知らないことにしてあるんだ。」

「それや、知ったら逃げられる恐れがあるからな。」

「冗談いっちゃ困るよ。僕はこれでも、今は日本を背負って立っているようなもんだからね。僕があの女に少しでも引かれちゃ、忽《たちま》ち工場は丸潰れだ。君のアジヤ主義も結構だが、もう少しは、われわれ国粋主義者の苦心も、考えてくれたって良いだろう。」

「国粋主義か、よく分った。それじゃ、いっぱい飲んでからひとつ今夜は議論をしよう。おい。」

と、山口はステッキを上げて黄包車《ワンボウツ》を呼びとめた。

五

お杉はその夜、参木が去るとお柳に呼ばれて首を切られた。これは参木が早くも寝台の上で予想したほども、確かな心理の現れを形の上で示しただけであった。お杉はしばらく事件の性質が、無論何んのことだか分らなかった。彼女はトルコ風呂の入口から出て来ると、明日からもう再びここへ来ることが出来ぬのだと知り始めた。彼女は露地を出ると、鋪道に閉め出された黄包車《ワンボウツ》の車輪の傍を通り、また露路の中へ這入っていった。

露路の中には、霧にからまった円い柱が廻廊のように並んでいた。暗い中から、耳輪の脱《と》れかかった老婆が咳きをしながら歩いて来た。お杉は柱の数を算《かぞ》えるように、泣いては停り、泣いては停った。彼女は露路を抜けると裏街を流れている泥溝《どろどぶ》に添ってまた歩いた。泥溝の水面には真黒な泡がぶくりぶくりと上っていた。その泥溝を包んだ漆喰《しっくい》の剝《は》げかかった横腹で、青みどろが静に水面の油を舐《な》めていた。

お杉は参木の下宿の下まで来ると、火の消えた二階の窓を仰いでみた。彼女はここまで、もう一度参木の顔をただ漫然と眺めに来たのである。それから——彼女はそれからのことは、ただ泣く以外には知らなかった。お杉は漆喰の欄干にもたれたまま片手で額を圧《おさ》えていた。彼女の傍には、豚の骨や吐き出された砂糖黍の嚙み粕《かす》の中から瓦斯燈《ガスとう》が傾いて立っていた。彼女は多分その瓦斯燈の光りが消えて、参木の部屋の窓が開くまで動かぬだろう。彼女の見ている泥溝の上では、その間にも、泡の吹き出す黒い芥《あくた》が徐々に寄り合いながら一つの島を築いていた。その島の真中には、雛の黄色い死骸が猫の膨れた死骸と一緒に首を寄せ、腹を見せた便器や靴や菜っ葉が、じっとり積ったまま動かなかった。

夜が更けていった。屋根と屋根とを奥深く割っている泥溝の上から、霧が一層激しく流れて来た。お杉は欄干にもたれたまま、うとうとい眠りをし始めた。すると、急に彼女は靴音を聞いて眼を醒した。見ていると、霧に曇った人影が一人だんだん自分の方へ近づいて来た。お杉はその人影と眼を合した。

「お杉さんか。」と男はいった。

男は芳秋蘭を追ったあと、酔いながら踊場から踊場と追って、参木の所へ帰って来た甲谷であった。

「どうした。今頃、さア、上れ。」

甲谷はお杉の手を持つと引っ張りながら階段を上っていった。お杉は二階へ通されたが、参木の姿は見えなかった。甲谷は部屋の中で裸体になると、トルコ風呂に飛び込むように寝台に身を投げた。

「さア、お杉さん、参木はまだだぞ。僕は寝るよ。疲れた。君はそこらで寝ていてくれ。」

いったかと思うと、甲谷はもう眼を瞑《と》じて眠り出した。お杉はどうしたものやら分らぬので、寝台の下で甲谷の脱ぎ捨てた服を黙って畳んでいた。彼女が少し身を動かすと、男の匂いが部屋の中で波を立てた。お杉は部屋を片附けると、参木の愛用しているコルネットの銀の金具を恐《こわ》そうに撫でてみた。それから、本箱の中の分らぬ洋書の背中を眺めてみて、眠むそうな自分の顔がぼんやり硝子に映っているのを見つけると、思わず顔をひっこめてまた覗いた。彼女はしばらくはごとりと物音がしても「もしや参木が」というように身を起した。が、参木は二時が打っても帰らなかった。そのうち、彼女はいつの間にか、積まれた楽譜に身をよせたまま、波や魚や、群れよる子供の夢を見ながら眠っていった。——

ふとお杉は夜中におぼろげに眼が醒めた。すると、部屋の中は真暗になっていた。と、その暗の中で、彼女は自分の身体を抱きすくめて来る腕を感じた。お杉は苦しさに抵抗した。しかし、彼女の頭は、まだ子供の押し寄せて来る夢を見ながら、ますます身体に力を込めて逃げようとするのだった。

「あの、——駄目よ、駄目よ。」

彼女は何者にともなく、しきりに激しく声を立てようとした。しかし、声は咽喉《のど》につかえて出なかった。お杉は汗をびっしょりかきながら、立ち上ろうとして膝を立てた。そのとき、耳の傍で、男の声がしたと思うと、お杉ははッとして身体をとめた。彼女は甲谷の身体を感じたのだ。と、間もなく、お杉はぐるぐると舞い始めた闇の中で、頭と一緒にがっくり崩れおちる楽譜の音を聞きつけた。

翌朝お杉が眼を醒ますと、参木が甲谷と一つの寝台の上で眠っていた。お杉は昨夜の出来事を思い出した。すると、今まで自分を奪ったものは甲谷だとばかり思っていたのに、急に、それは参木ではないかと思い出した。しかし、それをどうして二人に訊《き》き正すことが出来るだろう。彼女は昨夜は、全く自分の眠さと真暗な闇の中で起ったことだけを、朧《おぼ》ろげに覚えているだけだった。お杉はしばらく、朝日の縞の中に浮いている二人の寝顔を見較べながら、首を傾けて立っていた。物売りの声が、露路の隅々にまで這入って来ると、花売りの声も混って来た。

「メークイホー、デーデホー、パーレーホッホ、パーレーホ。」

お杉は参木の服を壁にかけると湯を沸《わか》した。彼女は二人のうちの誰か起きたら、自分を今日からここへ置くように頼んでみようと考えた。だが、さてその二人の中の、誰に頼めばよいのか彼女には分らなかった。お杉は湯の沸く間、窓にもたれて下の小路を眺めていた。昨夜眺めた泥溝《どろどぶ》の上には、石炭を積んだ荷舟が、黒い帆を上げたまま停っていた。その舟の動かぬ舵や、道から露出した鉄管には、藁屑や沓下《くつした》や、果実の皮がひっかかって溜っていた。ぶくぶく出る無数の泡は、泥のように塊《かたま》りながら、その半面を朝日に光らせて狭い裏街の中を悠々と流れていった。お杉はそれらの泡を見ていると、欄干に投げかけている自分の身体が、人の売物になってぶらりと下っているように思われた。もしここから出て行けば、彼女はどこへ行って良いのか当《あて》がなかった。間もなく、あちこちの窓から泥溝へ向って塵埃《ごみ》が投げ込まれた。鶏の群は塵埃の舞い立つたびごとに、黄色い羽根を拡げてぱたぱたと裏塀の上を飛び廻った。湯が沸き出した頃になると、泥溝を挟んだ家々に、支那服の洗濯物がかかり始めた。物売りの籠に盛られたマンゴや白蘭花《パーレーホー》が、その洗濯物の下を見え隠れしながら曲っていった。

やがて、甲谷が起きてきた。彼はお杉に逢うとタオルを肩に投げかけていった。

「どうだ、眠られたか。」

次に参木が起きてくると、眠そうにお杉に笑いながらいった。

「どうした、昨夜は？」

しかし、お杉は誰にも黙って笑っていた。二人の背中が洗面所の方へ消えていくと、彼女は、そのどちらに自分が奪われているのかますます分らなくなって来るのであった。

六

参木はお杉を残したまま甲谷と一緒に家を出た。通りは朝の出勤時間で黄包車《ワンポウツ》の群れが、路いっぱいに河のように流れていた。二人はその黄包車の上に浮きながら人々と一緒に流れていった。二人はお杉に関しては、どちらも分り合っているように黙っていた。その実、参木は甲谷がお杉を連れて来たのにちがいないと思っていた。そうして甲谷は、参木がお杉を呼び出したのにちがいないと。

建物と建物の間から、またひと流れの黄包車が流れて来た。その流れが辻ごとに合すると、更に緊密して行く車に車夫たちの姿は見えなくなり、人々は波の上に半身を浮べた無言の群集となって、同じ速度で辷っていった。参木にはその群集の下に、さらに車を動かす一団の群集が潜んでいるようには見えなかった。彼は煉瓦の建物の岸壁に沿って、澎湃《ほうはい》として浮き流れるその各国人の華やかな波を眺めながら、誰か知人の顔が浮いていないかと探してみた。すると、後に浮いていたはずの甲谷が、彼と並んで流れて来た。

「おい、お杉はいったい、どうしたんだ。」と参木は初めて甲谷に訊《き》いた。

「じゃ、君も知らないのか。」

「じゃ、君が連れて帰ったんじゃないんだな。」

「馬鹿をいいなさい。俺が帰ったらお杉が戸口に立ってたんじゃないか。」

「ははア、じゃ、首を切られて行くとこがなかったんだ。」

参木は昨夜のお柳の見幕を思い出すと、お杉の災《わざわ》いがいよいよ自分に原因していることを感じて暗くなった。しかし、それにしても、お杉が自分の家から出て行こうとしない所が不思議であった。何か甲谷がお杉に釘を打つようなことをしたのではないか。この甲谷が昨夜お杉と一室にいたとすれば、そうだ、甲谷のことなら――。

彼は甲谷の顔を眺めてみた。その美しい才気走った眼の周囲から、参木はふと甲谷の妹の鏡子の容貌を感じ出した。すると、彼はお杉を傷つけたものが自分でなくして、自分の愛人の兄だということに、不満足な安らかさを覚えて来た。殊に、もうすぐ鏡子の良人が死ぬとすれば――。

「いったい、昨夜はどうしたんだ。」と甲谷は訊いた。

「昨夜か、昨夜は酔っぱらって露地の中で寝てたんだ。君は?」

「僕か、――僕は山口とサラセンで逢って、それから、芳秋蘭という女の後を追っかけた。」

市場から帰って来た一団の黄包車が、花や野菜を満載して流れて来た。参木と甲谷の周囲には、いつの間にか、薔薇や白菜が匂いを立てて揺れていた。それらの花や野菜は、建物の影を切り抜けるたびごとに、朝日を受けてさらさらと爽やかに光っていった。参木は思った。この葬式のような花の流れは、これは競子の良人の死んだ知らせではなかろうかと。すると、彼は、自分の不幸は他人の幸福を恨むが故だと気がついた。もし自分が競子の良人のように幸福であったなら、誰か自分のような不幸なものから、同様に自分の死ぬことを願われていたに相違ない。彼は、自分の周囲の人の流れを見廻した。その滔々《とうとう》として流れる壮快な生活の河を。どこに悲しみがあるのか。どこに幸福があるのか。墓場へ行っても、ただ悲しそうな言葉が瀟洒《しょうしゃ》として並んでいるだけではないか。だが、次の瞬間、これは朝日に面丁《めんてい》を叩かれている自分の感傷にちがいないと思うと、思わずにやりとせずにはおれなくなった。

七

参木が銀行の階段を登って行くと、甲谷はそのまま村松汽船会社へ車を走らせた。汽船会社は甲谷の会社の支配会社で、壮大な大建物の連った商業中心地帯の真中にあった。甲谷は車の上で、昨夜参木と食い違って追い合ったその結果が、お杉にあられもない行為をしてしまったことについて考えた。

――いや、しかしだ。まアまア、五円も包んでやれば、それでおしまいさ。良心か、何《な》にそんなことが必要なら、上海で身体をぶらぶらさせている不経済な奴があるものか。

――

これで甲谷の感想はしまいであった。その癖、彼は、参木からお杉を奪ってしまったということによって、自分の妹の愛人に迫っていた危難を、妹のために救ってやったという良心の誇りを感じて勇しくなっていた。

商業中心地帯へ這入ると、並列した銀行めがけて、為替《かわせ》仲買人の馬車の密集団が疾走していた。馬車は無数の礫《つぶて》を投げつけるような蹄《ひづめ》の音を、かつかつと巻き上げつつ、層層と連なりながら、大路小路を駆けて来た。この馬車を動かす蒙古馬の速力は、刻々ニューヨークとロンドンの為替相場を動かしているのである。馬車は時々車輪を浮き上らせると、軽快なヨットのように飛び上った。その上に乗っている仲買人たちは、ほとんど欧米人が占めていた。彼らは微笑と敏捷《びんしょう》との武器をもって、銀行から銀行を駆け廻るのだ。彼らの株の売買の差額は、時々刻々、東洋と西洋の活動力の源泉となって伸縮する。――甲谷は前から、この港のほとんど誰もの理想のように、この為替仲買人になるのが理想であった。

甲谷は村松汽船会社へ行く前にその附近にある金塊市場へ立ち寄って覗いてみた。市場はおりしも立ち合いの最中で、ごうごうと渦巻く人波が、ホールの中でもみ合っていた。立ち連った電話の壁のために、うす暗くなった場内の人波は、油汗ににじみながら、売りと買いとの二つの中心へ胸を押しつけ合って流れていた。その二つの中心は、絶えず傾いて叫びながら、反《そ》り返り、流動しつつ、円を描いては壁に突きあたり、再び押し戻しては、壁にはじかれて、ぐるぐると前後左右へ流れ続けた。しかし、周囲の壁や、連った椅子の上に盛り上っている観衆は、黙々として視線を眼下の渦の中心に投げていた。

「もう一年だ――もう一年たてば、俺は美事にここで、巨万の富を摑《つか》んでみせるぞ。」

と甲谷は思った。

彼は椅子の上からホールを見降ろしながら、これが一分ごとに、ロンドンとニューヨークの金塊相場に響きを与えつつあるものとは、どうしても思えなかった。彼は椅子から降りて一つの電話室を覗いてみた。送話器を頭から脱した青年が、ぐったりと腹部をへこませて、背部の電話のパイプのより塊《かたま》った壁にもたれながら煙草を吸って休んでいた。

村松汽船会社へ甲谷が着いたときは、十時であった。彼は広壮な事務部屋の中央を貫いて、腰から下が廊下になっている通路を通りながら、万遍なく左右の知った社員たちに会釈《えしゃく》を振り撒《ま》き、最後の部屋の木材課へ這入《はい》っていった。すると、シンガポールの本社から来ているべき旅費の代りに、彼宛に特電が這入っていた。

「市場益々《ますます》険悪。――倉庫材木充満す。腐敗の恐れあれば、満身貴下の活動を切望す。――」

見ると同時に、甲谷からは嫁探しの希望が消えてしまった。これでは旅費の請求さえ不可能にちがいない。間もなく早速帰れと命令が下るのは分っている。――甲谷はイギリス政府の護謨《ゴム》制限撤廃の声明が、今頃自分の嫁探しにこんなに早く、影響を及ぼそうとは考えなかった。勿論《もちろん》、彼には、アメリカへ返すイギリスの戦債が、前からシンガポールの錫《すず》と護謨との上で呼吸していたのは分っていた。だが、そのため、シンガポールの市場が恐慌し、材木が停止し、嫁探しまで延引しなければならぬ結果になろうとは

――。

「よしそれなら。」と甲谷は思った。彼は階段を降りて来た。乞食の子供が彼の後から横になって追っ駈けて来た。彼の頭には宮子もなかった。芳秋蘭もお杉もなかった。無論、乞食の子供にいたっては。ただ、彼にはフィリッピン材の逞《たくま》しい切れ目が間断なく浮んでいた。彼はその敵材を圧迫する戦法を考えた。――何故にシンガポールの材木は負け出したか。

――切れ目がいかぬ、切れ目が。――

事実、シンガポールのスマトラ材は、フィリッピン材に比べて、截断量が五寸程長かった。この五寸という空間の占有量は、それが支那人に対する歓心とはならず、運送船の吃水線《きっすいせん》を深めることに役立っただけだった。のみならず、陸上の倉庫へ突き衝《あた》り、運搬の時間を食らい、腐敗する上に於ては最も都合よき実物となって横たわり出したのだ。この虚に乗じて、フィリッピンは心理学より物理学を中心にして進んで来た。甲谷の戦法は、ここで変更せられねばならなかった。彼は先《ま》ず、材木会社を駈け廻り、その主流が支那人であるかなきかを確め、それに応じてその場で適宜の作戦を立てねばならぬのだ。彼はカラーを常に真白にし、服の折目を端正にして微笑を含み、本社の恐慌を歪《ゆが》まぬネクタイで縮め縛って下へ隠し、さて、すぐには切り込まず、悠々と相手の御機嫌だけを伺って引き上げねばならぬ、と考えた。すると、彼の後から、まだ乞食の子供がしつこく追っ駆けて来ているのに気がついた。

彼は戦闘心を養うために、河を登るフィリッピン材の勢力を眺めに突堤に添って歩いて見た。河の両側には空虚の小舟が、竿を戦のように縦横に立て連ねていた。そのどの船にも、襤褸《ぼろ》が旗のように下っていた。褐色の破れた帆をあげた伝馬船《てんません》が、港の方から、次ぎ次ぎに登って来た。棉花を積んだ船、落花生を満載した荷船、コークス、米、石炭、粘土、籐、鉄材、それらの間に交って、フィリッピン材の紅と白とのラウアンが、鴨緑江《おうりょくこう》材のケードルや、暹羅《シャム》材の紫檀《したん》と競いながら、従容《しょうよう》として昇って来た。しかし、甲谷の得意なシンガポールの材木は、花梨木《かりん》もタムブリアンも、ミラボーも、何《な》に一つとして見ることが出来なかった。

「これでは駄目だ、これでは。」

ふと見ると、上流から下って来た大きな筏《いかだ》が、その上に土を載《の》せ、野菜の畑を仕立てて流れていた。その周囲の水の上で、舢舨《サンパン》が虫のように舞い歩いた。真青なバナナを盛り上げた船が襤褸《ぼろ》と竿の中から、緑青《ろくしょう》のようににじみ出て来ると、橋の穹窿《きゅうりゅう》の中へ這入っていった。

すると突然、その橋の上で、一発の銃が鳴った。と、更に続いて連続した。橋の向うの赤色ロシアの領事館の窓ガラスが、輝きながら穴を開けた。見る間に、白衛兵の一隊が、橋の上から湧き上って抜刀した。彼らは喊声《かんせい》を上げつつ、領事館めがけて殺到した。窓から逆《さか》さまに人が落ちた。と、枳殻《からたち》の垣の中へ突き刺って、ぶらぶらすると、一転したと思うやいなや、河の中へ転がった。

館内ではしばらく銃声が続いていたが、間もなく、赤色の国旗が降ろされて白旗が高く昇り出した。見ていた群集の中から、欧米人の白い拍手が、波のように上った。続いて対岸から、建物の窓々から、船の中から、起りだした。甲谷は昨夜見た芳秋蘭の澄み渡った眼を思い描きながらも、「万歳、万歳、万歳。」と叫んで、彼らに和して手を打った。やがて、抜刀の一隊は自動車に飛び乗ると、群集の中を逃げていった。しかし、この出来事を見ていた支那の群集だけが、いつものことが、いつも起ったように起っただけだというように、騒がなかった。甲谷が穴の開いた領事館の前まで行ったときには、印度人の巡査に担《かつ》がれた負傷者の傍を、ロシアの春婦たちがイギリスの水兵と一緒に、煙草を吹かして通っていった。

八

参木の常緑銀行では、その日の閉鎖時間が真近《まぢか》くなると不穏な予言が蔓延した。それは、ある盗賊団の一団が常緑銀行の自動車のマークを知っていて、取引銀行への現金輸送の自動車を襲《おそ》うであろうという隠謀が、一人の行員の口から洩《も》れ始めたことから発生した。

参木はこの噂を耳にすると愉快になった。やがて現金輸送に従う者はなくなるだろう。すれば、専務が困るにちがいないと。そうして、それは、事実になった。現金輸送のときになると、突然輸送係りの者が辞職した。

銀行の内部は俄《にわか》に専務を中心にして緊張し始めた。専務は一同を特別室に集めると、賞金二十円を賭けて輸送係りを募集した。だが、勿論、生命より金銭を尊重する者は誰もなかった。何《な》ぜなら、この支那の海港は、生命を奪うことを茶碗を破《わ》ることと等しく思っている団体が、その無数の露路の奥底に、無数に潜んでいると幻想し得られるが故である。専務は更に五十円の賞与を賭けた。だが、依然として行く者は誰もなかった。五十円が百円に昇り出した。百円が百二十円に競《せ》り上った。が、かように上り出すと、まだどこまで上るか予想を許さぬ興味のために、誰も口を開かなかった。すると、参木は初めて口を開いて専務にいった。

「もうこうなれば、いくら賞与をかけても行くものはないと思いますから、こういう場合は、日頃の専務の御手腕に従って、専務自身が行かれるべきだと思います。」

「何《な》ぜだ。」と専務は質問した。

「それは専務が一番好く御承知のはずだと僕は思います。銀行にとって、現金輸送が不可能になったということは、最も専務がその責任を負って活動しなければならぬ時機だと思います。」

「君の意志はよく分った。」と専務はいうと片眼を大きく開きながら、指先きを椅子の上で敏捷に動かした。

「それで君は、僕がいなくなったら、この銀行がどうなるかということも、勿論知っているのだろうね。」と専務は訊ねた。

「それや、知らないこともありません。しかし、あなたがいなくなると仰有《おっしゃ》るのは、あなたが危害を加えられた場合のことを仰有るのだろうと思いますが、あなたが危害を受けられて悪いときなら、少なくとも他の者だって危害を受けて悪い場合にちがいありません。今の際は銀行の危急のときです。危急のときに専務が責任を他に転嫁させるということは、専務の資格がどこにあるか分らないと思います。殊にこの銀行でいつも一番利益を得られるものは、専務です。その専務が――。」

「よし、もう分った。」

専務は行員の沈黙のうちで、傲然として窓の外の風景を睨《にら》んでいた。参木はこの悪辣な専務が、自分を解雇することが出来ないのだと思うと、日頃の鬱憤を晴らしたように愉快になった。

「じゃ、参木君はもう帰ってくれ給え。」と専務はいった。

参木は黙って入口の方へ歩いた。が、入口のハンドルを握ると振り返った。

「僕は明日から来なくともいいんでしょうか。」

「それは、君の意志の自由にやり給え。」

「僕の意志だと、また出て来るかも知れませんが。」

「じゃ、なるべく遠慮するようにしてくれ給え。」

「承知しました。」

参木は銀行を出ると、やったなと思った。が、もし復讐《ふくしゅう》のために専務の預金の食い込みを吹聴《ふいちょう》するとすると、取付けを食うのは分っていた。だが、取付《とりつけ》を食って困るのは、銀行よりも預金者だった。しかし、いずれにしても、専務が自分の食い込みを、無価値な担保を有価値に見せかけて償《つぐな》っている以上、その欠損は早晩表面に現れるに違いなかった。しかし、その現れるまでの期間内に、まだどれだけの人々が預金をするか。この預金の量が、専務の食い込みを償うものとしたならば、預金者は救われるのだ。参木は河の岸で良心で復讐しようとして藻掻《もが》いている自分自身を発見した。これは明らかに、彼の敗北を物語っているのと同様だった。明日から、いよいよ饑餓が迫って来るだろう。

九

お杉は街から街を歩いて参木の家の方へ帰って来た。どこか自分を使う所がないかと、貼り紙の出ている壁を捜しながら。ふと彼女は露路の入口で売卜者《ばいぼくしゃ》を見つけると、その前で立ち停った。昨夜自分を奪ったものは、甲谷であろうか参木であろうかと、また彼女は迷い始めた。お杉の前で観《み》て貰っていた支那人の娘は壁にもたれて泣いていた。売卜者の横には、足のとれかかったテーブルの屋台の上に、豚の油が淡黄《うすきいろ》く半透明に盛り上って縮れていた。その縮れた豚の油は露路から流れて来る塵埃《ごみ》を吸いながら、遠くから伝わる荷車の響きや人の足音に絶えずぶるぶると慄《ふる》えていた。小さな子供がその脊の高さを丁度《ちょうど》テーブルの面まで延ばしながら、じっと慄えるうす黄色い油に鼻のさきをひっつけていつまでも眺めていた。その子の頭の上からは、剝《は》げかかった金看板がぞろりと下り、弾丸に削《けず》られた煉瓦の柱はポスターの剝げ痕《あと》で、張子《はりこ》のように歪《ゆが》んでいた。その横は錠前屋だ。店いっぱいに拡った錆《さ》びついた錠が、蔓《つる》のように天井まで這い上り、隣家の鳥屋に下った家鴨《あひる》の首と一緒になって露路の入口を包んでいる。間もなく、豚や鳥の油でぎらぎらしているその露路の入口から、阿片に青ざめた女たちが眼を鈍《にぶ》らせて蹌踉《そうろう》と現れた。彼女たちは売卜者を見ると、お杉の肩の上から重なって下のブリキの板を覗き込んだ。

ふとお杉は肩を叩かれて振り返った。すると、参木が彼女の後に立って笑っていた。お杉は一寸お辞儀をしたが耳を中心に彼女の顔がだんだん赭《あか》くなった。

「御飯を食べに行こう。」と参木はいって歩き出した。

お杉は参木の後から従って歩いた。もういつの間にか夜になっている街角では、湯を売る店頭の黒い壺から、ほのぼのとした湯気が鮮かに流れていた。そのとき、参木は後から肩を叩かれたので振り向くと、ロシア人の男の乞食が彼に手を出していった。

「君一文くれ給え。どうも革命にやられてね、行く所もなければ食う所もなし、困っているんだ。これじゃ、今にのたれ死にだ。君、一文恵んでくれ給え。」

「馬車にしようか。」と参木はお杉にいった。

お杉は小さな声で頷いた。馬車屋の前では、主婦が馬の口の傍で粥《かゆ》の立食いをやっていた。二人は古いロココ風の馬車に乗ると、ぼってりと重く湿《しめ》り出した夜の街の中を揺られていった。

参木はお杉に自分も首になったことを話そうかと思った。しかし、それではお杉を抛《ほう》り出すのと同じであった。お杉の失職の原因が彼にあるだけ、このことについては彼は黙っていなければならなかった。参木は愉快そうに見せかけながらお杉にいった。

「僕はあんたから何も聞かないが、多分首でも切られたんだろうね。」

「ええ。あなたがお帰りになってから、すぐ後で。」

「そう。じゃ、心配することはない。僕の所には、あんたがいたいだけいるがいい。」

お杉は黙って答えなかった。参木は彼女が何をいいたそうにもじもじしているのか分らなかった。だが、彼には、彼女が何をいい出そうと、今は何の感動も受けないであろうと思った。露路の裏の方でしきりに爆竹が鳴った。アメリカの水兵たちがステッキを振り上げて車夫を叩きながら、黄包車《ワンポウツ》に速力を与えていた。馬車が道の四角へ来ると、しばらくそこで停っていた。一方の道からは塵埃《ごみ》と一緒に豚の匂いが流れて来た。その反対の方からは、春婦たちがきらきらと胴を輝かせながら揺れ出て来た。またその一方の道からは、黄包車の素足の群れが乱れて来た。角の交通整理のスポットが展開すると、車輪や人波が真蒼《まっさお》な一直線の流れとなって、どよめき出した。参木の馬車は動き出した。と、スポットは忽《たちま》ち変って赤くなった。参木の行く手の磨かれた道路は、春婦の群れも車も家も、真赤な照明を浴びた血のような河となって浮き上った。

二人は馬車から降りるとまた人込の中を歩いた。立ったまま動かない人込みは、ただ唾を吐きながら饒舌《しゃべ》っていた。二人は旗亭の陶器の階段を昇って一室に納った。テーブルの上には、煙草の大きな葉が壺にささったまま、青々と垂れていた。

「どうだ、お杉さん。あんたは日本に帰りたいと思わんか。」

「ええ。」

「もっとも今から帰ったって、仕様がないね。」

参木は料理の来るまで、欄干にもたれて南瓜《かぼちゃ》の種を噛んでいた。彼は明日から、どうして生活をするのかまだ見当さえつかないのだ。だが、そうかといって日本に帰ればなお更だった。どこの国でも同じように、この支那の植民地へ集っている者は、本国へ帰れば、全く生活の方法がなくなってしまっていた。それ故ここでは、本国から生活を奪われた各国人の集団が、寄り合いつつ、全くここに落ち込んだが最後、性格を失った奇怪な人物の群れとなって、世界で類例のない独立国を造っていた。しかも、それぞれの人種は死に接した孤独に浸りながら、余りある土貨を吸い合う本国の吸盤となって生活しなければならぬのである。このためここでは、一人の肉体はいかに無為無職のものと雖も、ただ漫然といることでさえ、その肉体が空間を占めている以上、ロシヤ人を除いては愛国心の現れとなって活動しているのと同様であった。——参木はそれを思うと笑うのだ。事実、彼は、日本におれば、日本の食物をそれだけ減らすにちがいなかった。だが、彼が上海にいる以上、彼の肉体の占めている空間は、絶えず日本の領土となって流れているのであった。

——俺の身体は領土なんだ。この俺の身体もお杉の身体も。——

その二人が首を切られて、さて明日からどうしたら良いのかと考えているのである。参木は自分たちの周囲に流れて来ている旧ロシアの貴族のことを考えた。彼らの女は、各国人の男性の股から股をくぐって生活している。そうして男は、各国人の最下層の乞食となって。――参木は思った。

――それは彼らが悪いのだ。彼らは、自分の同胞を、股の下で生活させ、乞食をさせ続けて来たからだ。

人は、自分の股の下で生活し、自分の同胞の中で乞食をするよりも、他国人の股の下で生活し、他国人の間で乞食をする方が楽ではないか。――それならと参木は考えた。

――あのロシア人たちに、われわれは同情する必要は少しもない。

このような非情な、明確な論理の最後で、ふと参木は、お杉と自分が誰を困らせたことがあるだろうと考えた。すると、彼は、鬱《うつ》勃として揺れ出して来ている支那の思想のように、急に専務が憎むべき存在となって映り出した。だが、彼は自分の上役を憎むことが、ここでは彼自身の母国を憎んでいるのと同様な結果になるということについては忘れていた。然《しか》も、母国を認めずして上海でなし得る日本人の行動は、乞食と売春婦以外にはないのであった。

一〇

参木に老酒《ラオチュウ》の廻り出した頃になると、料理は半ば以上を過ぎていた。テーブルの上には、黄魚のぶよぶよした唇や、耳のような木耳《きくらげ》が箸もつけられずに残っていた。臓腑を抜いた家鴨《あひる》、豚の腎臓、蜂蜜の中に浸った鼠の子、林檎の揚げ物に竜顔の吸物、青蟹や帆立貝――参木は翡翠《ひすい》のような家鴨の卵に象牙の箸を突き刺して、小声で日本の歌を歌ってみた。

「どうだ、お杉さん、歌えよ、恥しいのかい。何に、帰りたい、馬鹿をいえ。」

参木はお杉を引き寄せると片肱を彼女の膝へつこうとした。すると、肱が脱《はず》れて、がくりとお杉の膝の上へ顎を落した。お杉は赤くなりながら、落ちかかろうとしている参木の顔をぶるぶる慄《ふる》える両膝で支えていた。湯気を立てて、とろりとしている鱶《ふか》の鰭《ひれ》が、無表情なボーイの捧げている皿の上で跳ね上ったまま、薄暗い糞壺《モード》を廻って運ばれて来た。参木は立ち上ると、欄干を摑《つか》んで下の通りを見降ろした。人込の中で黄包車《ワンボウツ》に乗った妓《おんな》が、刺繡した小さな沓《くつ》を青いランプの上に組み合せて揺れて来た。招牌《しょうはい》や幟《のぼり》を切り抜けて、彼女の首環の宝石が、どこまでも魚のように光っていった。参木は旗亭を出るとお杉と二人でしばらく歩いた。露路の口を通りかかるたびごとに、彼は春婦に肩を叩かれた。

「あなた、いらっしゃいよ。」

「いや、俺のはこっちだ。」と参木は後にいるお杉を指差した。

彼はふと、お杉もしまいに、このように露路の入口へ立つのではないかと思った。そして、自分は乞食になって、路の真中に坐っている。——しかし、彼は別に何の悲しみも感じなかった。参木はお杉の手を曳いて歩いた。足が乱れて時々お杉の肩にもたれかかった。

「おい、お杉さん、俺は明日から乞食になるかも知れないぜ。俺が乞食になったら、お杉さんはどうしてくれる。」

お杉は大きな眼で参木の支えになりながら笑っていた。銃を逆《さかさ》に担いだ印度人の巡査がお杉の顔を眺めていた。車座に蹲《しゃが》んだ裸体の車夫の群れが、天然痘の痕のあるうっとりとした顔を並べて、銅貨の面を見詰めていた。水の滴りそうな水慈姑《みずぐわい》が、真赤なまま、道路で油煙を立てているランプのホヤを取り巻いて積っていた。一人の支那人がふらりと参木の方へ近寄って来ると、写真を出した。

「どうです、十枚三円。」

写真は二人の胸の間に隠されたまま、怪しい姿を跳ね始めた。お杉は参木の肩越しに写真を見た。すると、彼女は急に顔をそむけて歩き出した。しばらくすると、参木は黙って彼女の後からついて来た。彼は年来の潔白が、一時に泥のように崩れ出すのを感じた。

「お杉さん。」と参木はいった。

お杉は赤くなったまま振り返った。が、またすぐ彼女は歩き出した。参木は前を行く彼女の身体に手が延びそうな危険を感じた。今夜は危い、今夜は、と彼は思った。

「お杉さん、今夜は一寸用事があるから、あんた一人、さきへ帰っていてくれないか。」

そういうと、彼は逆にくるりと廻って、悲しげに歩いていった。

そのとき、ふと彼は通りすがりの、女が女に見えぬ茶館へ上っていった。

広い堂内は交換局のように騒いでいた。その蒸《む》しつく空気の中で、笑婦の群れが、赤く割られた石榴《ざくろ》の実のように詰っていた。彼はテーブルの間を黙々として歩いてみた。押し襲《よ》せて来た女が、彼の肩からぶら下った。彼は群らがる女の胴と耳輪を、ぶら下った女の肩で押し割りながら進んでいった。彼の首の上で、腕時計が絡《から》み合った。擦り合う胴と胴との間で、南瓜《かぼちゃ》の皿が動いていた。

参木はこの無数の女に洗われるたびごとに、だんだん慾情が消えていった。彼は椅子へ腰を下ろすと煙草を吸った。テーブルの上に盛り上った女の群れが、しなしな揺れる天蓋のように、彼の顔を覗き込んだ。彼は銀貨を掌の上に乗せてみた。と、女の群れが、逆《さか》さまになって、彼の掌の上へ落ち込んで来た。彼は重なり合った女の下で、漬物のように扁平になりながらげらげら笑い出した。銀貨を探す女の手が、彼の胸の上で叩き合った。耳輪と耳輪がねじれ合った。彼は膝で女の胴を蹴りながら、宙に浮んできらきらしている沓《くつ》の間から首を出した。彼がようやく起き上ると、女たちは一つの穴へ首を突っ込むように、ばたばたしながら、椅子の足をひっ掻いていた。彼は銅貨を集った女たちの首の間へ流し込んだ。蜂のような腰の波が、一層激しく揺れ出した。彼は彼に絡《から》まった女たちを見捨てて、出口の方へ行こうとした。すると、また一団の新しい春婦の群れが、柱やテーブルの間から襲《おそ》って来た。彼は首を真直ぐに堅めながら、その尖角《とが》った肩先で女たちを跳ねのけ跳ねのけ進んでいった。彼の首は前後から女の腕に絡まれながらも、波を押しきる海獣のように強くなった。彼は女を引き摺《ず》る圧感で汗をかいた。彼は肩を泳ぐように乗り出しつつ、女の隙間をめがけて食い込んだ。だが、女の群れは、彼の身体から振り放されるたびごとに、新手を加えてたかって来た。彼は肱で縦横無尽に突きまくった。すると、突かれた女は踉《よ》ろけながら、また他の男の首に抱きついて運ばれていった。

参木は茶館を出ると水を探した。もう身体がぐったりと疲れていた。彼は再び自分を待ち受けているお杉の身体を思い出した。

「危い、危い。」と彼はうめくように呟《つぶや》いた。

彼は競子の良人《おっと》が死んでしまって、競子の顔を見るまでは、お杉の身体に触れてはならぬと思っていた。もし彼がお杉に触れたら、彼はお杉を妻にしてしまうに定《きま》っていると思うのだ。だが、それまで、いかなる整理法で身を清めて行くべきか。彼は何より古めかしい道徳を愛して来た。この支那で、性に対して古い道徳を愛することは、太陽のように新鮮な思想だと彼には思うことが出来るのだ。——

すると、参木は不意に肩を叩かれた。振り向くと、さっきの支那人がまた写真を持って彼の後に立っていた。

「どうです、十枚二円。」

参木はこの風のような支那人に恐怖を感じて睨《にら》んでいた。が、また彼はそのまま、黙って歩き出した。いま一度写真を見たらもう駄目だ。——彼はショウインドウの飾りつけを首を突き込むように見て歩いた。真赤な蠟燭の群れが天井から逆さに生えた歯のように下っていた。鏡に取り包まれた桃色の寝台。牢獄のような質屋の門。饂飩屋《うどんや》の饂飩の中に、牛の足が蹄《ひづめ》を上向けて刺さっていた。すると、また、彼は肩を叩かれた。

「どうです、十枚一円。」

瞬間、参木は閃めいた一つの思想に捉われて興奮した。

——人間は、真に人間に対して客観的になるためには、世人の繁殖運動を眼前に見詰めなければ、駄目である。——と。彼はしばらくして、追い込まれるように露路の中へ這入っていった。露路の奥には、阿片に慄えた女の群れがべったり壁にひっついて並んでいた。

一二

プラターンの花からは、花が吹雪のようにこぼれていた。宮子は甲谷に腕を持たれて歩いて来た。栗に似たひしゃげた安南《あんなん》兵が剣銃を連《つ》らねて並んでいた。その円いヘルメットの背後では、フランスの無線電信局が、火花を散らして青々と明滅した。宮子はミシェルの高雅な秋波《しゅうは》を回想しながら甲谷にいった。

「あたし、ここの電信局の技師さんと十三日間踊ったことがあったのよ。フランス人でミシェルっていうの。あたし、ミシェルは好きだったわ。どうしてるかしら、あの人。」

踊り場からようやく初めて二哩《マイル》も踊子を連れて来て、与えた花束の大きさを較べられては、甲谷とて発奮せずにはおられないのだ。

「今夜だけは静に取扱ってもらいたいもんだね。何しろこの頃は急がしくって、日記をつけている暇もろくろくないんだから。」

「あたしだってこの通り急がしいわよ。あなたはあたしを見ると、好きだ好きだと仰言《おっしゃ》るし、イタリア人はイタリア人で、あたしを放してくれないし、まア、何んでもいいわ。その日その日はなるだけ愉快に暮すのが一番だわ。」

「じゃ、今の所はイタリア人と競争かい。」と甲谷はいった。

「だって、あたしはこれでも、容子さんと競争なのよ。あのイタリア人はあたしと容子さんとをいらいらばかりさせてるの。だから、あたし、今度はアメリカ人とばっかり踊ってやるの。」

「道理で旗色はどうも悪いよ。」

宮子は毛皮の中で首を縮めて笑い出した。

「そうよ、だって、外国人はお客さんだわ。あなたなんか、少しはあたしたちと共謀して、外国人からお金をとらなきあ駄目じゃないの。こんなあたしや秋蘭さんなんか、いくら追い廻したって、始まりやしないわ。」

哲学は到る所から生《は》えていく。甲谷は日本人の色素のために、ここでも悲しまねばならぬのであった。彼は今まで、過去に堆積された女から賞讃され続けて来た理由はこうである。

──まア、あなたは外国人のようだわね。──

だが、宮子の前で外人らしさを外人と競争することは、甲谷にとっては不利であった。彼はもう十日間も宮子の踊場へ通って来た。だが、宮子の眼は、

「まア、日本人は、後にしてよ。」といつもいう。

この支那の海港の踊子の虚栄心は、いくたりの外人が切符を自分にばかり集めるかを計算し合うことである。そうして、宮子はこの計算では、常にナンバー・ワンの折紙をつけられているのであった。

甲谷は十日間の三分の一を、その自由なフランス語とドイツ語とで外人と張り合った。後の三分の一の力を、金と饒舌に注ぎ込んだ。しかし、この宮子の高ぶった誇りの穴へ

落ち込んだ日本人——甲谷が、宮子の誇りを無くするためには、彼はあまりに誇りすぎていたのである。甲谷はだんだん滅《ほろ》んで行く自信のために、今はますます宮子に手を延ばさずにはおれなかった。

微風に吹きつけられたプラターンの花の群れは、菩提樹の幹へ突きあたって廻っていた。その白い花々は三方から吹き寄せられると、芝生にひっかかりながら、小径の砂の上を華奢《きゃしゃ》な小猫のように転げていった。

「まアいやね、この先は真暗だわ。」と宮子は彼に寄りそっていった。

「大丈夫だよ、行こう。」

甲谷は公園の芝生を突き切ると光りの届かぬ繁みの方へ廻っていった。宮子はその繁みの向うに何があるのかまで知っていた。彼女はミシェルとそこで、池の傍で、過ぎた日曜のある日の晩、どうして二人が一時間の時間を忘れたかを覚えている。まア、何んと男は同じ所を好むのであろう。彼女はそこで、甲谷が何をするかをまで知っているのだった。——甲谷は宮子の回想を案内するかのように、水草の沈んだ池の傍まで歩いて来た。

「もうこのさきは駄目だわ。ここらあたりで帰りましょうよ。」と宮子はいった。

宮子はひとりで甲谷から放れると、ちらりと一叢の芽を出した灌木を眺めながら、門の方へ歩いていった。

甲谷は宮子の後姿を見詰めていた。彼は彼女の足を牽《ひ》きつけている者が、宮子を繞《めぐ》っている逞《たくま》しい外人の足の群れだと睨んでいる。だが、どうして日本人は、このようにも軽蔑されねばならぬのであろう。――甲谷は公園の門の前まで、自分の短い足を歎きつつ歩いて来た。しかし、彼はその門から前へ、公園の中へ、どうして支那人だけが這入ることを赦されてはいないのか考えるのはうるさいのだ。

枝を截《き》り払われた菩提樹の若葉の下で、宮子は瓦斯燈《ガスとう》の光りに濡れながら甲谷の近づくのを待っていた。

「瓦斯燈のある所なら、あたし、誰とでも仲良く出来るのよ。」

勝ち誇った華奢な宮子の微笑が、長く続いた青葉のトンネルの下を潜《くぐ》っていく。坦々砥《と》のように光った道。薔薇の垣根。腹を映して辷《すべ》る自動車。イルミネーションの牙城へと迫るアルハベット。甲谷はここまで来ると、再び彼がそのようにも負かされ続けた外国人たちの礼譲を、支那人ではないということを示さんがためばかりにさえも、重《おも》んじなければならぬのだった。彼は宮子の手をとるといった。

「これからカルトンまで歩いていこう。」

「あたし、パレス・ホテルへ行きたいの。」

今は甲谷は、池の傍でズボンの折目を乱さなかったという巧みさを誇るかのように快活になって来た。

「こうして手を組み出すと、まるで生活が明るくなるね。これや全く不思議だよ。」

「そりゃ、あたしたちは踊子だからよ。」

「しかし、君らはダンスをするのが目的なのか、それとも君らはまア――。」

「もう沢山。あたしたちが結婚すれば、堕落するのと同じなのよ。だから、もう結婚のお話だけはまっ平《ぴら》よ。それよりあなたなんか、秋蘭さんでも見てらっしゃればそれでいいじゃないの。」

「いや、僕らは君を追っかけては振り廻され、追っかけては振り廻されているのは、これやいったい、どうしたもんだろうって考えてるのさ。」

宮子は突然、甲谷に見られていない片頬に、鱗《うろこ》のような鮮明な嘲笑を揺るがせた。

「そりゃ、なかなかむつかしいわ。あなたは社交ダンスの踊り方を御存知ないのよ。いつでもあたしたち、女は男のするままの姿勢になって踊るべしっていわれてるんでしょう。だから、あたしのような踊子たちは、踊らないときだけでも自由に踊らなくちゃたまんないわよ。」

甲谷は矢継早《やつぎばや》に刺されながらも、なお鈍感らしい重みを鄭重に続ける必要を感じるのであった。何故なら、彼は、宮子に愛されることよりも、今はこの珍らしい光芒を持った女性の急所が、どこにあるのか見届けたかったからである。彼は一昨々夜、闇の中で黙々と彼に身を委ねたお杉のことを思い出した。あのお杉とこの宮子、そうして、あのお柳とあの支那婦人の芳秋蘭、――何《な》んと女の変化の種類も色とりどりなものではないか。甲谷はまだ参木に紹介しないこの宮子を、是非とも参木に――あの不可解なドン・キホーテに紹介してみたくてならぬのであった。

甲谷と宮子は、河岸のパレス・ホテルへ着くと、ロビーの椅子に向い合った。大伽藍のように壮麗な側壁、天空を摸《も》した高い天井、輝き渡った床と円柱、アフガンの厚ぼったい緋の絨氈《じゅうたん》。――誰も人影の見えない円柱と円柱との隙間の彼方で、押し黙った外人が二人、端整な姿でダイスをしていた。筒から投げられる骰子《さい》ころの音が、森閑とした大理石の間に木魂《こだま》を響かせつつころころと聞えて来ると、宮子はコンパクトを取り出していった。

「あなた、ここへもう直《じ》き、ドイツ人が逢いに来るのよ。そしたら、あなたはひとりで帰ってね。」

「何んだそれは、君の例の恋人か?」

「そう、まア、恋人ね。御免なさい。ちょっと今夜はいたずらがしたくって、あなたを煽《おだ》ててみたかったの。もう直き来てよ。」

甲谷はひと息呼吸を吸い込んだ。すると、宮子は笑いながらまたいった。

「だって、あたしは休日でしょう。休みの日には、せいぜい沢山、お客さんを喜ばせておかないと、休日にはならないわよ。つまり、今日があたしの本当の働き日なの。世間の人とは反対よ。」

「ドイツ人って、あのいつものフィルゼルとかいう甲虫《かぶとむし》か。」と甲谷はいった。

「ええ、そう、だけどあれでもアルゲマイネ・ゲゼルシャフトの錚々《そうそう》たる社員だわ。あの人とゼネラル・エレクトリックのクリーバーって社員とは、それやいつも熱心よ。あたし、今夜はフィルゼルと逢ったら、すぐクリーバーとも逢わなくちゃならないの。」

「じゃ、勿論《もちろん》、まだ帰りは分らんね。」

「それは駄目よ。まだまだそれからが大変なんだから。パーマスシップのルースとも一寸逢わなきアならないし、マリンのバースウィックとも逢わなきあならないし。ほんとに、あたし、今夜はやれやれというとこなの。」

甲谷は時計を見上げると立ち上った。

「それじゃ、僕はこれから、サラセンへいって、のんきにひと晩踊ってやろう。さようなら。」

「さようなら。後であたしも、誰かをつれて一緒にいくわ。」

一二

苦力《クリー》たちは寝静まった街の鋪道で眠っていた。塊《かたま》った彼らの肩の隙間では、襤褸《ぼろ》だけが風に靡《なび》いた植物のように動いていた。扉を立てた剝げ落ちた朱色の門の下で、眼の悪い犬が眠った乞食の袋を圧《おさ》えていた。ときどき鬱然《うつぜん》と押し重なった建物の中から、鋭く警官の銃身だけが浮きながら光って来た。参木はロシア人の娘を連れて山口の家まで帰らねばならなかった。彼は三日前にお杉を街でまいてから、今まで山口の家に泊っていたのである。彼はその間、山口の幾人かの女の中のこのオルガの淋しさを慰める命令を受けたのだ。

「この女は淋しがりやで、正直で、音楽が帝政時代みたいに好きなんだ。君が遊んでいるならしばらくよろしく頼んだよ。いや、何、その間は君に自由の権利を与えるよ。」

参木は明らかに山口から嘲弄されたのを知っていた。だが、彼は山口からアジヤ主義の講義で虐《いた》められるよりはこのオルガと音楽の話をしている方が愉快であった。

「よし、それならしばらく借りよう。その間に、君は僕の仕事を見つけておいてくれ給え。」

参木は三日間、ほとんどロシアの知事の生活と、チェホフとチャイコフスキーとボルシェビーキと日本と、カスピ海の腸詰の話とで暮して来た。しかし、ふと彼は家に残して来たお杉の処置を考えると、その場所とは不似合な憂鬱に落ち込んだ。

オルガは今も参木の顔が黙々として暗くなると、せき立てるように足を早めて英語でいった。

「駄目、駄目、あなたはどんな嬉しそうな時でも、悲しそうだわ。」

「いや、あなたは、日本人の表情をまだよく知っちゃいないんです。」

「嘘よ、あたしはちゃんと知ってるの。山口はあなたのことをいっていたわ。」

「山口なんか、何《なん》にも知りゃしませんよ。」

「嘘だわ。あたし、山口からいいつかっているの。あなたは死にたい死にたいといってる人なんだそうですから、なるたけ楽しそうにするようにって。」

「馬鹿な、僕はね、オルガさん、あなたは淋しがりやだから、よろしく頼むって山口からいわれてるんですよ。」

「まア、そう。山口も上手《うま》いのね。でも、あたしなんか、そりゃ初めは淋しかったわ。だけど、もうこうなればね。」

「それや、そうですよ。」

眠った街の底でオルガの顔の繊細な波だけが、波紋のように鮮やかに動いていた。アカシヤの葉に包まれた瓦斯燈には守宮《やもり》が両手を拡げて止っていた。火の消えたアーチの門。油に濡れた油屋の鉄格子。トンネルのような露路の中には、家ごとの取手の環が静かに一列に並んでいた。オルガは溜息《ためいき》をつくと鋪道の石線を見詰めながら寄って来た。

「ね、参木さん、隠しちゃいやよ、あの山口ね、あの山口には五人の女があるんでしょう。」

恐らく五人どころではないだろう。だが、参木はオルガを慰めなければならぬ命令を山口から受けているのだ。

「僕は山口のことについては、実は何も知らないし、山口だって僕のことは、何も知りゃしないのです。しかし、それや何かの間違いじゃありませんか。」

「あなたは、あたしのいうことがお分りにならないんだわ。山口が女を幾人持とうと、あたしには何んでもないの。ただね、あたし、あなたがもう少しあたしの傍にいて下されば、と思うのよ。」

参木はもう三日間、ブロークンな英語の整理に疲れていた。それに、このオルガの溜息に滴《したた》らす会話は初めてだった。

「オルガさんは、いつかバザロフのお話をなすったですね。あのツルゲネーフのバザロフの。」

「ええ、ええ、あの唯物主義者はボルシェビーキの前身ですわ。」

「ところが、あれが僕の現在なのですよ。」

「まア、あなたは、それじゃ、あたしたちがどんなに困らされたかということも、御存知ないのね。」

「いや、それは知っていますとも。しかし、バザロフはボルシェビーキじゃありませんよ。あれは唯物主義者でもない虚無主義者でもない、物理主義者なんです。これはロシア人にはよく分らないと思うんですが、一番よく知っているのは支那人です。支那人は唯物主義者の一歩進んだ物理主義者の集団です。」

「あたしには、あなたの仰《おっしゃ》ることが、分らない。」とオルガはいった。

――つまり、愛の言葉を聞きかけたら、わけの分らぬことをいうが良いという主義なんだ、と参木は思うと淋しくなった。オルガは一層しおれて歩き出した。街角の瓦斯燈の下では、青ざめた甃石《しきいし》の水溜りに、鉄の梯子《はしご》が映っていた。複合した暗い建物の下で、一軒の豆腐屋が戸を開けて起きていた。その屋根の下では、重々しく動く石臼の間から、この夜中に真白な粘液だけがひとりじくじくと鮮やかに流れていた。

「あーあ、あたし、モスコウへ帰りたい。」とオルガはいった。

一三

参木は山口の家へ着くと、自分の部屋に当てられた一室へ這入った。彼はひとりになって寝台の上へ仰向きに倒れると、急に東京の競子のことを思い出した。もし死にかかっている競子の良人《おっと》が死んでいる頃だとすれば、電報は彼女の兄の甲谷の所へ来ているにちがいなかった。が、その甲谷とはもう三日も逢わぬのだ。しかし、甲谷に逢うために家へ帰れば、家にはお杉が待ち伏せているに決っていた。

——この心の中に去来する幻影は、これはいったい何《な》んだろう。お杉、競子、お柳、オルガ。——ただ競子をひそかに秘めた愛人であったと思っていたばかりのために、絶えず押し寄せて来る女の群れを跳ねのけて進んでいるドン・キホーテ。——然《し》かも、競子の良人が死んだとしても、彼は競子と結婚出来るかどうかさえ分らないのだった。いや、それより、彼は今は自分の職業さえ失っているのである。

そのとき、今別れたはずのオルガが突然這入って来て彼にいった。

「まア、山口はいないのよ。あなた、捜して頂戴、あたし、これからひとり帰らなきゃならないんだわ。あああ、いやだ、あたし、モスコウへ帰りたい。」

オルガはいきなり参木の寝ている寝台の上へ倒れると、泣き始めた。参木は、これが喜ぶべき結果になるか悲しむべき結果になるかを考えながら、オルガの背中を撫でてみた。すると、オルガは首を振り立てて怒ったように彼にいった。

「あなた、そこを降りて頂戴、あたし、今夜はひとりで寝るんです。」

参木は黙って寝台から降りると靴を履《は》いた。

「じゃ、お休みなさい。さようなら。」

彼が会釈をして部屋から出ようとすると、オルガは不意に彼の胸に飛びついて来た。

「いや、いや、出ちゃ――。」

「だって、ここにこうして一晩立ってるのは、困りますよ。」

「ボルシェビーキ、悪魔、あなたたちはあたしをこんなにしたんです。」

参木は弓なりに反《そ》りながら、オルガの膨《ふく》れた乳房を支えていった。

「僕はボルシェビーキじゃありませんよ。」

「そうよ。あなたはボルシェビーキです。そうでなくちゃ、あなたのように冷淡な人なんか、いやしません。」

「だいたい、僕がここにこうして寝ているとき、僕を叩き起して、代りに自分がベッドを奪《と》ろうというのは、ボルシェビーキだってしませんよ。」

オルガは唇を噛み絞《し》めると、黙って泣きながら、参木の腕をぐいぐい引いた。参木はオルガの力に抵抗しながらも、足が辷って寝台の方へ引き摺《ず》られた。彼は片手を寝台につきながら、海老《えび》のように曲った。

「オルガさん、そんなことをしちゃ、この服が破れるじゃないですか。」

「悪魔。」

「僕は失職してるんです。服が破れたら、明日から、——」

いいつつ参木はおかしくなって、げらげらと笑い出した。オルガはうむうむ唸《うな》りながら、参木の首を片腕で締めつけつつ、彼を引き倒そうとして赤くなった。参木は首がだんだんと痛くなった。彼はオルガの咽喉《のど》を押しつけた。

「オルガさん、放しなさい。殴りますよ。」

しかし、オルガはなおも歯を食い縛ったまま彼の首を締めつけた。彼は呼吸が苦しくなると、咳が出た。

「オルガ、オルガ、——」

参木はオルガを担《かつ》いでベッドの上へ投げつけた。オルガの足は空を廻って一転すると、慄えた寝台の上で弾動した。が、すぐ彼女は起き上ると、枕を参木に投げつけた。

「馬鹿、馬鹿。」

彼女は真青になったまま、再び猛然と彼の頭の上へ飛びかかった。彼は風の中でオルガの身体を受けとめると、背後へよろめいて、壁の鏡面へ手をついた。オルガは彼の肩口へ食いつくと、首を振った。参木は押しつける筋肉のうねりと、鏡面にしぼり出されて長くなった。やがて、彼と彼女との肉体は、狂気と生との一線の上で、うなりながら混雑した。と、二人は、今は誰が誰だか分らぬ棒のように放心したままばったりと横に倒れた。

一四

参木はしばらくオルガのなすがままにまかせていた。オルガは彼の額の前で潑剌《はつらつ》と伸縮しながら囁《ささや》いた。

「まア、あなたは可愛らしい。参木、お休みなさいな。ここは、ほら、こんな床の上じゃないの。風邪をひいてよ、さアさア。」

オルガは参木の頭を持ち上げようとした。が、彼女はまたそのまま坐り込むといった。

「参木、あなたはあたしを忘れちゃいやよ。あなたはあたしを、日本へ連れてって下さるでしょう。あたし、日本が見たいの。ね、参木、何んとか仰有《おっ》しゃいよ。」

オルガの唇が参木の顔の全面を、刷毛《はけ》のように這い廻った。すると、彼女は立ち上ってベッドの皺をぽんぽんと叩いた。

「まあ参木は強いわね。あたしをここへ投げつけたのよ。あたしあのとき、眼が廻ってくるくるしたわよ。だけど、あたし、もういいの。」

オルガはベッドの中へ飛び込むと、ひとり毛布を冠ったまま膝でダンスをし始めた。しかし、参木は横たわったまま起きて来なかった。オルガは毛布の中から頭を上げると覗いてみた。

「参木、どうしたの。」

参木はようやく起き上ると、オルガから顔をそむけて部屋を出ようとした。

「参木、どこ行くの。」

彼は黙ってどしんと肩でドアーを開けかけた。すると、オルガは毛布を引き摺ったまま彼の傍へ駈けて来た。

「いやだわ。参木、出るならあたしも連れてって。」

参木はオルガの顔を、まるで投げ出された足でも見るように眺めていた。が、彼はまたそのまま出ようとした。

「いやよ、いやよ。あたし、ひとりなら死んでしまう。」

「うるさい。」

参木はオルガを突き飛ばした。オルガはぶるぶる慄えると、わッと声を上げて泣き出した。参木は素早くドアーを開けて部屋の外へ飛び出した。オルガは屏風のように傾いて彼の後から駈けて来た。彼女は階段の降り口の上で参木の片腕をつかまえた。

「参木、あなたはあたしから逃げるんだわ。いやだ、いやだ。」

ばたばた足を踏みながら、彼女は彼の手を濡れた顔へ押しつけた。参木はしばらく黙って立っていた。が、彼は握られた手を振り切ると、また階段を降り始めた。オルガは彼のシャツをひっ摑んだ。彼女の身体は撓《たわ》みながら逆さまになった。参木は欄干を摑んだまままた降りた。

「参木、待って、待って。」

引き摺られるオルガの反《そ》り返った足先は、階段を一つずつ叩いていった。シャツを剝がれた参木の腹の汗の中で、臍《へそ》が苦しげに動揺した。すると、参木は一気に階段を駈け下った。彼は惰力で前面の壁へ突きあたった。オルガは階段の下で廻転すると、参木の足元へぶっ倒れた。参木はオルガを起そうとして身を踞《かが》めた。が、ふと急に、彼は空を見上げたときのような淋しさを感じて来た。彼は呻いているオルガを跨《また》いで突き立ったまま、何んの表情も動かさずに彼女の頭髪を眺めていた。

一五

夜のその通りの先端には河があった。波立たぬ水は朦朧《もうろう》として霞んでいた。支那船《ジャンク》の真黒な帆が、建物の壁の間を、忍び寄る賊のようにじっくりと流れていった。お杉は時々耳もとで蝙蝠《こうもり》の羽音を感じた。仰げば高層な建物の冷たさが襲って来た。――彼女は三日間参木の帰るのを待っていた。が、帰らないのは参木だけではなかった。甲谷も一夜も帰らなかった。ただその間、彼女は湯を沸かしては水にし、部屋を掃除し続けては泥溝《どろどぶ》を眺めて、ようやく二人から嫌われたのだと気付いたときには、腹立たしさよりも、ぼんやりした。お杉は再びもう参木には逢うまいと決心して、この河の岸まで来たのである。

泥の中から起重機の群れが、錆びついた歯をむき出したまま休んでいた。積み上げられた木材。泥の中へ崩れ込んだ石垣。揚げ荷からこぼれた菜っ葉の山。舷側の爆《はじ》けた腐った小舟には、白い菌が皮膚のように生えていた。その竜骨に溜った動かぬ泡の中から、赤子の死体が片足を上げて浮いていた。そうして、月はまるで塵埃《ごみ》の中で育った月のように、生色を無くしながらいたる所に転げていた。

Pouco tempo somente
De Pressa de cima abaixo

ポルトガルの水兵が歪んだ帽子の下で、古里の歌を唄って通って行く。お杉は月を見ると、月のようになった。泥溝を見ると、泥溝のようになった。——彼女は、今も朝からの続きを、まだ茫然と過ごしているのだ。が、ふと、お杉は友人の辰江のことを思い出した。

——あの辰江のように、部屋を持って、客さえ取れば。——

そうだ。辰江のように客さえ取れば、と彼女は思うと、急に橋の上で、生き生きと空腹を感じて来た。彼女は朝から食べた食物を数えてみた。

——家鴨《あひる》の足と、蓮の実と、豚の油と、筍《たけのこ》と。——

だが、お杉の頭には、辰江の絹の靴下が、珍稀な歓楽を詰めた袋のようにちらちらした。唇の紅の色が、特別な男の舌のように、秘密を持って膨れて見えた。と、彼女は、またいつものように、自分を奪ったものは参木であろうか、甲谷であろうかと迷い出した。彼女は、あの夜の出来事が——自分を奪ったあの男は、二人の中のどちらであろうかと思い煩う念力のために、きりきり廻った無謀な風のように中心を無くし出した。そうしてお杉は、今は一切のことが分らぬままに、女の中の最後の生活へと早道をとり始めたのだ。

胡弓の音が遠く泥の中から聞えて来た。お杉は橋を渡ると、見覚えた春婦のように通る男の顔を眺めてみた。彼女の前の店屋では、べたべた濡れた臓物の中で、口を開いた支那人が眠っていた。起重機の切れた鎖の下で、花を刺した前髪の少女が、ランプのホヤを売っていた。河岸に積み上った車の腐った輪の中から、弁髪《べんぱつ》の苦力《クリー》が現われると、お杉の傍へ寄って来て笑い出した。お杉は背を縮めて歩いていった。すると、男は彼女の後からついて来た。お杉は慄えながら後ろを振り返って男にいった。

「ちがう、ちがう。」

彼女は周章《あわ》てて露路の中へ駈け込むと、せかせかと、幾つもの角を曲っていった。その露路の奥では、鋭く割れたガラスの穴の中で、裸体の背中が膨れていた。お杉は立ち停ると、どちらへ出るのか迷い出した。彼女の頭の上には、鰓《えら》のように下った洗濯物が、まだべとべとと壁を濡らして並んでいた。柱にもたれた女が、突角《とが》った肩をぴくつかせて咳きをしていた。その後の床の上では、眼病の裸体の男女が、一本の赤い蠟燭を取り巻いたまま蹲《しゃが》んでいた。ふとお杉は上を向くと、四方から迫っている壁の窓々から、黙々とした顔が、一つずつ覗き出した。お杉は慄えた棒のように、敷石に躓《つまず》きながら、壁の中から壁の中へさ迷い込んだ。灯がだんだんとなくなり出した。と、闇の中で、今まで積った塵埃だと思っていた襤褸《ぼろ》の山が、急に壁の隅々から、無数にもぞもぞと動き出した。お杉は壁にぴったりひっつくと、足が動かなかった。と、忽《たちま》ち、その黒い襤褸の群れは、狭い壁と壁との間いっぱいに詰まりながら、鈍重な波のように襲って来た。お杉は一瞬、眼前に並んで点々としている人間の鼻の穴を見た。と、彼女はその場へ昏倒すると、塊った襤褸の背中の波の中に吸い込まれて見えなくなった。

一六

塵埃《じんあい》を浴びて露店の群れは賑っていた。笊《ざる》に盛り上った茹卵《ゆでたまご》。屋台に崩れている鳥の首、腐った豆腐や唐辛子の間の猿廻し。豚の油は絶えず人の足音に慄えていた。口を開けた古靴の群れの中に転げたマンゴ、光った石炭、潰《つぶ》れた卵、膨れた魚の気胞の中を、纏足《てんそく》の婦人がうろうろと廻っていた。

この雑然とした街角の奥に婆羅門《ばらもん》の寺院が聳《そび》えている。しかし、釈尊降誕祭のこの日の道路は、支那兵の劒銃に遮断されて印度《インド》人は通れなかった。それが明らかに英国官憲の差金であろうことを洞察している印度人たちは、街の一角を埋めたまま、輝やく劍銃を越して寺院の尖塔を睨《にら》んで立っていた。

間もなくこの露骨に印度人の集会を嫌う英国風の街の中を、草色の英国の駐屯兵が隊部にロシアの白衛兵を加えながら、楽隊を先駆にして進んで来た。その後から、真赤な装甲自動車が機関銃の銃口を触角のように廻しながら、黒々と押し黙った印度人の団塊の前を通っていった。

山口は印度の志士のアムリから電話を受けて、参木と一緒に来たのである。だが、来て見れば機関銃の暗い筒口の前で、印度人たちは眼を光らせたまま沈黙しているだけだった。しかし、それにしても、アジヤ主義者の山口は、英国の官憲と同様に印度人を遮断している支那の軍隊に腹立たしさを感じて来た。が、ふと、彼はアムリが彼を呼び出した原因を、同時に感じて笑い出した。

――この腹立たしさを俺に呼び起すためだとすると、成る程、アムリの奴め――

しかし、瞬間、彼は支那の軍隊の遮断している道路が、その街角から彼らの方向へ向っては、支那の管轄区域だということに気がついた。

――これじゃ、アムリの奴、日本人に考えろといいやがったんだ。馬鹿にするな。馬鹿に。――

しかし、次の瞬間、彼は支那兵と対峙している印度人の集団を、英国の官憲として使われている印度人の警官が圧迫しているのを発見した。

こうなると、山口はアムリの意志がどこにあったのか分らなくなって来た。――この馬鹿な印度人の醜態を見るが良いといったのか、支那の国内で暴れている英国兵を、支持している支那の兵士のその顔を見よといったのか。――

しかし、山口はアムリと同様、このアジヤを聯結させて白禍に備える活動分子の一人として、眼前の支那と印度の無力な友の顔を見ていると、笑うことは出来なかった。彼は街路で、この民族の衝突し合っている事件とは無関心に、笊に盛り上っている茹卵を見つけると、支那人の顔を思い出した。足元の屋台の上に、斬《き》られた鳥の首ばかりが黒々と積って眼を閉じているのを見ると、印度人を思い出した。彼は彼の横に、アムリがいるかのように呟いた。

「数の多いということは、ただ弾丸《たま》除《よ》けになるだけだ。」

「そうだ。」と参木は、不意に、自分にいわれたように返事をした。

事実、山口はアムリに逢うと、アムリの誇る「印度人の数の多数」を、いつもこの言葉で粉砕するのが癖であった。すると、アムリは山口の誇る日本の軍国主義を皮肉った。

——しかし日本の軍国主義こそ、東洋の白禍を救い上げている唯一の武器ではないか。その他に何がある。支那を見よ、印度を見よ、シャムを見よ、ペルシャを見よ。日本の軍国主義を認めるということは、これは東洋の公理である。——

山口は鋪道の上を歩きながら、ひとり過ぎた日のアジヤ主義者の会合を思い出して興奮した。その日は支那の李英朴《りえいぼく》が日支協約の「二十一ケ条」を楯にとって悪罵した。山口はそれに答えて直ちにいった。

「支那も印度も日本の軍国主義を認めてこそ、アジヤの聯結が可能になる。然《しか》も僅かに日本の南満租借権が九十九年に延長されたということを不平として、われわれは東洋を滅ぼさねばならぬのか。われわれの東洋は、日本が南満を九十九年間租借したという事実のために、九十九年間の生命を保証されたということに気付かねばならぬのだ。」

すると、アムリは皮肉にいった。

「日本が南満を九十九年間租借したということによって、われわれの同志、山口と李英朴がかくのごとく相い争うという事実は、日本が少くとも、九十九年間東洋の同志をかく論議せしめるであろうということを、予想せしめて充分である。しかし、印度はこの日支の係争如何に係らず独立する。もしその独立の日が来たならば、印度は支那から、いかなる海外の勢力をも駆逐せずにはおかぬであろう。印度のために、東洋の平和のために。」

だが、印度の独立の日までに、支那を滅ぼすものは何《な》んであろうかと山口は考えた。

――それは明らかに日本の軍国主義でもない。英国の資本主義でもない。それはロシアのマルキシズムか支那自身の軍国か、いや寧《むし》ろ印度の阿片かペルシャの阿片か、そのどちらかにちがいないのだ。

この東洋を憂いつつ緊張している山口の傍では、参木は前からどういえば昨夜のオルガとの交渉を、彼に理解さすことが出来るだろうかと考えていたのである。彼は午後の二時から甲谷と逢わねばならぬ約束を、電話でしたのだ。甲谷と逢えば、競子のこととお杉のこととを聞かねばならぬ。だが、それより前に、いったいオルガをどう処置したら良いであろう。――

彼は自分がどれほどオルガに抵抗したかを考えた。彼はオルガがどれほど自分に肉迫したかを考えた。しかし、その結果が、このようにオルガの処置について苦しまねばならぬとは。――

「君、もう今日から、僕は君の所へは帰らないよ。」と参木はいった。

「何《な》ぜだ、オルガが恐くなったのか。」

不意に急所へ殺到して来た山口の質問を、参木は受けとめることが出来なかった。

「うむ、あれは恐い。」

「ところが、僕はあれから君を逃がさないようにっていいつかってあるんだぜ。逃げちゃ困るよ、逃げちゃ。」

「いや、もう御免こうむるよ。」

「困ったね、そりゃ印度のことよりこっちの方が難かしくなるんじゃないか。」

参木は突然げらげら笑い出した山口の顔を見ていると、彼は腹の中に隠れていた伏線を感じて恐くなった。

「今日はこれから僕を逃がしてくれ。二時に甲谷と逢わねばならんのだ。」

「君は馬鹿だよ。あの面白い女から逃げ出すなんて、何んて阿呆だ。」

参木は山口の嘲笑を背中に受けながら、パーテル・カフェーの方へ急いでいった。ただ競子の良人が死んだかどうかを知りたいためにである。

一七

甲谷はその日の中に三つの材木会社と契約を結んで来た。彼は軽快な祝報を先ずシンガポールの本社へ打った。

「余の活躍かくのごとし。フィリッピン材をして蒼白ならしめること、期して待て。」

彼は参木から支配会社へかかっていた電話を思い出すと、速力の早そうな黄包車《ワンボウツ》を選んでパーテルへ走らせた。彼は車の上で快活であった。この順調さで押していくと、この地の支店長になれることは忽《たちま》ちだった。すれば最も安全な方法で金塊相場に手を出そう。次には綿糸へ、次には外国為替の仲買へ、次にはボンベイサッタの綿花市場へ、次にはリバプールの大市場へ、そうして最後に——彼はとにかく何よりも、今は宮子を外国人たちに奪われているということが、鬱憤の種であった。彼の空想の中で暴れる勇ましい野心は、宮子を奪っている外人たちの生活力の中心を、突撃してかかることに集中された。

彼は、外人たちの経済力の源泉となりつつある支那の土貨に対して、彼らの向ける鋭い垂直トラスト尖鋒を、あくまで攪乱《こうらん》しなければやまぬと考えた。

――それには、先ず、フィリッピン材の馬を射よ、馬を。――

この燃え上って来た彼の妄想の横では、桟橋が黒い歯のように並んでいた。のろく揚げ荷の移動している彼方では、金具を光らせたモーターボートが縦横に馳けていた。波と湯気とを嫌らって逃げる舢舨《サンパン》。繁殖したマスト。城壁のように続いた船舶。河水の色の変り目の上で舞うぼろ帆。甲谷の車の速力へ、今は一切の風物が生彩を放って迫って来た。

フィリッピン材何物ぞ。鴨緑江《おうりょくこう》材何者ぞ。浦塩《ウラジオ》であろうと吉林であろうと、何するものぞ。――

こう思ってパーテルへ這入ると、休んだ煽風器の羽根の下で、これはまたあまりに長閑《のどか》に、参木はミルクに溶ける砂糖の音を聞いていた。甲谷は入口から手を上げて進んでいった。

「どうも一度も家へ帰らないから、少々きまりが悪くなってね。」

「それや、僕もだ。まだあれから一度も家へは帰らないよ。」

「それじゃ、君もか。」

二人は同時に、残されたお杉のことを考えた。が、甲谷は浮き上って来る喜びに落ちつくことが出来なかった。

「おい君、今日はこれで三つの会社を落して来たんだ。まア、ざっとこれで三万円。」

「もう喜ばすような話はやめてくれ。僕は君と別れた日から首になった。」

「首か。」

「うむ、少々、痛い所を突いてみた。」

「だから、君は馬鹿だというんだ。馬鹿な――。」

重い時計の振り子の下で、帝政ロシアの幹部派たちがいつもの憂鬱な顔を並べて密談に耽《ふけ》っていた。巻かれたナフキンの静かな群れ。暖炉の沈んだ大理石。厚いテーブルの彫刻に散らかった干菓子の粉。秘密な波を垂れ下げたカーテンの暗緑色。――ふと甲谷はこの重厚なロシアの帝政派の巣窟、パーテルは、今は自分の快活さに不似合なことに気がついた。眼につく一切のものが、過ぎたロココの優雅さのように低声で、放埒《ほうらつ》に巻き上った絨氈の端にまで、不幸な気品がこぼれている。

「おい君、ここは出たっていいんだろう。」

「うむ、しかし、僕は今日はここは落ちついて好きなんだ。首を切られたときはこういう所が一番だよ。」

「まるでここは君みたいな所だね。首を切られたものの寄り合いでさ。」

「そう急に馬鹿扱いにするなよ。僕はこれでも貴様の懐を狙っているんだぞ。」

「いや、これはこれは。これじゃ、どっちが帝政派か分らんが。ひとつ、あそこのロシア人に聞いてやろう。」

ひどく愉快そうに笑っている甲谷の大口を見ていると、参木はもうこの日の甲谷を信用することが出来なくなった。甲谷はいった。

「さて、ひとつ、という所だが、どうだい、今日は僕のいうままになってくれるのか。」

「君のお附きは愉快じゃないね。君の金を皆渡せよ。」

「ところが、そこに僕の頼みがあるのさ。この眼の色を見てくれたって分るだろう。」

「そんなら、こっちの眼の色だって分るだろう。首を切られてお附きになるなら、首なんか切られなくたってすんだんだ。」

「頑固な奴だね。支那の美徳は金に服従する所にあるんじゃないか。まだ君は精魂が抜けぬから馬鹿なんだ。さて、馬鹿な奴は馬鹿にして、と、ボーイ。」

ボーイが来ると、甲谷は立ち上ってまたいった。

「ね、参木、今日はひとつ、二人で馬鹿の限りを尽そうじゃないか。まだまだ人生には、面白いことがいくらだってあるんだぜ。それに、何んだい君は、顔を顰《しか》めて、首を切られて、今頃からドン・キホーテの真似をしてさ。阿呆だよ。」

「いや、僕は今日は、君の兄貴の家へ行くんだよ。僕はいくら君から馬鹿にされたって、君の兄貴に仕事を探して貰わなくちゃならんのだからね。」

参木は外へ出ると、甲谷には介意《かまわ》ず、彼の兄の高重の家の方へ歩き出した。甲谷は彼の後からいい続けた。

「おい、そっちへ行かずにこっちへ来いよ。今夜はそっと芳秋蘭を見せてやろう。芳秋蘭を——。」

一八

「競子もどうやら、いよいよ亭主が危くなって来たらしい。亭主が死ねば帰るといって来ているが、あいつも日本よりは支那の方が好きだと見えるよ。しかし、この俺だってこの頃は危いからね。今の所、競子の亭主が先きか、俺が先きかという所さ。おっと、細君が聞いてやしないかい。こいつに聞かれちゃ、こりゃ一番危いぞ。」と高重は甲谷と参木を見ていった。

「どうしてだ。」甲谷は意外な顔つきで兄を見た。

「いや、職工の中へ、ロシアの手が這入り出したんだ。俺は職工係りだから、一番危い所にいるわけだ。いつ何時《なんどき》機械の間から、ぽんとやられるかもしれないさ。もうそろそろ、冗談事じゃないいんだよ。」高重は唇の片端を舐《な》めながら弟の甲谷の服装をじろじろ眺めた。

「じゃ、もう争議が始ったのか。」

「いや、争議の前だ。だから今がなかなか危いのさ。あの浜中総工会が曲者だよ。」

「それや危いね、他人事《ひとごと》ながら。」

「他人事ながら?」と高重はいって弟の方に眼を据えた。

「うむ、俺は今日は、三万円の契約をすまして来たんだ。この調子だと、ここ半年の間に支店長は受け合いだぞ。」

「それや、他人事ながら羨しいが、兄貴は職工係りで苦い汁ばかりを吸ってるし、弟は美味《うま》い汁ばかり吸ってるなんて、どっかの教科書にあったじゃないか。もし俺が支那人だったら、やるね、この職工係りに突きかかって、それから、お前のような奴を吹き飛ばして。」高重は声高く笑った。

「あ、そうそう、二、三日前に芳秋蘭という女をサランセンで見かけたが、何んでも山口は兄貴がその女を知ってるといってたよ、知ってるのかい。芳秋蘭？　全く素晴らしい美人だが。」と甲谷はいった。

「うむ、それは知ってる。俺の下で使っているそりゃ女工だ。」

「女工だって？」

と甲谷は驚いたように訊き返した。

「まさか女工じゃないだろう。それや、何かの間違いだよ。」

「ところが、芳秋蘭は変名でこっそり俺の下で働いているんだ。来ればいつだって見せてやろう。俺はいい出すとうるさいから、黙って知らない顔をしてやっているんだが、あれは共産党でもなかなか勢力のある女だ、あれは恐いよ。争議が起ればだい一番に、あの女が俺を殺すかも知れたもんじゃないから、俺もなかなか骨が折れるさ。」と高重はいって顎を撫でた。

「殺されちゃ、そりゃ兄弟争議にもならないね。」

甲谷の混ぜかえすのに、高重は落ちつき払って微笑した。

「全くだ。職工の顔は立ててやらねばならぬし、重役の顔も立てねばならぬし、それに日本人の顔も立てていなければならず、お負けに兄貴としての顔も立てねばならぬとしたら、どうもこれじゃ、ぽんとやられる方が良いかもしれぬ。どうです。参木先生。」

「いや、僕もそう思ってる所です。」と参木はいった。

「そうそう、参木は首を切られてね、僕の財布を狙ってるところなんだ。」と甲谷はいった。

「首か。」

「だから、さっきから、首を切られる奴は、昔から馬鹿な奴だといってた所さ。」

「首じゃ、それや、参木君ならずともやられたくなるはずだよ。」

「どうです、そのやられるような職はないもんでしょうか。どこだっていいんですよ。さっきから、それをお願いしたくって来たんですが。」参木は頼み難いことも容易に摑んだ機会を喜ぶように、顔を赧《あか》らめて高重を見た。

「それやある。いくらだってあるにはあるが、今もいった通り、その、危い所だぜ。そこでも良いのならいつでも来給え。一ぺんは国家のために死ぬのも死甲斐もあろうさ。」

「もうこうなっちゃ、なるたけやられる所の方がいいんですよ。さばさばしますからな。」

全く話題に落ちがついたというように、声を合せて三人は笑い出した。

声が沈まると、参木は部屋の中を見廻した。――この部屋の中で、競子は育った。この部屋の中で、彼女を愛した。そうして、自分はこの部屋の中で、幾たび彼女の結婚のために死を決したことだろう。それに、今はこの部屋の中で、競子の兄から自分が生き続けるための生活を与えられようとしているのだ。何んのために？　ただ彼女の良人の死ぬことを待つために。――

参木はこの地上でこれほども自分に悲劇を与えた一点が、ただ索寞としたこの八畳の平凡な風景だと思うと、俄《にわか》に平凡ということが、何よりも奇怪な風貌を持った形のように思われ出した。しかも、まだこの上に、もし競子が帰って来たとしたら、再びこの部屋はその奇怪な活動を黙々と続け出すのだ。

参木は窓から下を眺めてみた。駐屯している英国兵の天幕が、群がった海月《くらげ》のように、紐を垂らして並んでいた。組み合された銃器。積った石炭。質素な寝台。天幕の波打つ峯と峯との間から突如として飛び上るフットボール。――参木はふとこの駐屯兵の生活が、本国へ帰れば失われてしまっていることを慨嘆したタイムスの記事を思い出した。そうして、この地の日本人は？　彼らは医者と料理店とを除いては、ほとんどことごとく借財のために首を締められて動きのとれぬ群れだった。参木はいった。

「もうこの支那で、何か希望らしい希望か理想らしい理想を持つとしたら、それは何も持たないということが、一番いいんじゃないかとこの頃は思うんですが、あなたなんか、どういう御意見なんですか。」

「それやそうだ。ここじゃ理想とか希望とか、そんなものは持ちようが全くない。第一ここじゃ、そんなものは通用しない。通用するのは金と死ぬことだけだ。それもその金が贋金《にせがね》かどうかと、いちいち人の面前で検《しら》べてからでなければや、通用しないよ。」

「ところが、参木はその贋金をも試《しら》べないんだからね、全くこいつ、使い道のない奴だよ。」と甲谷はいった。

「いや、それや参木君も僕と同様で、その贋金を使うのが好きなんだ。だいたい支那で金を溜める奴というものは、どっか片輪でなきあ溜《たま》らんね。そこは支那人の賢い所で、この地でとった金は、残らずこの地へ落して行くような仕掛けがしてある。まだわれわれを、人間だと思っていてくれる所が、支那人の優しい所さ。」

「じゃ、支那人は人間じゃない神様か。」と甲谷はいって仰山に笑い出した。

すると、高重は急に真面目な顔に立ち返って甲谷を見た。

「うむ、もうあれは人間じゃない人間の先生だ。支那人ほど嘘つきの名人も世界のどこにだってなかろうが、しかし、嘘は支那人にとっちゃ、嘘じゃないんだ。あれは支那人の正義だよ。この正義の観念の転倒の仕方を知らなきあ、支那も分らなきあ、勿論《もちろん》人間の行く末だって分りやしないよ。お前なんか、まだまだ子供さ。」

参木は高重の長い顔から溢れて来る思いがけない逆説に、久しく欠乏していた哲学の朗らかさを感じて来た。参木はいった。

「それであなたなんか、職工係りをやってらしって、例えば職工たちの持ち出して来る要求を、これは正しいと思うような場合、困るようなことはありませんか。」

「いや、それやある。しかし、そこは僕らの階級の習慣から、自然に巧い笑顔が出て来るんだ。僕はにやにやっとしてやるんだが、このにやにやが、支那人を征服する第一の武器なんだよ。これは虚無にまで通じていて、何んのことだか分らんからね。うっかりしている隙に、後ろから金を握らしてまたにやにやだ。それで落ちる。外交官なんて皆駄目さ。ところが、こんどの奴だけは、いくらにやにやしたって落ちないんだ。こうなると、こっちが正義に打たれて、もう一度にやにやとは出来ないからね。どうも日本人という奴は、正義に脆《もろ》くて軽佻だよ。君、支那人のように嘘つくことが正義になれば、もう此奴《こいつ》はいつまでたったって、滅びやしないよ。あらゆるものを正義の廻転椅子に乗せて廻すことが出来るんだ。いったい、世界にこんな怪奇な国ってどこにある。」

高重は年長者の自由性のために、二人の前でだんだん興奮し始めた。参木は高重の話そのものよりも、今は自分の年齢の若さが、これほども年長者を興奮させ得る材料になりつつあるという現象に、物珍《ものめず》らしい物理を感じて来た。

一九

海港からは銅貨が地方へ流出した。海港の銀貨が下り出した。ブローカーの馬車の群団は日英の銀行間を馳け廻った。金の相場が銅と銀との上で飛び上った。と、参木のペンはポンドの換算に疲れ始めた。――彼は高重の紹介でこの東洋綿糸会社の取引部に坐ることが出来たのだ。彼の横ではポルトギーズのタイピストが、マンチェスター市場からの報告文を打っている。掲示板では、強風のために米棉相場が上り出した。リヴァプールの棉花市場が、ボンベイサッタ市場に支えられた。そうして、カッチャーカンデーとテジーマンデーの小市場がサッタ市場を支えている。――参木の取引部では、この印度の二個の棉花小市場の強弱を見詰めることは最大の任務であった。どこから綿の花を買うべきか。この原料の問題の解決は、その会社の最も生産量に影響を及ぼすのだ。そうして、誰もその存在を認めぬカッチャーカンデーとテジーマンデーの小市場は、突如として、ひそかな旋風のように市場の棉花相場を狂わすことが度々《たびたび》あった。

参木は、前からこの印度棉が支那の棉花を圧倒しつつある現象を知っていた。だが、印度棉の勢力の擡頭《たいとう》は、東洋に於ける英国の擡頭と同様だった。やがて、東洋の通貨の支配力は、完全に英国銀行の手に落ちるであろう。そうして、支那は、支那の中に於て富む者が何者であろうとも、彼らの貯蓄が守護されることによって、その貯蓄を守護するものを守護しなければならぬのだ。そうして、彼らから絶えずもっとも強力に守護されつつあるものは、同様に英国の銀行だった。

参木はこの綿の花の中から咲き出した巨大な英国の勢力を考えるたびごとに、母国の現状を心配した。彼の眼に映る母国は――母国は絶えず人口が激増した。生産力は、その原料の生産地が、各国同様、もはやほとんど支那以外にはないのであった。そうして、経済力は？　その貧しい経済力は、支那へ流れ込んだまま、行衛《ゆくえ》不明になっていた。思想は？　小舟の中で沸騰しながら、その小舟を顚覆《てんぷく》させよ、と叫んでいる。

原料のない国が、いかに顚覆しようとも同じことだ、と参木は思った。だが、いずれことごとくの国は次第に形を変えるであろう。だが、英国の顚覆しない限り、顚覆したことごとくの国は不幸である。先ず何事も、印度が独立したその後だ。正義は印度より来るであろう。それまで、母国はあらゆる艱難を切り抜けて動揺を防がねばならぬ、と参木は思った。

参木はそれまで、机の上で元貨を英貨のポンドに換算し続けなければならぬのだ。

彼は正午になると煙草を吸いに広場へ出た。女工たちは工場の門から溢れて来た。彼女たちは円光のように身体の周囲に棉の粉を漂わせながら、屋台の前に重なり合って饂《う》飩《どん》を食べた。忽《たちま》ち、細《こま》かな綿の粉は動揺する小女たちの一群の上で、蚊柱のように舞い上った。肺尖カタルの咳が、湯気を立てた饂飩の鉢にかんかんと響いていた。急がしそうに彼女らは足踏みをしたり、舞い歩いたりしながら饂飩を吹いた。耳環《みみわ》の群れが、揺れつつ積った塵埃《ごみ》の中で伸縮した。

遠く続いた石炭の土手の中から、発電所のガラスが光っていた。その奥で廻転している機械の中では、支那人の団結の思想が、今や反抗を呼びながら、濛々と高重たちに迫っているのだ。そこでは高重たちは、その精悍な職工団の一団の前で、一枚の皮膚をもって、なおにやにやと笑い続けて防がねばならぬのであろう。

参木は河の方を見た。河には、各国の軍艦が本国の意志を持って、砲列を敷きながら、城砦のように連って停っていた。

参木は思った。自分は何を為《な》すべきか、と。やがて、競子は一疋の鱒《ます》のように、産卵のためにこの河を登って来るにちがいない。だが、それがいったい何んであろう。自分は日本を愛さねばならぬ。だが、それはいったい、どうすれば良いのであろう。しかし、——先ず、何者よりも東洋の支配者を！　と参木は思った。

彼はだんだん、日光の中で、競子の良人の死ぬことを望んでいた自分自身が馬鹿馬鹿しくなって来た。

二〇

ホールの桜が最後のジャズで慄《ふる》え出した。振り廻されるトロンボーンとコルネット。楽器の中のマニラ人の黒い皮膚からむき出る歯。ホールを包んだグラスの中の酒の波。盆栽の森に降る塵埃《ほこり》。投げられるテープの暴風を身に巻いて踊る踊り子。腰と腰とが突き衝《あた》るたびごとに、甲谷は酔いが廻っていい始めた。

「いや、これは失礼、いや、これは失礼。」

階段の暗い口から、一団のアメリカの水兵が現れると、踊りながら踊りの中へ流れ込んだ。海の匂いを波立たせた踊場は、一層激しく揺れ出した。叫び出したピッコロに合せて踏み鳴る足音。歓喜の歌。きりきり廻るスカートの鋭い端に斬られた疲れ腰。足と足と、肩と腰との旋律の上で、三色のスポットが明滅した。輝やく首環、仰向く唇、足の中へ辷《すべ》る足。

宮子はテープの波を首と胴とで押し分けながら、ひとり部屋の隅で動かぬ参木の顔へ眼を流した。ドイツ人を抱くアメリカ人、ロシア人を抱くスペイン人、混血児と突き衝《あた》るポルトギーズ。椅子の足を蹴飛ばしているノルエー人。接吻の雨を降らして騒ぐイギリス人。シャムとフランスとイタリアとブルガリアとの酔っぱらい。そうして、ただ参木だけは、椅子の頭に肱をついたまま、このテープの網に伏せられた各国人の肉感を、蟇《ひきがえる》のように見詰めていた。

踊りがすむと人々はもたれ合って場外へ雪崩《なだ》れ出た。廻転ドアは踊子の消えるたびごとに廻っていった。火は一つ一つ消え始めた。逆《さか》さまに片附けられる椅子の足が、テーブルの上で、俄《にわか》に生き生きと並び始めた。そうして、金庫の鍵が静に廻り終ると、いつの間にか影をひそめた楽器の後で、羽根を閉ざしたピアノが一台、黒々と沈んでいた。甲谷はようやくひとつ取り残された燈火の下で、尻もちをついたまま自分の影にいっていた。

「いや、これは失礼、いや、これはこれは。」

参木はこの急激に静ったホールの疲労に鋭い快感を感じて来た。彼は身動きも現さず、甲谷の鈍い酔体を眺めたまま、時計の音を聞いていた。天井の隅で塵埃《ほこり》と煙の一群が、軽々と戯れては消えていった。甲谷は散らかったテープの塊を抱きながら、首を振り振り、呟くように唄い出した。

Casi me he caido,
Traigame algo mas,
No es nada no toque,

歌にまでまだ飲みたいと、日頃自慢のスパニッシュ・ソングを歌う甲谷を見ていると、参木は立ち上らずにはいられなかった。彼は甲谷を肩にかかえると、森閑としたホールの白いテープの波の中を、よろけながら歩き出した。と、ふとどこかのカーテンが揺らめくと、鏡の中から青い微光が漣《さざなみ》のように流れて来た。

「まア、甲谷さん、駄目だわね。秋蘭さんが来たんじゃないの。しっかりなさいよ。」

帰り支度になった宮子がドアーから二人の傍へよって来た。彼女はぶらぶらしている甲谷の片腕を支えながら参木にいった。

「これからあなた、どこまでお帰りになるつもり。」

「さア、まだどこにしようかと思ってるところなんです。」と参木はいった。

「じゃ、あたしん所へいらっしゃいな。もうすぐ夜が明けるから、しばらくの辛棒《しんぼう》よ。」

「いいんですか、二人づれでいったって?」

「あたしはいいの。だけど、あなた、それじゃあんまり重いわね。」

「此奴《こいつ》はいつでもこうですよ。」

宮子は頭を垂れた甲谷の首の上から、片眉を吊り上げた。

「介抱させられる番ばかりは、いやだわね。」

階段を降りると三人は外へ出た。甃石《しきいし》の上で銅貨を投げ合っていた車夫たちが参木の前へ馳けて来た。三つの黄包車《ワンポウツ》が走り出した。

二

「何《な》んだかあなた、遠慮深そうな恰好でいらっしゃるのね、ここはいいのよ。もっとのびのびとして頂戴。あたし、あなたの御不幸はもう何もかも知ってますのよ。」

甲谷を寝かせた隣室で、宮子は長椅子に疲れた身体を延ばしながら参木にいった。

参木は樺色のスタンドの影を鼻の先に受けながら、何を彼女がほのめかすのか、煙草の煙の中で眼を細めて聞いていた。

「ね、あなたはあたしがあなたのことを、何も知らないとでも思ってらっしたんでしょう。あたし、あなたがどんな方だかそれや長い間見たかったのよ。でも今夜初めてお逢いして、多分こんな方だろうと思っていたあたしの想像が、あたったの。」

参木はこの女の頭の中で、前から幾分間か生活していたらしい自分の姿を考えた。それは恐らく、どこかの多くの男たちの姿の中から、つぎはぎに引き摺り出された襤褸《ぼろ》のようなものだったにちがいない。――

「じゃ、甲谷は僕の悪口をよほどいったと見えますね。」

「ええ、ええ、それや、毎日あなたのことを伺ったわ。それであたし、実は少々あなたのことを軽蔑してたのよ。だって、あなたは、あたしのような女を軽蔑ばかりしてらっしゃる方でしょう。」

「いや、そう人は思うだけですよ。」と参木は疲れたように低くいった。

「そんなことは、何《な》んのいいわけにもならないわ。あたしは男の方を一目見れば、その方がどんなことを考えたかってすぐ分るの。これだけはいつもあたしの自慢だから、もう駄目よ。あなたがどれほどあの方を愛してらっしゃるかってことだって、ちゃんとあたしには分っているんだから。」

「何をあなたはいい出すんです。」と参木はいって宮子を見た。

「いえね、これは別のことなの。どうしてあたしこんなことをいったんでしょう。さア、召上れ、これはサルサパリラっておかしなものよ。踊った後はこれでなくちゃさっぱり駄目だわ。」

「甲谷はそんなことまでいったんですか。」

「甲谷さんが何を仰言《おっしゃ》ろうといいじゃないの。あなたはあなたで、ここにこうしていて下されば、あたしそれで嬉しいのよ。あたし今夜は眠らないわよ。」

「あなたはよっぽど疲れていらっしゃるんでしょう。もう眠《やす》んで下さい。」

「あたし、もういつもならぐたぐたなの。だけど、こうしていると、今夜はあなたといくらでもお話が出来そうなの。あたし今夜は饒舌《しゃべ》ってよ、あなた眠くなったら、甲谷さんの所で寝て頂戴。あたしここでこうして寝てしまうかも知れないから。」

「じゃ、僕はここにこうしてたってちっとも疲れてやしませんからもうどうぞ。」と参木はいった。

「いいのよ。あたし、あなたを眠らせるくらいなら、この長椅子だってお貸しするわ。まアそんなに汚なそうにひと様の部屋をじろじろ見なくったって、踊子の生活なんて、分ってるじゃありませんか。いずれお察しの通り、ろくなことなんかしてないわよ。」

刺戟の強い白蘭花《パーレーホー》が宮子の指先きで廻されると、曙《あけぼの》色の花弁が酒の中に散らかった。彼女は紫檀の円卓の上から花瓶を取ると、花の名前を読み上げながら朝ごとの花売の真《ま》似《ね》をし始めた。

「ちーつーほう、でーでーほう、めいくいほう、ぱーれいほッほ、めーりいほ――まア、今夜は暑いわね。あたし、こういう夜は、きっと白菓《パッコ》の夢を見るに定《きま》っているの。」

彼女は花弁で埋ったコップを参木に上げて飲みほすと、身体を反《そ》らして後の煙草を捜した。めくれ上ったロープの下で動く膝。空間を造ってうねうねる疲れた胴。怠惰な片手に引摺られて張った乳。——参木はいつの間にかむしり取られた白蘭花《パーレーホー》の萼《がく》だけを、酒の中で廻しているのだった。

「あ、そうそう、あたしあなたにお見せしたいものがあったんだわ。あたしには今五人の恋人が揃っているのよ。フランス人と、ドイツ人と、イギリス人と、支那人と、アメリカ人なの。まだその他にもないことはないんだけど、今は倹約して腕を持たせてやるだけにしてあるの。」

彼女は吸いかけた煙草を膝で挟むと、抽斗《ひきだし》の中からアルバムを取り出した。

「ね、このフランス人はミシェルっていうのよ。それからこれは、アメリカ人なの。まアその他のも見て頂戴な。どれもこれも立派な男で蓮の実みたいに甘いのが特長よ。まアその日本の女を好きなことって、お話にならないわ。あれはきっと奥さんに虐《いじ》められて来たからね。だからあたし、出来るだけそういう人には猫を冠《かぶ》って大切にしてやってますの。」

参木は宮子の恋人の顔を見ることよりも、今は彼女に近づく好奇のために、だんだん椅子を動かした。彼女は足を縮めると参木にいった。

「さア、もっとこちらへ来て頂戴。そこじゃ、あたしの恋人の顔が真黒に見えるじゃないの。」

「いいや、あんまりはっきり見え出しちゃ困るでしょう。」

「いいわよ、たまにはそういう立派な顔も見とくもんだわ。さア、こちらへいらっしゃいって、あなたには、叱らなきあ駄目なのね。」

参木は甲谷がこの手で首を絞められているのかと思うと、しばらく黙って宮子の顔を眺めていた。

「あたし、あなたが、何を恐がってびくびくしてらっしゃるのか、分っているのよ。だけど、安心して頂戴、あたしの恋人は、ちゃんとここに五人も並んでいるんですからね。あなたのように他人に恋人を盗られて青ざめている人なんか、あたしは相手にしない性分なの。」

参木は上眼で宮子の顔を見た。どこか身体の中の片端で猛然と飛び上る感情を制しながら、彼はにやにやと笑った。宮子は参木の方へ向ったテーブルの一角へ足を上げるとまたいった。

「ね、あたしにはあなたの恋人が御主人とどんなことをしてらっしゃるか、それやよく分ってるのよ。だから、あたしはあなたがお気の毒なの。あたしの恋人なんか、競争であたしの身の廻りのことをしてくれるわ。この下の毛氈《もうせん》だって、これはミシェルがコオラッサンだって持って来てくれたものなんだし、このクションの天鵞絨《びろうど》だって、イギリス人がスキュタリだからどうだとか、ビザンチンがどうだとかいって、かつぎ込んで来てくれたものばかりなのよ。勿論《もちろん》、それはかりじゃないわ。昨日も昨日で、ゴルフであたしの取り合いを始めたの。こんなことは、あなたも一寸見ておきなさいよ。」

「それはとにかく、その足だけは上げないように出来ませんか。」と参木はいった。

「あら、まア、あたし、いつの間に足なんか上げたんでしょう。踊子は足が大切なもんだけど、こんなに大切なもんじゃないわ。御免なさい。あたし疲れると、何をし出すかしれないのよ。これであたし、やっぱり踊子なんかになったんだわ。」

「あなたは恋人が来たときでも、そんなことをするんですか。」

「まア、そろそろ、馬鹿にし始めたのね。あたしの恋人なんか、あたしにこんなことをさせたりするもんですか。」

参木は宮子が両手を拡げたように思われた。彼はオルガの跳ね上った足と宮子の足とを較べながら、宮子の傍へどっかと坐ってまたアルバムを取った。すると宮子は参木の手からアルバムを取り上げた。参木は彼女の唇の端に流れた嘲弄を感じると、突然、圧《お》しきれぬ若々しさが芽を吹いた。彼は苦渋な表情のままじっと煙草を吸っていたが、いきなり宮子の首を締めつけた。宮子のマルセル式の頭髪が長椅子の脊中《ジュバン》を転々と転がった。宮子は胴に笑いを波立たせながら参木の顔を叩いていった。

「まア、あなたでも、そんなことを知ってらっしゃったのね。あたし、油断をしちゃって、失敗《しま》ったわ。」

白蘭花《パーレーホー》の花弁が宮子の口に含まれると、次ぎ次ぎに参木の顔へ吹きつけられた。クションが長椅子の逆毛を光らせつつ辷り出した。と、やがて、声をひそめて浮き上った彼女の典雅な支那沓《ぐつ》が、指先に銀色の栗鼠《りす》の刺繡を曲げながら慄えて来た。ふと、参木は思わぬ危険区劃に侵入している自分に気がついた。彼は飛び上ると鏡を見た――何んと下品な顔ではないか。彼女は自分の中からこの汚さを嗅ぎつけたにちがいない、と思うと彼は、再び突っ立ったまま宮子の顔を睨んでいた。宮子は片脇にクションを抱き込むと、突然大きな声で笑い出した。

「まア、あなたは、心配ばかりしてらっしゃるのね。あなたのなさるようなことなんか、なんでもないわよ。あたしがあなたなんかに悲しまされると思ってらしちゃ間違いだわ。さアここへいらっしゃいよ。そんな恐ろしい顔はなるだけ鏡の中でしてちょうだい。」

参木は手丸《てだま》にとられてやり場のなくなった自分の顔を感じると、この思いがけない悲惨な醜さが、どこから襲って来たのであろうかと考えた。彼は再び静に宮子の傍へ坐ると云った。

「もう、そろそろ夜が明け出して来ましたね。」

「あなたは私を御覧になったときから、ぎくしゃくして、あたしに負けまいとばかり思ってらっしたのね。だけど、いくらそんなことといって誤魔化したって、もう駄目よ。あなたとあたしはこれから喧嘩ばかりしてなきあならないわよ。」

踏みとまろうとする参木の心は、またもずるずる辷っていった。彼は肉体よりも先立つ自分の心の危険さを考えた。彼はまた立ち上ると宮子にいった。

「じゃ、もう僕はこれで失礼しましょう。さようなら。」

宮子は不意を打たれて黙っていた。参木はそのまま部屋の外へ出ようとした。

「夜が明けるのにこれからあたしひとりでなんかいられないわ。あなたは礼儀っていうものを御存知ないの。」

参木は振り返ると、絨氈《じゅうたん》の上に転げていたアルバムを足で踏みつけた。

「じゃ、今夜はもうこれだけで、赦してくれ給え。いずれまた、そのうちに。」

彼は明け初《そ》めた緑色の戸外へ、何事でも困るとその場を捨てる彼の持病を出して、さっさとひとりで出ていった。

二三

霖雨《りんう》の底で夜のレールが朧《おぼ》ろげに曲っていた。壊れかかった幌馬車が影のように、煉瓦の谷間の中を潜っていった。混血児の春婦がひとり、弓門《きゅうもん》の壁に身をよせて雨の街角を見詰めていた。彼女の前の瓦斯《ガス》燈《とう》の傘の上には、アカシヤの花が積ったまま、じくじくと腐っていた。狭い建物の間から、霧を吹いたヘッドライトが現れると、口を開けた酔漢を乗せたまま通り過ぎた。

参木は春婦の前を横切ると露路の中へ這入っていった。その露路の奥の煤《すす》けた酒場では、彼の好む臓物が、鍋の中で泡を上げながら煮えていた。客のない酒場の主婦は豆ランプの傍で、硼酸《ほうさん》に浸したガーゼで眼を洗いながら雨の音を聞いていた。参木は高重の来るまでここで、老酒《ラオチュウ》を命じて飲み始めた。二人はこれから工場の夜業を見に廻らねばならぬのだ。

臓物のぐつぐつ煮えた鍋の奥では、瘤《こぶ》まで剃った支那人の坊主頭が、瀬戸物のようなうす鈍い光りを放ったまま動かなかった。主婦の眼にあてたガーゼから流れる水音が、酒と一緒に参木の脊骨を慄わせた。彼の前では、煉瓦の柱にもたれた支那人が、眼を瞑《つぶ》ったまま煙管《きせる》を啜《す》っていた。煙管の針の先きで、飴《あめ》のような阿片の丸《たま》が慄えながらじいじいと音を立てた。豚の足は所々に乱毛をつけたまま乾いた蹄《ひづめ》を鍋の中から出していた。

「おい。」と不意に高重はいって参木の後へ現れた。

参木は振り返った。高重は呼吸を切迫させて立て続けにいった。

「君、僕の後から従《つ》けて来ている奴があるからね、よろしく頼むよ、どうも、明日が危い。明日、奴らは始めるらしいぞ。今夜はこれから警官の所へ廻って、御機嫌をとっとかなくちゃならんのだ。いや早《は》やどうも、眼が廻るよ。」

いよいよ罷業《ひぎょう》が始まるのだ。

「じゃ、これからすぐあなたはいらっしゃるんですか。」

「うむ、行こう。」と高重はいいながら参木の盃をとって傾けた。

「しかし、いよいよ始まったとした所で、始まったら始まったでどうにかなるさ。そこは支那魂という奴で、ね、君、不思議なもので、僕はこれでも、会社がひっくり返ろうとしているのに、昨夜現像した水牛の写真の方が気になるんだ。」

「それほどの程度で済ませるなら、ここで酒でも飲んでる方がいいでしょう。」

「いや、まアそういってしまっちゃおしまいさ。僕の会社に罷業が起れば、後の会社は将棋倒しだ。僕のこの腕一本は、今の所、支那と日本の実権を握っているのと同じだからね。僕を煽《おだ》てて酒を飲ましちゃ、国賊だよ。」

「じゃ、もう一杯。」

二人は首を寄せて飲み始めた。高重は片腕を捲《ま》くし上げると、盃を舐《な》めながら、ぶるぶる慄えて落ちそうな阿片の丸《たま》を睨んでいた。

虫の食った肝臓が皿の上に盛り上って並べられた。阿片の匂いが酒の中へ混って来た。うす鈍い光りを放って寝ていた坊主頭が、煉瓦の柱の角から脱《はず》れると、瘤にひっかかって眼を醒《さま》した。豆ランプが煤けたホヤの中で鳴り始めた。

「あ、そうだ、君にいうのを忘れていた。」と高重はいうと、突然眉を顰《ひそ》めて黙ってしまった。

参木はしばらく高重の盃に当てた唇を眺めていた。

「競子の婿《むこ》が死んだんだ。」

参木は急に廻転を停めた心を感じた。と、輝き出した巨大な勢力が、彼の胸の中を馳け廻った。彼は喜びの感動とは反対に、頭を垂れた。だが、次の瞬間、彼はじりじり沈んで行く板のような自分を感じた。

――俺が鏡子の良人《おっと》に変るとしても、金がない。地位がない。能力がない。ただ有るものは、何の形もない愛だけだ。――

ふと、彼は高重の沈黙の原因を、自分に向けた高重の憐愍《れんびん》だと解釈した。するとにわかに、怒りが腹の中で突っ立ち上った。彼は鏡子を――高重の妹を、押し除《の》ける作用で充血した。すると、今まで彼女のために跳ね続けて来た女の動作が、浮き上って来て、乱れ始めた。お柳、オルガ、お杉、宮子、と泡立ちながら――。

「さて、いよいよこれから夜業の番か、おい君、今夜は危いから、僕から放れてひとり行っちゃ、おしまいだよ。」

高重はポケットのピストルに触りながら立ち上った。参木も彼の後から出ていった。彼は嫁いだ鏡子をひそかに愛していた空虚な時間に、今こそ決然と別れを告げねばならぬと決心した。

――まア、いくらでも、お目出度《めでた》くめそめそしたけりゃ、するがいいよ。――

雨の中を一組の日本の巡羅兵《じゅんらへい》が、喇叭《らっぱ》を小脇にかかえて通っていった。高重は参木の方へ傾くと小声でいった。

「君、今度の罷業は大きくなるよ。」

「大きけりゃ、大きいだけ、面白いじゃないですか。」

「それも、そうだ。」

二人は黄包車《ワンボウツ》に乗ると飛ばしていった。

二三

円筒から墜落する滝の棉《わた》。廻るローラー。奔流する棉の流れの中で工人たちの夜業は始まっていた。岩窟のような機械の櫓《やぐら》が、風を跳ね上げながら振動した。舞い上る棉の粉が、羽搏《はばた》かれた羽毛のように飛び廻った。噴霧器から噴き出す霧の中でベルトの線が霞み出した。噛み合う歯車の面前を、隊伍を組んだ糸の大群が疾走した。

参木は高重につれられて梳棉部《カード》から練条部《ドローイング》へ廻って来た。繁った鉄管の密林には霧が枝々にからまりながら流れていた。雑然と積み重ったローラーの山がその体積のままに廻転した。

参木は突撃して来る音響に耳を塞いだ。すると、捻《ね》じれた寒い気流が無数の層を造って鉄の中から迫って来た。高重は棉の粉を顔面に降らせながら、傍の女工を指差していった。

「どうだ、これで一日、四十五銭だ。」

棉を冠って群れ動く工女の肩が、魚のようにベルトの瀑布の中で交錯した。揺れる耳環が機械の隙間を貫いて光って来た。

「君、あそこの隅にスラッピングがあるだろう。その横で、ほら、こちらを向いた。」

と高重はいうと、急に黙って横を見た。

絡《からま》ったパイプの蔓《つる》の間から、凄艶な工女がひとり参木の方を睨んでいた。参木は彼女の眼から狙われたピストルの鋭さを感じると高重に耳打ちした。

「あの女は、何者です。」

「あれは、君、こないだいってた共産党の芳秋蘭さ。あの女が右手を上げれば、この工場の機械はいっぺんに停るんだ。ところが近頃、あの秋蘭はお柳の亭主一派と握手し出して来てね。なかなかしたたかものでたいへんだ。」

「それが分っている癖に、何《な》ぜそのままにしとくんです。」

「ところが、それを知ってるのは、僕だけなんだよ。実は、僕はあの女と競争するのが、少々楽しみなんんだ。いずれあの女もやられるに定《きま》っているから、見ておき給え。」

参木はしばらく芳秋蘭の美しさと闘いながら彼女の悠々たる動作を見詰めていた。汗と棉とが彼の首筋から流れて来た。廻るシャフトの下から、油のにじんだ手袋が延び出て来ると、参木の靴の間でばたばたした。高重は参木の肩を叩いて支那語でいった。

「君、これでこの工場の賃銀は、外国会社のどこよりも高いんだ。それにも拘らず、また一割増の要求さ。僕の困るのも分るだろう。」

実は周囲の工女に聞かすがために、参木にいった高重の苦しさを、参木は感じて頷いた。すると、高重は再び日本語で彼に向って力をつけた。

「君、この工場を廻るには、鋭さと明快さとは禁物だよ。ただ朦朧とした豪快なニヒリズムだけが機関車なんだ。いいか、ぐっと押すんだ。考えちゃ駄目だぞ。」

二人は練条部《ドローイング》から打棉部《スカチャー》の方へ廻って来た。廊下に積み上った棉の間には、印度人の警官がターバンを並べて隠れていた。

「参木君、この打棉部《スカチャー》には危険人物が多いから、ピストルに手をかけていてくれ給え。」

円弧を連ねたハンドルの群れの中で、男工たちの動かぬ顔が流れていた。怒濤のような棉の高まりが機械を噛んで慄えていた。参木はその逆巻《さかま》く棉にとり巻かれると、いつものように思うのだ。……生産のための工業か、消費のための工業かと。そうして、参木の思想はその二つの廻転する動力の間で、へたばった蛾《が》のようにのた打つのであった。彼は支那の工人には同情を持っていた。だが、支那に埋蔵された原料は同情の故をもって埋蔵を赦すなら、どこに生産の進歩があるか、どこに消費の可能があるか。資本は進歩のために、あらゆる手段を用いて、埋蔵された原料を発掘するのだ。工人たちの労働がもしその資本の増大を憎んで首を縛りたいなら、反抗せよ、反抗を。

参木はピストルの把手を握って工人たちを見廻した。しかし、ふと、また彼は考えた。

――もし母国が、この支那の工人を使わなければ、――彼に代って使うものは、英国と米国にちがいない。もし英国と米国が支那の工人を使うなら、日本はやがて彼らのために使用されねばならぬであろう。それなら、東洋はもう終いだ。

参木は取引部へ到着した今日のランカシアーからの電文を思い出した。ランカシアーでは、英国棉の振興策を講じるため、工業家の大会が開催された。その結果、マンチェスターの工業家の集団は、ランカシアーと共同して、印度への外国棉布の輸入に対し関税の引き上げを政府へ向って要求した。

参木はこの英国に於けるマーカンチリズムの活動が、何を意味するかを知っている。それは、明らかに日本紡績への圧迫にちがいない。彼らは支那への日本資本の発展が、着々として印度に於ける英国品――ランカシアーの製品のその随一の市場を襲っていることに、恐慌を来《きた》している。しかし、支那では、日本の紡績内にこの支那工人たちのマルキシズムの波が立ち上っているのである。母国の資本は今は挟《はさ》み撃ちに逢い出したのだ。参木には、ひとり喜ぶ米国人の顔が浮んで来た。そうして、より以上にますます喜ぶロシアの顔が。――レセ・フェールの顚落《てんらく》とマルキシズムの擡頭《たいとう》。その二つの風の中で、飛び上っている日本の凧《たこ》――参木は今はただピストルを握ったまま、ぶらりぶらりとするより仕方がないのだ。思考のままなら、彼の狙って撃ち得るものは、頭の上の空だけだ。しかし、危険は、この工場内にいる限り、刻々彼自身に迫っている。何故にこの無益な冒険をしなければならぬのか。――ただ自分の愛人の兄を守るためのみに。――彼は高重の肩を見るたびに、彼から圧迫される不快さに揺すられて歩を進めた。

そのとき、河に向った南の廊下が、真赤になった。高重は振り返った。その途端、窓硝子《ガラス》が連続して穴を開けた。

「暴徒だ。」と高重は叫ぶと、梳棉部《カード》の方へ疾走した。

参木は高重の後から馳け出した。梳棉部では工女の悲鳴の中で、電球が破裂した。棍棒形のラップボートが飛び廻った。狂乱する工女の群《むれ》は、機械に挟まれたまま渦を巻いた。警笛が悲鳴を裂いて鳴り続けた。

参木は揺れる工女の中で暴れている壮漢を見た。彼は白い三角旗を振りながら機械の中へトップローラを投げ込んだ。印度人の警官は、背後からその壮漢に飛びつくと、ターバンを摺らして横に倒れた。雪崩《なだ》れ出した工女の群は、出口を目がけて押しよせた。二方の狭い出口では、犇《ひし》めき合った工女たちがひっ掻き合った。電球は破裂しながら、一つ一つと消えていった。廊下で燃え上った落棉の明りが破れた窓から電燈に代って射し込んで来た。ローラの櫓は、格闘する人の群に包まれたまま、輝きながら明滅した。参木は廊下の窓から高重の姿を見廻した。巨大な影の交錯する縞の中で、人々の口が爆《はじ》けていた。棉の塊りは動乱する頭の上を躍り廻った。礫《つぶて》が長測器《メートル》にあたって、ガラスを吐いた。カーデングマシンの針布が破れると、振り廻される袋の中から、針が降った。工女たちの悲鳴は、墜落するように高まった。逃げ迷う頭と頭が、針の中で衝突した。噴霧器から流れる霧は、どよめく人の流れのままにぼうぼうと流れていた。

廊下へ逃げ出した工女らは、前面に燃え上った落棉の焔を見ると、逆に、参木の方に雪崩《なだ》れて来た。押し出す群れと、引き返す群れとが打ち合った。と、その混乱する工女の渦の中から、彼は、閃めいた芳秋蘭の顔を見た。もしこの暴徒が工人たちのなかから発したものなら、どうしてそれほど彼女は困憊《こんばい》するだろう。参木は思った。……これは不意の、外からの暴徒の闖入《ちんにゅう》にちがいない、と。

参木は近づいて来た芳秋蘭を見詰めながら、廊下の壁に沿って立っていた。すると、工女の群は参木を取り包んだまま、新しく一方の入口から雪崩れて来た一団と衝突した。参木は打ち合う工女の髪の匂いの中で、揉まれ出した。彼は揺れながら芳秋蘭の行衛《ゆくえ》を見た。彼女は悲鳴のために吊り上った周囲の顔の中で、浮き上り、沈みながら叫んでいた。彼は彼を取り巻く渦の中心を彼女の方へ近づけようと焦《あせ》り始めた。火は落棉から廊下の屋根に燃え拡がった。吐け口を失った工女の群は非常口の鉄の扉へ突きあたった。が、扉は一団の塊りを跳ね返すと、更に焔の屋根の方へ揺れ返した。参木はもはや自分自身の危険を感じた。彼はこの渦の中から逃れて場内の暴徒の中へ飛び込もうとした。しかし、彼の両手は押し詰めた肩の隙からも抜けなかった。背後から呻き声の上るたびごとに、彼の頭はひっ搔かれた。汗を含んだ薄い着物が、べとべとしたまま吸いつき合った。彼は再び芳秋蘭を捜して見た。振り廻される劉髪《りゅうはつ》の波の上で刺さった花が狂うように逆巻いていた。焰を受けて煌《きら》めく耳環の群団が、腹を返して沸き上る魚のように沸騰した。と、再び揺り返しが、彼の周囲へ襲って来た。彼は突然、急激な振幅を身に感じた。面前の渦の一角が陥没した。人波がその凹《へこ》んだ空間へ、将棋倒しに倒れ込んだ。新しい渦巻の暴風が暴れ始めた。飛び上った身体が、背中へ辷《すべ》り込んだ。起き上った背中の上へ、背中が落ちた。すると、参木の前の陥没帯の波の端から芳秋蘭の顔が浮き上った。参木は弛《ゆる》んだ背中の間をにじりながら、彼女の方へ延び出した。彼は彼女の肩へ顎をつけた。しかし、彼の無理な動揺は、彼の身体を舟のように傾かせた。彼は背後からの圧力を受け留めることが出来なかった。彼は斜めに肩と肩との間へ辷り込んだ。続いて芳秋蘭の身体が崩れて来た。彼は彼女を抱いて起き上ろうとした。すると、上から人が倒れて来た。彼は頭を蹴りつけられた。身体が振動する人の隙間を狙って沈んでいった。彼は秋蘭を抱きすくめた。腕が足にひっかかった。沓《くつ》が脇の下へ刺さり込んだ。しかし、参木には、もはや背中の上の動乱は過去であった。二人は海底に沈んだ貝のように、人の底から浮き上る時間を待たねばならなかった。彼は苦痛に抵抗しながら身を竦《すく》めた。秋蘭の頭は彼の腹の底で藻《も》掻《が》き出した。彼の意識は停止した音響の世界の中で、針のように秋蘭に向って進行した。

非常口が開けられると、渦巻いた工女は広場の方へ殺到した。倒れた頭が一つずつ起き上った。参木は起き上ろうとして膝を立てた。秋蘭は彼の上衣に摑まったまま叫んだ。

「足が、足が。」

彼は秋蘭を抱きかかえると広場の方へ馳けていった。

二四

参木は秋蘭の隣室で眼を醒《さま》した。彼は煙草を吸いながら窓から下を見降《みおろ》した。朝日を受けた街角では、小鳥を入れた象牙の鳥籠が両側の屋根の上まで積っていた。その鳥籠の街は深く鳥のトンネルを造って曲っていた。街角から右へ売卜者《ばいぼくしゃ》の街が並んでいた。春服《しゅんぷく》を着た支那人の群れは、道いっぱいに流れながら、花を持って象牙の鳥籠の中を潜《くぐ》っていった。彼らのその笛の音を聞くような長閑《のどか》な流れに従い、街は廻りながら池の中へ中心を集めていた。

参木は昨夜以来の彼自身の成行《なりゆき》を忘れてしまった。彼は雨の中を秋蘭のいうままにただ馳けたのであった。彼は医院へ馳け込んだ。彼は秋蘭の足がただ所々擦《す》りむけて筋が捻《よじ》れただけにも拘らず、彼女を乗せて自動車を走らせた。彼はいった。

「どうぞ、お宅まで、御遠慮なく。」

彼は彼女を鄭重にすることが、頭の中から競子を吐き出す何よりの機会だと観測した。思慮は一切過去の総《すべ》てを悲劇に導いて来ただけではないか。彼は彼自身を煽動しながら、秋蘭の部屋まで這入っていった。しかし、彼の喜びはまたその壁の中でも進行した。

秋蘭は彼に隣室の客間を指して巧みな英語でいった。

「どうぞ、あちらが空《あ》いていますから。」

彼が彼女を礼節よりも愛した原因はその秋蘭の眼であった。秋蘭は彼にいい続けた。

「どうぞ、あちらへ、ここはあまりお見せしたくはございませんの。」

「じゃ、もうこのままこれで失礼しましょう。」と参木も英語でいった。

「いえ、あたくし、もうしばらくいらっしていただきたいんでございます。それに、ここは支那街でございますわ。今頃からお帰りになりましては、またあたくしがお送りしなきあならないんですもの。」

彼は彼自身の欲するものを退けて来たのは、過去であった。帆は上げられて辷っている。彼は自身の胸に勇敢な響きを感じながら、隣室に下った幕を上げた。そこで、彼はいつになれば秋蘭が全く敵対心も無くしてしまうのであろうかを待ちながらも、いつの間にか眠ってしまった。

しかし、今は、朝だ。――

池の中で旗亭の風雅な姿は積み重なった洋傘のように歪《ゆが》んでいた。その一段ごとに、鏡を嵌《は》めた陶器の階段は、水の上を光って来た。人で埋った華奢《きゃしゃ》な橋の欄干は、ぎっしりと鯉で詰った水面で曲っていた。人の流れは祭りのように駘蕩《たいとう》として、金色の招牌《しょうはい》の下から流れて来た。

参木はその人の流《ながれ》の上に棚曳《たなび》いたうす霧の晴れていくのを見ていると、秋蘭と別れる時の近づいたのを感じた。彼は秋蘭の部屋の緞帳《どんちょう》を揺すった。秋蘭は古風な水色の皮襖《ピーオ》を着て、紫檀の椅子に凭《よ》りながら手紙の封を切っていた。彼女は朝の挨拶を済《すま》すと足の痛みの柔《やわら》ぎを告げて礼を述べた。

「もし昨夜あなたが、あたしの傍にいて下さらなければ、――」

と、秋蘭はいった。そうして、彼女は参木に異国の友を一人持ち得た喜びを述べると、食事を取りに附近の旗亭へ案内したいといい出した。

「しかし、あなたのそのお傷じゃ、――」と参木はいった。

「いえ、あたしたちはもう日本の方に、そんなに弱い所ばかりお見せしたくはございませんの。」

秋蘭は参木を促すと先に立った。二人は街へ降りた。石畳の狭い道路は迷宮のように廻っていた。頭の上から垂れ下った招牌や幟《のぼり》が、日光を遮《さえぎ》り、その下の家々の店頭には、反《そ》りを打った象牙が林のように並んでいた。参木はこの異国人の混らぬ街を歩くのが好きであった。象牙の白い磨《と》ぎ汁が石畳の間を流れていた。その石畳の街角を折れると、招牌の下に翡翠《ひすい》の満ちた街並が潜んでいた。眼病の男は皿に盛り上った翡翠の中に埋もれたまま、朝からぼんやりと眼をしぼめて、明りの方を向いていた。

参木は象牙の挽粉《ひきこ》で手を洗う工人の指先を眺めながら、彼女にいった。

「あなたはこれからどっかへお急ぎになる所じゃありませんか。」

秋蘭は彼の言葉が、何を意味するかを見詰めるように、彼を見た。

「いえ、あたくし、今日はこの足でございましょう?」

「しかし、ここまでいらっしゃれるなら、もうどこへだって大丈夫だと思いますが。どうぞ僕のために御無理をなさいませんように。」

参木は秋蘭が何者であるかを気付かぬらしく装いながら、のどかに風鈴の鳴る店頭へ眼を移した。秋蘭はしばらく彼の横顔を眺めていたが、間もなく、急所を見抜かれた女のように優しげに顔を赭《あか》らめて参木にいった。

「あなたはもうあたくしがどんな女だか、すっかり御存知でいらっしゃいますのね。」

「知っています。」と彼は答えた。

しかし、秋蘭はただ落ちついて笑っているだけだった。参木はいった。

「僕は昨夜の騒動は、あれは外からの暴徒だと思うんですが、もしあなたがあの出来事を予想してらしたのなら、あんな騒ぎにはならなかったと思うんです。何かあれは、あなたがたの妨害を謀《たくら》んだものの仕事のように思うんです。」

「ええ、そうでございますとも。あれは全く不意の出来事でしたの。あたくしたちは、お国の方《かた》の工場にあんなことの起るのを願うこともございましたけれども、それはあたくしたちの手で起さなければ、お国の方に御迷惑をおかけするような結果になるだけだと思いますの。」

参木は笑いながら秋蘭にいった。

「では、どうぞ。」

秋蘭は朗かな歯並を見せて動揺した。しかし、参木は不意に憂鬱になって来た。――

何を自分は狙っていたのかと考えたのだ。自分が彼女を追い馳けた苦心の総ては火事場の泥棒と同様ではなかったか。自分が彼女を送ったのは、自分の卑屈を示しただけではなかったか。——しかし、彼はすでになされた反省の決算を思い出した。今は、彼はただこの支那街の風景の中を、支那婦人と共に漫歩する楽しさに放心すればそれで良いのだ。それ以外は、いや、考えちゃ、もう駄目だ。

翡翠に飾られた店頭の留木《とまりぎ》には、首を寄せ集めた小鳥のように銀色の支那沓がとまっていた。象牙の櫛《くし》が煙管や阿片壺と一緒に、軒を並べて溢れていた。壁に詰った印肉の山の下で、墨が石垣のように並んでいた。仏像を刻む店々の中から楠《くすのき》の割れる音が響いて来た。人波の肩の間で、首環売りがざくざくと玉を叩いた。参木は秋蘭の方を見た。すると、彼女の水色の皮襖《ピーオ》は、羽根を拡げたように連った店頭の支那扇の中で、しなしなと揺れていた。

二人は旗亭の辷る陶器の階段に足をかけた。参木は秋蘭の腕を支えた。彼女は彼によろめきかかると笑っていった。

「まア、あたくし、まだあなたに御迷惑をおかけしなければなりませんのね。」

「どうぞ。」

「あたくし、こんな身体で、よく労働が勤まるとお笑いになるでしょう。」

「いや、たいへん感服させられております。」

「でも、あたくしたちは、ほんとうはまだまだ駄目なんでございますの。あたくしなんか、こんなに威張ったりしておりましても、もうすぐこうして美しい着物やなんか、着てみたくてなりませんのよ。」

参木は階段の中途で、この支那婦人の繊細な苦悶に触れるのが喜ばしく感じられた。階段の立面に嵌《はま》った鏡の上では、一段ごとに浮き上る秋蘭の笑顔が、フィルムのように彼を見詰めて変っていった。すると、ふと参木は、高重のいった言葉を思い出した。

――

「この女も、いずれ誰かにやられるから、見て置き給え。」

ばったりフィルムが切れて、凄艶な秋蘭の笑顔が無くなると、白蘭の繁った階上から緑色の陶器の欄干が現れた。

「僕があなたとお近づきになったことで、もしあなたに御迷惑をおかけするような結果にでもなりますなら、どうぞ、御遠慮なく仰言《おっしゃ》って下さい。」

「いえ、あなたこそ御遠慮なく。あたくしにはあなたが他国の方とは思えませんの。

無論あたくしたちは、あなたがたの工場と争わなければなりませんわ。でも、そんなことは、何んといったらいいんでしょう。あなたと争い事のようになるものとは思えないんでございますの。」

参木は黒檀の椅子に腰を降ろすと、いつの間にか豊かな愛情の中で漂い出した日本人に気がついた。彼は再び憂鬱に落ち込んだ。彼が競子を蹴ったのは、彼が競子のために乱されたからではなかったか。彼が秋蘭に溺れたのは、競子を蹴って逃げ出すためではなかったたか。しかし、今また彼は、駈け込んだ秋蘭のために乱されて来たのであった。彼は、今は自身がどこをうろついているのか分らなくなって来た。――彼は引き下ったように身構えると、突然秋蘭にごつごつした英語でいい始めた。

「僕はあなたが、僕を日本人じゃないと思って下さるお心持ちにはお礼を申しますが、しかし、僕は日本人だということを、別に悲しむべきことだとは少しも思っちゃおりませんですよ。ただ僕はマルキストのように、自分を世界の一員だと思うようなことが出来ないだけの日本人です。誰でもマルキストは、西洋と東洋との文化の速度を、同じだと思ってるように見受けるんですけれども、僕はその誤りからは、ただ秀れた犠牲者を出すだけが唯一の生産のように思われるんです。どうでしょう。」

すると、秋蘭は彼と太刀《たち》を合すように、急に笑顔を消して彼に向った。

「それはあたくしたちにも、今の所いろいろな誤謬のあることは、認めなければなりませんわ。でも、その国にはその国の原料と文化とに従ったマルキシズムの運用法があると思います。譬えば、あたくしたちが中国人の経営する工場へ闘争力を注ぐよりも、先ず外人の工場へというように、自然に強力な方向に動いて参りますのは、これは仕方がないんじゃないでしょうか。」

「けれども、それはあなたがたが、中国に新しい資本主義をますます強く、お建てになるのと同様じゃないでしょうか。僕は外国会社の生産能力を圧迫すれば、それだけ中国の資本主義が発展するにちがいないと思うんですが。」

「でも、そういうことは、今はあたくしたちは出来得る限り黙認しなければならないと思いますの。あたくしたちにとって、中国の資本主義より、外国の資本主義を恐れなければならないことの方が、たしかに当然なことじゃございませんでしょうかしら。」

参木はもはや秋蘭との愛の最後を感じると、ますます頭を振って斬り込んでいきたくなった。

「勿論《もちろん》、僕はあなたがたが、われわれの工場をお選びになったということには、不幸を感じております。僕は日本を愛しています。しかし、それがすぐに中国との闘争になることだとは、僕はあなたがたのようには思えないですね。」

「それはあなたが東洋主義者でいらっしゃるからだと思いますわ。もうあたくしたちは、東洋主義がどんなにお国のブルジョアジーに尽力したかということを、清算しなければならないときです。あたくしたちは、どなたでも、貧しい人々の外は、もうちっとも信頼することが出来なくなっておるんでございますの。」

「あなたが僕をあなたのお思いになるような東洋主義者になすったのは残念ですが、僕が日本を愛したいと思うのは、あなたが中国をお愛しになるのと何んの変りもないのです。僕は自分の母国を愛する感情が、それがすぐにあなたの仰言《おっしゃ》るブルジョアジーを愛するのと同じ結果になるという状態には、幾分迷惑を感じているものなんですけれども、しかし、だからといって母国を愛せずに、中国を愛しなければならぬという理由も、今の所、どこにもないと思うんです。」

「でもそれは、あたくしには、あなたがただお国の味方をなすっていらっしゃるだけだと思われますの。もしあなたがほんとうにお国をお愛しなすっていらっしゃいますなら、中国のプロレタリアもお愛しになるに違いないと思います。あたくしたちがお国に反抗するのは、お国のプロレタリアにではありませんわ。だから、あたくしあなたに、こんなことをお話ししたりすることは――。」

「しかし、僕は中国の人々が日本のブルジョアジーを攻撃するのは、結果に於て日本のプロレタリアを虐《いじ》めているのと同様だと思うんですよ。」

秋蘭は咳《せ》き上げて来た理論に詰ったように眼を光らせた。

「どうしてでございましょう。あたくしたちはお国のプロレタリアのためには、中国を解放しなくちゃならないと思っているんでございますけど。」

「しかし、それは日本にプロレタリアの時代が来なければ、――」

「そうです、あたしたちはお国にプロレタリアの時代の来るために、お国のブルジョアジーに反抗しているんでございますわ。」

「しかし、それには中国にも同時にプロレタリアの時代が来なければ、――」

「それは勿論、あたくしたちはそのために、絶えず活動しているんじゃございませんか。その第一に、今もあたくしたちはあなた方の工場に、不平を起そうと企んでいるんでございますわ。多分もう今頃は何んとかされている頃かと思われますが、どうぞしばらく、御辛抱をお願いします。」

秋蘭はまだこのときも参木への感謝を失わずに頭を下げた。しかし、参木には新しい疑問が雲のように起って来た。彼はいった。

「僕はさきにも申し上げた通り、あなた方がわれわれの工場の機械をおとめになるということには、今何《な》んと申上げていいか分らないんです。けれども、中国がいま外国資本を排斥することから生じる得は、中国の文化がそれだけ各国から遅れていくということだけにあるんじゃないかと思うんです。これは勿論重々失礼ないい草だと思いますが、しかし、優れたコンミニストとしてのあなたのこの客観的な確実な問題に対しての御感想は、最も資本の輸入の必要に迫られている中国であるだけに、一応承わっておきたいと思うんです。」

秋蘭は頭脳の廻転力を示す機会を持ち得たことを誇るかのように、軽やかに支那扇を拡げてにっこりと笑った。

「ええ、それは、あたくしたちの絶えず考えねばならぬ中国問題の一つでございますの。でも、それと同時にそんな問題は、列国ブルジョアジーの掃溜《はきだめ》である共同租界の人々からは、考えて頂かない方が結構な問題でもございますわ。これは勿論失礼ないい方ですけれども、あたくしたち中国人にとって、殺到して来る各国の武力から逃れるための方法としてでも、あたくしたち以外の考えがあるとお思いになりまして。」

しかし、彼の頭の中では彼女のいう「掃溜に関する疑問」は、依然として首を振った。——問題はそれではないのだ。掃溜の倫理が問題なのだ。——と。

事実、各国が腐り出し、蘇生するかの問題の鍵は、この植民地の集合である共同租界の、まだ誰も知らぬ掃溜の底に落ちているにちがいないのだ。ここには、もはや理論を絶した、手をつけることの不可能な、混濁したものが横《よこたわ》っているのである。参木は運び出されたスープの湯気の上へ延びながら、笑っていった。

「どうも、僕は昔から相手の人を敬愛すると不思議に頭が廻転しなくなる癖があるんです。どうぞ、お怒りにならないように。」

すると、秋蘭の皮襖《ピーオ》の襟からは、初めて、典型的な支那婦人の都雅《とが》な美しさが匂いのように流れて来るのであった。

「あたくし、今日はあなたとこんな嶮《けわ》しいお話をしたいとは思いませんの。もっと、あなたのお喜びになるような、御歓待をしなければと思うんですけど、——」

「いや、もう僕はあなたから、東洋主義者にしていただいたことだけで結構です。」

「あら。」と秋蘭は美しい眼を上げて扇をとめた。

「しかし、もともと僕はあなたをお助けしようなどと殊勝な心掛けで御介抱したのではありません。もしそうなら、あのときあなた以外の沢山な人にも、僕は同様に心を働かせていたはずだったと思います。それに、特にあなたを見詰めて動き出したという僕の行動は、マルキシズムなんかとは凡《およ》そ反対の行動でしたのです。しかし、とにかくもうこれだけの僕の気持ちをお話しすれば、もう一度お眼にかかりたいとは思わないでしょうから、では、今日はこれで、さようなら。」

参木は辷る陶器の階段を降りていった。すると、秋蘭の扇はぱったり黒檀の円卓の面《おもて》へ投げ出された。

二五

河へ向って貧民窟の出口が崩れていた。その出口の周囲には、堆積された汚物が波のように続いていた。参木の家へ出かけたお杉は彼の帰りを見計らって歩いて来た。影の消えた夕闇の中で、お杉の化粧は青ざめていた。霧が泥の上を流れて来た。真黒な長い棺が汚物の窪みの間を縫って動いていった。河岸の地べたに敷かれた古靴の店の傍で、売られる赤児が暗い靴の底を覗いていた。

揚荷を渡す苦力《クリー》たちの油ぎった塊《かたま》りの中から、お杉は参木の姿を見つけ出した。彼女はくるりと向き返えると、逆に狼狽《うろた》えて歩き出した。が、何も狼狽えることはない。彼女は彼の家を出てから十日の間に、早くも男の秘密を読み破る鑑識を拾って来たはずだ。それに、――彼女は夕闇の中で呼吸が俄《にわか》に激しくなった。この次逢えば、冷い参木の胸を叩き得る手段を感じて、昂然として来たはずだのに――お杉の背中は乳房の後ろで張り始めた。彼女は数々の男の群れを今は忘れて逆上した。舞い疲れた猿廻しの猿は泥溝《どぶ》の上のバナナの皮を眺めていた。虫歯抜きの老婆は貧民窟から虫歯を抜いて出て来ると、舟端に腰を降ろして銅貨の面《おもて》を舐《な》め始めた。

参木は河岸に添ってお杉の後まで近づいた。しかし、彼は前へ行くお杉には気付かなかった。二人は平行した。お杉は意志とは反対の霧の降りた河を見た。河にはいっぱいに満ちた舟の中で、整えられた排泄物が露出したまま静に水平を保っていた。参木はお杉の前になった。彼女は彼の後から彼の家まで歩こうと思った。すると、十日間の過去が、参木の知らない彼女の淫らな過去が、お杉の優しさをうち叩いた。

お杉は彼との肉体の間隔に、威厳を感じた。化粧した顔が、重くぐったりと下って来た。希望が歩く時間に擦りへらされた。愛情はまだ参木の後姿に絡《からま》ったたまま、沈み出した。すると、お杉は通りかかった黄包車《ワンボウツ》を呼びとめて、参木の面前を馳《か》け抜いた。

参木は車体の上で黙礼しながら揺れて行くお杉を見た。瞬間、彼は新鮮な空気の断面を感じて直立した。彼は黄包車を呼んだ。彼は彼女の後を馳けさせた。しかし、彼は逃げるお杉を追わねばならぬ原因がどこにあるのか分らなかった。ただ夕暮れの疲労の上に、不意に輝いた郷愁に打たれた自分を感じると、彼は再び潤《しお》れて来た。泥溝の岸辺で、黒い朽ちかけた杭が、ぼんやりと黒い泡の中から立っていた。古い街角で壁が二人の車を遮ぎった。二人の車は右と左に分れていった。

お杉は雑閙《ざっとう》した街の中で車を降りた。彼女は露路の入口へ立つと、通りかかった支那人の肩を叩いていった。

「あなた、いらっしゃいな、ね、ね。」

湯を売る店頭の壺の口から、湯気が馬車屋の馬の鬣《たてがみ》へまつわりついて流れていた。吊り下った薪《まき》のような堅い乾物の谷底で、滴りを垂らした水々しい白魚の一群が、盛り上って光っていた。

二六

参木は割れた鏡の前で食事を取った。壁には人声の長らく響かぬ電話がかかり剝《は》ぎ忘れたカレンダーが遠い日数を曝《さら》していた。参木は花瓶にへし折れたまま枯れている菖蒲《しょうぶ》の花の下で、芳秋蘭の記憶を忘れようとして努力した。彼はだらりと椅子の両側へ腕を垂れ、眼を瞑り、ただ階段の口から揺れて来る食物の匂いに騒ぐ生活を感じていた。希望は——彼が芳秋蘭を見て以来、再び、彼の一切の希望は消えてしまった。彼は水を見詰めるように、彼の周囲の静けさの中から自分の死顔を探り出した。

日本人の給仕女が退屈まぎれに、しなしなと貴婦人の真似をしながら、昇って来た。窓から見える鋪道の上で、豚の骨を舐《な》めた少女の口の周囲に青蠅が一面髭のようにたかったまま動かなかった。トラックに乗った一団の英国軍楽隊が、屋根の高さのままで疾走した。黄包車《ワンボウツ》の素足の群れが、タールを焼きつける火に照らされながら、煙の中を破って来た。ふと参木は、薄暗い面前の円卓の隅で、瓶の中の水面を狙ってひそかにさきから馳け昇っているサイダーの泡に気がついた。

——これは、と彼は思った。それと同時に、彼は再び芳秋蘭と一緒に揺れ上って来た彼の会社の罷業の状態を思い出した。それは単なる罷業ではなかった。それは芳秋蘭の言葉のように、ますます確《たし》かに前進するにちがいない。それは民族と民族との戦いにまで馳け上る危機を孕《はら》んで廻転する。——彼は瓶を摑んで振ってみた。泡は、泡とは、圧迫する水の圧力を突き破って昇騰する気力である。参木は芳秋蘭らの率いる支那工人の団結力が、彼の会社の末端から発生し、高重の占める組長会議を突破し、主任会議を突き抜け、部長会議を粉砕して重役会議にまで馳け上った縦断面を、頭に描いた。工人たちの要求は、その重役会議で否決された。外部の総工会が活動した。その指令のままに動く工人たちの操業は、停止された。そうして、いよいよ大罷業が始ったのだ。この海港にある邦人紡績会社のほとんど全部の工場は、今は飛び火のために苦しみ出した。やがて、日貨の排斥が行われるであろう。英米会社は自国の販売市場の拡張のため、その網目のように張られた無数の教会と合体して、支那人の団結力を煽動するにちがいない。

——しかし、ロシアは、と彼は考えた。

ロシアは英米の後から、彼らの獲得したその販売市場に火を放っていくにちがいない。参木はやがてこの海港の租界を中心に、巻き起こされるであろう未曾有の大混乱を想像した。もし芳秋蘭が殺されるなら、そのときだ。×英米三国の資本の糸で躍る支那軍閥の手のために、彼女は生命を落すであろう。——

しかし参木にはこの尨大《ぼうだい》な東亜の渦巻が、尨大な姿には見えなかった。それは彼には、頭の中に畳み込まれた地図に等しい。彼は指に挟んだ葉巻の葉っぱが、指の間で枯れた環《わ》をごそりと弛めているのを眺めながら、現実とは自分にとってこの枯れた葉巻の葉っぱであろうか、頭の中の地図であろうか、と考え出した。

二七

甲谷が来ると参木は昨夜から襲われ続けた芳秋蘭の幻想から、ようやく逃れたように自由になった。参木はいった。

「君の顔は明るい、まるで、獣《けもの》だ。」

甲谷はステッキを振り上げた。しかし、たちまち彼は笑い出すと参木を打った。

「これでも、獣か、獣か。——ところが、僕は昨夜からまだ人間にはなれないんだぜ。あらゆる悪事をやってのけようと企らんでいるのだが、悪事をやるには、何より先ず立派な人間にならんと駄目だ。」

甲谷は溜息をつきながら、参木の身体に凭《よ》りかかった。

「どうした、参木、俺の敵は馬鹿に萎《しお》れているじゃないか。」

「萎れた、参木も駄目だよ。マルキシズムの虫がついた。」

甲谷は参木から飛びのくと、大げさに眉を立てた。

「虫か。」

「虫だよ。」

「君も憐れな奴だね、君は人間の不幸ばかり狙って生きてるんだ。人間が不幸になって、どうしようてんだ。」

「君に不幸が分ればマルキシズムなんて存在しないよ。」

「馬鹿をいえ。人間の幸福というものは、不幸な奴がいるからこそ、幸福なんだ。われわれは不幸な奴まで幸福にしてやる資格なんて、どこにあるんだ。人間は人を苦しめておれば、それで良ろし。俺が俺のことを考えずに、誰が俺のことを考えてくれるのだ。行こう。今夜は神さまのいる所へ行くんだぞ。しっかり頼むよ。」

二人は階段を降りた。狭い壁と壁との間の敷石に血痕が落ちていた。と、人気のない庭の出口の土間の上に、支那人が殺されたまま倒れていた。二人は立ち停った。転げた西班牙《スペイン》ナイフの青い彫刻の周囲で血がまだ静かな活動を続けていた。甲谷は死体を跨《また》いで外へ出ると、参木にいった。

「どうも、飛んだ邪魔物だね。問題はどこだったのかな。」

参木は今は甲谷の虚栄心の強さに快感を感じて来た。

「君はその手でマルキシズムをやっつけようというんだな。」

「そうだ。あんな死人を問題にしていちゃ、マルキシズムに食われるだけさ。われわれは資本の利潤が購買力を減少させるなんて考える単純な頭の者とは、少々人種が違うんだ。マルクス主義者は、いつでも機械が機械を造っていくという弁証法だけは忘れているんだ。そんな原始的な機械じゃ、折角《せっかく》ですが、資本主義は滅びませんわ。ところで、おい、あの人殺しの犯人は、俺たちだと思われやしないかい。逃げよう。」

甲谷は黄包車《ワンボウツ》を呼びとめると、参木を残してひとり勝手に馳け出した。

「君、トルコ風呂だよ。失敬。」

参木はひとりになると、死人を跨いだ股の下から、不意に人影が立ち上って来そうな幻覚に襲われた。彼は砂糖黍《さとうきび》が藪《やぶ》のように積み上った街角から露路へ折れた。ロシア人の裸身《はだか》踊りの見世物が暗い建物の隙間で揺れていた。彼は死人の血色の記憶から逃れるために、切符を買うと部屋の隅へ踞《うずくま》った。彼の眼前で落ち込んだ旧ロシアの貴族の裸形の団塊が、豪華な幕のように伸縮した。三方に嵌《はま》った鏡面の彼方では、無数の皮膚の工場が、茫々として展《ひら》けていた。踊子の口に銜《くわ》えたゲラニヤの花が、皮膚の中から咲き出しながら、踊る襞《ひだ》の間を真紅になって流れていった。

——参木は今は薄暗いこの街底の一隅で没落の新しい展開面を見たのである。彼らはもはや、色情を感じない。彼らは、やがて後から陸続《りくぞく》として墜落して来るであろう人間の、新鮮な生活の訓練のために、意気揚々として踊っていた。皮膚の建築、ニヒリズムの舞踏、われらの先達《せんだつ》、おお、今こそ彼らは真に明るく生き生きと輝き渡っているではないか。万歳——参木は思わず乾杯しようとしてグラスを持った。と、皮膚の工場は急激に屈伸すると、突然、アーチのトンネルに変化した。油を塗った丸坊主の支那人が、舌を出しながら、そのトンネルの中を駱駝《らくだ》のように這い始めた。油のために輝いた青い頭の皮膚の上に、無花果《いちじゅく》の満ちた花園が傾きながら映っていった。世界は今や何事も、下から上を仰がねばフィルムの美観が失われ出したのだ。——再び、トンネルが崩れ出すと、参木は後を振り返った。すると、塊《かたま》った観客の一群の顔の上に、べったり吸いついた吸盤のような動物を、彼は見た。彼は、その巨大な動物を浮き上らせた衣服の波の中から逆に野蛮な文明の建築を感じて来た。

二八

トルコ風呂の蒸気の中で、甲谷の身体は膨れ始めた。客のマッサージをすませたお柳の身体から、石鹸の泡が滴ると、虎斑《とらふ》に染った蜘蛛《くも》の刺青《いれずみ》が、じくじく色を淡赤く変えつつ浮き出て来た。甲谷は片手で蜘蛛の足に磨きを入れながら彼女にいった。

「奥さん、あなたはお杉をどうして首にしたんです。」

「ああ、あの娘《こ》、あの娘は駄目なの。あなたはまだあの娘の出ている所も御存知ないの。四川路《しせんろ》の十三番八号の皆川よ。」

「出てると仰言ると、つまり、出るべき所へですか。」

「ええ、そうよ。」とお柳は冷淡に澄していった。

「じゃ、あなたにも、責任があるわけですね。」

「そりゃ、一人前にしてやったんだから、お礼ぐらいはされてもいいわ。」

この毒婦、と甲谷は思うと、俄《にわか》に泡の中で、お柳の刺青が毒々しい生彩を放って来た。と、ふと、彼は彼女と、どちらが誰の洗濯機であろうかと考えた。

「奥さん、あなたは僕の身体を洗うんですか、あなたの蜘蛛を洗うんですか。」と彼はいった。

甲谷は頬を平手でいきなり叩かれた。彼は飛び退《の》くとお柳を蹴った。蒸気が音を立てて吹き出す中で、二人のいつもの争いが始り出した。すると、甲谷は急にサラセンで見た芳秋蘭の顔が浮んで来た。

「マダム、マダムの所へは芳秋蘭という支那の婦人は来ませんか。先日僕は山口から聞いたんだが。」

「芳秋蘭？　ああ、あの女はあたしの主人に逢いに来るの。主人はあの女のいうことなら、いくらだって聞いてやるのよ。」

「それなら、マダムの敵か。」

「敵は敵かも知らないけど、あれはお金の方の敵だから。」

「それなら一層大敵だね。ところが、僕はあの婦人にだけはこの間見惚《みと》れたね。マダムの主人に頼んでひとつ、紹介して貰いたいと思っているんだが、駄目かなそれは。」

「それや駄目だわ。あの人だけは秘密でそっとくるんだから。」

「それなら秘密でそっとという手もあるからな。どうも、あの婦人にだけはもう一度ぜひ逢いたい。」

お柳は黙ってぴしりと甲谷をつねるといった。

「じゃ、今度来たとき、二階へそっと来てらっしゃいよ。あたし電話をかけてあげるから。」

「奥さま、旦那さまでございます。」

ドアーの外で、湯女《ゆな》の周章《あわ》てる声がした。お柳はシャワーを捻《ひね》ると、甲谷の頭の上から雨が降った。

「奥さま、旦那さまが――。」

「分ってるわよ。」

「いいんですか。」と甲谷はシャワーの中から顔だけ出してお柳を見た。

「ええええ、あの人はこういう所が見たくってそれであたしにこんなことをさせてるのよ。ここは万事があたしに持って来いという所。あなたのことだって、ちゃんとあたしは主人に話してあるの。ああ、そうそう、あのね、主人が一度あなたに逢いたいっていってたわ。ね、今夜これから逢ってやって下さらない。シンガポールの話が聞きたいっていってるの。」

お柳が出て行って暫くすると、甲谷は間もなく主人の部屋の楼上《ローシャン》へ呼び出された。彼は階段を昇っていった。彼を包む廊下の壁には、乾隆《けんりゅう》の献寿《けんじゅ》模様が象眼《ぞうがん》の中から浮き出ていた。甲谷は豪商のお柳の主人の銭石山《せんせきさん》に、材木を売りつける方法を考えながら、女中の指差した奥を見た。

「月明の良夜、慇懃《いんぎん》に接す。」

ふと房前の柱にかかった対子《トイズ》を読むと、甲谷はお柳の背中の蜘蛛の色を思い出した。部屋へ這入ると、お柳は正面の八仙卓の彫刻の上に肱をついて、西瓜《すいか》の種を割りながら、傴僂の男と顔を合せて笑っていた。壁側に沿って並んだ重厚な紫檀の十景椅子の上では、重そうな大輪の牡丹の花が、匂いを失ったままいくつもぐったりと崩れていた。

「さア、どうぞ、あなたはシンガポールのお方だそうで。わたしはこの通りお国の方が何より好きなもんですから、この年になっても損ばかりしております。」

銭石山の傴僂の背中が、牡丹の花に挟まって揺れながら笑った。甲谷はいった。

「どうも奥さまは僕を馬鹿になさる癖がお有りですので、つい敷居が高くなってしまいますよ。」

すると、いきなり、お柳は彼に西瓜の種を投げつけて、主人の顔を覗き込んだ。

「あなた、聞いて、この人は、こういう人なんだからね、用心なさるといいわよ。あたしなんか、いつでもこの手でやられちゃうのよ。」

「いや、なかなか若いときは面白い。シンガポールはお暑いことでございましょうな。

あちらのお国の方の御繁昌なことは、かねがねから承わっておりますが、この頃は？」

「いや、もう何んといっても欧人の資本には敵《かな》いません。それに、あちらは中国商人の張りつめた土地ですから、僅かな資本では割り込む隙がございません。」と甲谷はいった。

「いや、なかなかこの頃はお国の方の御活動は生きております。あなたの方はゴム園で？」

「いいえ、僕の方は材木です。しかし、ゴム園にしましても、例えば欧人園は資本を社債か株式か、とにかく低利で運用しておりますが、日本の方は原価も高く、それに流通資金まで高利です。殊に配当保留の運用法にいたっては、全く欧人園とは比較にはなりませんよ。あれでは今に、開墾費用の充当さえおかしくなってしまいやしないかと思われますね。」

「ふむ、ふむ、しかしお国も中国の日貨排斥でお困りのようですから、南洋へでも喰い込まねば、猫の眼みたいに内閣が変るだけでございますな。ああ、そうそう、今日はまた日本紡が四つほど罷業《ひぎょう》で沈没しましたな。」

銭石山の視線が日本の急所を見透したかのように尊大になって笑い始めると、甲谷は急に、今まで彼に売りつけようとしていた材木の話のことよりも、支那人の弱味について考え出した。

「もっとも、この頃の日本も日本でございますが、しかし、馬来《マレイ》や暹羅《シャム》の方では中国人も此の頃ではなかなか困難になって来ております。中国の共産党員がシンガポールの中国人の中へ潜入して来まして、ロシアの排英運動に加入しているものですから、英国もだんだん中国人保護の方法を変化させて来ております。」

「それはだんだん変ることでございましょうな。しかし、中国人の保護法が変ったところで、あそこは中国人を度外視しては政策の行われぬところだから、英国もどうしようもございませんわ。わたしの知り合いにも一人あそこにいるものもおりますが、シンガポールの英人の豪《えら》さには、なかなか感心しておりました。あそこの英国人がどこの国の英人よりも成功しているのは、中国民族の言葉や習慣や能力を、英国青年に充分に研究させて、それからその青年を使用したからだそうですが、なかなかそれは他国人の出来ぬことです。」

「あれは英人の豪《えら》さですね。僕もその点では英国に感心させられておりますが、しかし英国と中国とが馬来半島で仲良く合体していますことは、東洋の平和や秩序を、ヨーロッパのために捧げてやっているようなもので、ヨーロッパにとっては、これほど喜ばしいことはないと思います。ところが、近頃、排英運動が、中国人の間に盛んになって来たのは、これは排英運動ではなくって、実は排支運動をしているのと同様だったということについては、中国人の誰もが気がつかなかったことなんですが、銭さんこれをどんな風にお考えになりますか。馬来や暹羅や、印度支那では、昔から今にいたるまで、中国人が経済的実権を握っているところですから、共産党の運動が中国人を通じて馬来や暹羅やビルマへ侵入して来つつあるということは、取りもなおさずその土民に対して、その土地の経済的実権を握っている中国人に反抗せよといっているのと、どこも違いはしないんです。」

「そうそう、それはわたくしたちも考えぬではありません。」と銭石山はいうと俄《にわか》に虚を突かれたかのように狼狽《うろた》えながら、唇にひっかかった茶かすをペッと吐き出した。

「しかしですな。わたくしたち中国人は、先ず何より中国の産業を、中国人の手で盛んにしなければなりませんわ。そうでなければお国でも中国でも、銀行は英国の支配からいつまでたっても脱けられませんからな。ところが、そうするためには、どうしたって今のところ、もう少しはロシア人の手を借りなければ、印度からこちらの東洋の海岸は、ヨーロッパの海岸になってしまうに定《きま》っていますよ。」

　甲谷は自分のいうべきことを、早や銭に代っていわれたのに気がつくと、一足乗り出すように机の角を撫でていった。

「いや、それは仰言《おっしゃ》る通りですが、馬来《マレイ》にいる中国人が、本国の反帝国主義運動に大賛成を現して、資金を盛んに共産運動へ注ぎ込んでいますのは、結果としては、逆に中国人が足もとの土民に、排支運動の資金を注ぎ込んでいるのと同様だと思うと、まことに私たちは馬来の中国人の度胸に感心させられるんです。馬来やシャムやビルマでは共産運動が盛んになるに従って、その運動そのものは彼らにとっては国粋運動なんですから、これは衰弱していくためしはありません。けれどもそれとは反対に、この運動が盛んになるに従って、中国人は馬来や印度支那では生活が衰弱していくより仕方がないのですから、これをふせぐためには、どうしたって英国やフランス政府と結束していくより仕様がありません。ところで、中国人と英国とが馬来で結束していくということは、ヨーロッパ人をして、ますます中国本国や、印度で、彼らの主権を振わすに都合よくなっていくばかりでありますから、馬来の中国人の性格というものは、これは東洋の安全弁です。」

銭石山はようやく、支那人たちの政略がひそかに攻撃されつつあるのを感じて来たらしく、急がしそうにまた茶を飲みながらいった。

「しかし、中国人が馬来や印度支那やフィリッピンで経済的実権を握っているということは、何もそれは不都合極ることじゃありませんからな。これは歴史的なことでして、フィリッピンも馬来もビルマも、もとはといえば中国への貢国です。そのつまり属国で中国人が生活的に向上したって、ヨーロッパ人のようには無理をしているんじゃありませんよ。」

甲谷はようやく銭石山が支那人の誇りを感じる定石《じょうせき》へ落ち込んだのを知ると、よしッと思って、静にメスを取り上げた。

「いや、それは無理どころじゃありませんよ。中国人がいなければ南洋群島一帯は勿論《もちろん》、フィリッピンにしたってアメリカにしたって、シベリアにしたって、アフリカにしたって濠洲にしたって、文化の進歩がよほど今より遅れていたに定《きま》っています。それらの土地の鉄道敷設や採鉱や農業に、中国人が他の人種に先だって、どれほど活動したかというようなことは、今は誰も忘れてしまって恩恵を感じなくなっておりますが、世の中の識者は、世界はたしかに中国人を中心にして廻転しているということぐらいは知っていますよ。しかし、それだからこそ、また世界は共同に中国人を敵に廻して争っていかなければならぬのだと思いますね。何しろ、中国人は世界で一番人数が多いのですから。人数が多いということは、食物と衣服がそれだけ地上で一番沢山そのもののために費されるということです。食物と衣服を一番費消する人種というものは、どうしたって世界の中心にならねばならぬのは必条《ひつじょう》です。したがって、銀行を支配しているイギリスやアメリカが、世界の者からいくらか公敵のように思われているのと同様に、頭数を支配している中国も各国の公敵だと思われたって、それは昂然として受け入れねばならぬ中国人の債務です。」

銭石山は甲谷の雄弁が、中国に対する新しい解釈に向って鋭くなると、脊中の瘤《こぶ》に押されるかのように身を乗り出して、甲谷の顔に見入っていた。

甲谷は銭石山の視線が、自身の話にようやく流れ込んで来たのを感じると、ますます乗り気になって、八仙卓の彫刻の唐獅子《からじし》の頭髪に、指頭の脂肪を擦り込みながら、ふと傍のお柳の顔を見た。すると、お柳は、西瓜の種子《たね》の皮を床の上へ吐き出しながら、

「何を馬鹿なことを饒舌《しゃべ》っているの。」というように、厚い鼻翼をぴこぴこ慄《ふる》わせて嘲弄した。甲谷は、はッと冷たくなると、お柳を蹴飛ばすように、逆にお柳に向っていった。

「僕は奥さん、あなたの御主人に材木を買っていただきたくってやって来たのですが、もうそんなどころじゃありませんよ。あなたの御主人ほど僕の研究の趣意をよく汲んで下すった中国の人はまだありませんね。実際、馬来にいる中国人と英人と日本人との三つの混合は、これから起って来るこの上海の騒動と一番関係が深いですからな。僕たちはもうこれからは、今までみたいに安閑としていられないに定《きま》っていますが、銭さんは一番それをよく御存知です。」

「だって、あたしにはそんなこと、どうだってかまやしないわ。だって、そんなことなんか考えたって、どうしようもないんですもの。」

甲谷はお柳から鈍重に蹴《け》返《か》えされると、ふとまた浴場の場合と同様に、芳秋蘭の姿が浮んで来た。彼は銭石山に視線を移すとまたいった。

「銭さん。僕は先日、芳秋蘭という婦人を舞踏場でちらりと見ましたが、あの婦人は僕の友人のアジヤ主義者の話によりますと、共産党の女闘士だそうじゃありませんか。」

「そうそう、そういう女もおりました。わたしも一、二度ちょっと逢ったことがありましたが。随分あれは変ってる女ですな。」

「僕はあの婦人をもう一度見たいと思っていますが、シンガポールの林推遷《りんすいせん》にしましても、黄仲涵《こうちゅうかん》にしましても、きっとこの頃の騒ぎには資金をあの婦人連中に送っているにちがいないと思いますね。何しろ、南洋中国人から毎年本国への送金は、一億万元を欠かさないというのですから、そのうちの十分の一は、少くとも共産党の運動資金に使われていると、英国銀行が睨むのだって当り前です。銭さんなども、やはり芳秋蘭一派には、幾らかは御賛成の方じゃないんですか。」

「いや、わたくしはもうどちらへも賛成しないことにしとるので。ただわたくしはもう親日が何よりだと主張しているものだから、この頃はうかうかしてると危うございましてな。しかし、シンガポールの方も、送金機関を外人に握らしていたりしては、馬来の中国人も本国政府を励ましてやりたくなるのは、これやもっともなことですよ。」

意外なときに意外なところで逃げ口を見つけ出した銭石山の巧妙さには、このとき甲谷もぼんやりせずにはおれぬのであった。しかし、甲谷はすぐまたいった。

「そうです。しかし、中国政府の実力を奪回しようとして、近頃のように白人に反抗する中国人の反帝国主義運動が盛んになればなるほど、一方また中国人に経済的実権を握られている殖民地でも、土民が下から中国人に反抗しつつ頭を上げているのですから、結局は同じことになるのでしょう。ただ一番問題なのは、各国にもっとも豊富な生活の原料を与えねばならぬ南洋やその他の熱帯国では、白人が生活するに適当でなくて、中国人が適しているという生理的条件です。これは白人種の一番恐るべき条件ですが、しかし、それもこの頃では、文化的な設備如何によって身体には何らの危険もないということが証明せられて来つつあるそうですから、これも問題となるのはここしばらくのことでしょう。そうしますと、後には混血の問題だけが残って来ます。しかしこの難問だけは、いかにヨーロッパ人といえども、どうすることも出来ないでしょう。」

甲谷はいつの間にか自身が中国人と同じ黄色人であるという意識のために、共同の標的をヨーロッパ人に廻して快活になろうとしている自分を感じた。するとお柳は唇のまわりを唾でぎらぎら光らして、ますます強く西瓜の種子を噛み砕きながら、

「まア、いつまできざったらしいことをいうんだろう。」というように、にがにがしく横を向いた。

甲谷は明らかにお柳の馬鹿にし出した態度を見ると、一層彼女を腹立たせてやることが愉快になった。彼は先ず悠々と構え直すと、「この毒婦め。もっと聞け。」というように、にっこり微笑を浮べて銭石山にいった。

「南洋やその他の一般の土地では、白色人と黒色人との混血が、白色人にはならずに

黒色人を生んで、黄色人と黒色人との混血が、黒色人にはならずに黄色人になるというので、黒色の土人は白人よりも黄人と好んで結婚する風がだんだん増えて来ましたが、この現象はつまりこれからますます増加していく人種は白色人でもなく、黒色人でもなく、われわれ黄色人だということを証明しているわけで、したがって、世界の実行力の中心点は黄色人種にあるということになるのですが、こういう現象が今日のようにこうまではっきりとして来ますと、白人と黄人との対立が観念の上で、一層濃厚になって来ますから、世界の次の大戦争はもう経済戦争ではなくなります。人種戦争です。そうしますと、支那と日本が、今日のようにがみがみやっていたりしましては、ますます良い汁ばかりを吸っていくのは白人で、印度はその間に挟まって、いつまで立っても起き上れないにちがいありません。その何より印度を苦しめている安全弁は、事実上、シンガポールを中心として生活している馬来《マレイ》半島の中国人です。」

銭石山はお柳が二人の話にだんだん興味を無くし始めたのを感じたのであろう。甲谷の話を振払うように、左右を見たり、空虚《から》のお茶をすすったりしながら早口にいった。

「あなたのお説はなかなか進歩したお考えだとわたくしは思いますが、しかし中国はやはり大国でありまして、日清戦争のあったということなどは知らないものの方が多いのですから、こういう大国というものは、中心がどこにあるか分りませんが、周囲の国を鎮静させるだけでもまア立派なものでございましょう。それにはまア、当分はあちらやこちらにお愛想をいったり、気持ちを柔らげるために笑ってみたりしていなければ、こせこせして血眼になっている世界というものは、物静に廻っていくものではございませんわ。つまり、中国人の一番好きなことはまアまア、どなたもお静になすっては、というような妥協が何より好きなのですから、事は何事でもいつでも穏便に納まってしまいます。妥協が好きだということは、歴史が古うて文明が非常に進歩してしまった国でなければ、尊敬せられませんが、中国人は妥協の美徳を一番どこの国の人間よりも心得ておりますからな。この点だけは、中国人は大いに威張れるわけでございますよ。」

甲谷も銭石山のこの虚無にも等しい寛仁大度な狡猾さには、もう今は手の出しようもないのであった。彼はにやにや無意味に笑いながら、

「いや、それは優れたお話だと思います。そういわれれば、中国で一番深い思想の老子も、あれはつまり自然に対する妥協の哲理を説いたものだと思いますが、あらゆる美徳の源は妥協に始まって妥協に終るなどという秀抜な考え方などは、法則ばかりにかじりついているヨーロッパ人には、とても分りっこないと思いますね。ことに何んでも白

色文明ばかり憧れているこの頃の日本人や中国人には、なかなか難解な思想だと思いますよ。」

するると、甲谷がそこまで話したとき、突然銭石山は八仙卓の片端を握ったままぶるぶると慄え出した。お柳は主人の後から立ち上ると、傴僂を抱いて寝台の上へ連れていった。

「一寸しばらく、御免なされ。時間がやって来ましてな。」

主人は甲谷に会釈しながら横になると、お柳の与えた煙管《きせる》を喰《くわ》えて眼を細めた。彼の唇が魚のように動き出すと、阿片がじーじー鳴り始めた。お柳は甲谷の方を振り返っていった。

「あなたはいかが。」

「いや、僕は駄目です。どうぞ奥さんは御遠慮なく。」

お柳は主人の傍で煙管の口から焼き始めた。甲谷はふと彼ら二人は自分の視線を楽しむために、この楼上へ呼び出したにちがいないと判断した。すると、俄《にわか》に腹が立ち始めた。――彼は今まで真面目に饒舌《しゃべ》っていた自分の顔に、急に哀れを感じずにはいられなかった。間もなく、二人は甲谷の前で、恍惚とした虫のように眼を細めた。お柳の豊かな髪が青貝をちり嵌《ば》めた螺鈿《らでん》の阿片盆へ、崩れ返った。傴僂の鼻が並んだ琥珀《こはく》や漢玉《かんぎょく》の隙間で、ゆるやかに呼吸をしながら拡がった。

「月明の良夜、慇懃に接す。」

甲谷の頭の中で、対子《トイズ》の詩文が生き生きとして来るにしたがって、二人の身体はだんだん礼節を失った。やがて、甲谷は、お柳との無銭の逸楽に耽《ふけ》った代償を完全に支払わされている自身に気付かねばならなかった。

二九

お杉は朝起きると、二階の欄干に肱《ひじ》をついて、下の裏通りののどかな賑わいをぼんやりと眺めていた。堀割の橋の上では、花のついた菜っ葉をさげた支那娘が、これもお杉のように、じっと橋の欄干から水の上を眺めていた。その娘の裾の傍でいつもの靴直しが、もう地べたに坐ったまま、靴の裏に歯をあてて食いつくように釘をぎゅうぎゅう抜いていた。その前を、脊中いっぱいに胡弓《こきゅう》を脊負って売り歩く男や、朝帰りの水兵や、車に揺られて行く妊婦や、よちよち赤子のように歩く纏足《てんそく》の婦人などが往ったり来たりした。しかし、橋の下の水面では、橋の上を通る人々が逆さまに映って動いていくだけで、凹《へこ》んだ鑵や、虫けらや、ぶくぶく浮き上る真黒なあぶくや、果実の皮などに取り巻かれたまま、蘇州からでも昨夜下って来たのであろう、割木を積んだ小舟が一艘、べったり泥水の上にへばりついて停っているだけであった。

お杉はその小舟の中で老婆がひとり縫物をしているのを見ると、急に日本にいた自分の母親のことを思い出した。お杉の母親は、まだお杉が幼い日のころ、彼女ひとりを残しておいて首を縊《くく》って死んだのだ。お杉はそれからの自分が、どうしてこの上海まで流れて来たか、今は彼女の記憶も朧《おぼろ》げであった。だが、親戚の者のいったところを考え合せると、父は陸軍大佐で、演習中に突然亡くなり、母一人の手でお杉が養われていたところ、或る日、恩給局からお杉の母へ下っていた今までの恩給は、不正当であったから、その日まで下った全部の恩給額を返却すべしという命令を受けとったのだ。勿論、お杉の母にとってその長い年月の間貰っていた恩給を返すことは、不可能なばかりではなかった。これからだって、恩給なくして生活することは出来ないのは分っていた。そのため、彼女の母は悲しみのあまり、自分の手で生命を絶ってしまったのにちがいなかった。

「何も知らないものにお金をくれて、それをまた返せなんて、ああ、口惜しい。」

お杉は母の不幸の日のことが、つい前日のことのように思われると、のどかな朝の空気が、一瞬の間、ぴたりと音響をとめて冷たく身に迫った。

お杉は自然に涙の流れて来るのを感じると、自分がこんなになったのも、誰のためだと問いつめぬばかりに、さもふてぶてしそうに懐手《ふところで》をしたまま、じっと小舟の中の老婆の姿を眺め続けた。

しかし、間もなく、老婆の背後の草の生えた煉瓦塀の上から、泥溝《どろどぶ》の中へ塵埃《ごみ》がぱッと投げ込まれると、もうお杉の頭からは、忽《たちま》ち母親の姿は消えてしまって夜ごとに変る客たちの顔が、次から次へと浮んで来た。すると、お杉は、泥溝の水面で静かにきりきりといつまでも廻っている一本の藁屑《わらくず》を眺めながら、誰か親切な客でも選んで、一度日本へ帰ってみようかとふと思った。もう彼女には日本の様子が、今はほとんど何も分らなかった。記憶に浮かんで来るものは、長々と立派な線を引いた城の石垣や、松の枝に鳴っている風や、時雨《しぐれ》の寒そうに降る村々の屋根の厚みや、山茶花《さざんか》の下で、咽喉《のど》を心細げに鳴らしている鶏や、それから、人の顔のように、いつもぽつりと町角に立っていた黒いポストやが、ちらちらとそれもどこで見たとも分らぬ風景ばかりが浮かんで来るのだった。

しかし、今自分のこうして眺めている支那の街の風景は、日本とは違って、何んとのんびりしたものであろう。朝から人は働きもせず、自分と同様、欄干からぼんやり泥溝の水の上を見ているのだ。水の上では、朝日がちらちら水影を橋の脚にもつらせていた。縮れた竿の影や、崩れかけた煉瓦のさかさまに映っている泡の中で、芥《あくた》や藁屑が船の櫂《かい》にひっかかったまま、じっと腐るようにとまっていた。誰が捨てたとも分らぬ菖蒲の花が、黄色い雛鳥の死骸や、布切れなどの中から、まだ生き生きと紫の花弁を開いていた。

お杉はそうしてしばらく、あれやこれやと物思いにふけっているうちに、今日は少し早い目から、客を捜しに街へ出ようと思った。それに、一度何より日本の鰤《ぶり》が食べてみたい。

――そうだ、今日はこれから市場《マーケット》へ行こう。――

そう思うと、急にお杉は元気が出た。彼女は顔を洗ってから化粧をし、どこかの良家の女中のような風をして、籠を下げて買物に市場へいった。

市場はもう午前十時に近づいていたが、数町四方に拡がっている三階建の大コンクリートの中は、まだまだひっくり返るような賑いであった。花を売る一角は満開の花で溢れた庭園のようであった。魚を売る一角は、水をかい出した池の底のようなものであった。お杉は鱈《たら》や鱒《ます》の乾物で詰った壁の中を通りぬけ、卵ばかり積み上った山の間を通り、ひきち切って来たばかりの野菜が、まだ匂いを立てて連っている下をくぐりぬけると、思わずはッとしてそこに立ち停った。

彼女は前方に群がっているスッポンの大槽の傍で、甲谷とお柳の姿を見たのである。お杉は二人から見つけられない前に、こそこそと人の背後へ隠れた。それからのお杉はもう買物どころではなくなった。お杉は下っている蓮根や、砂糖黍の間をすり抜けて、甲谷とお柳の眼から逃げながらも、しかし、どうして自分はこんなに二人から逃げねばならぬのかと考えた。悪いのは向う二人ではないか。自分は今こそ街の慰み物になっている女だとはいえ、こんなにしたのは、そんなら誰だ。誰だ。——

お杉は雑踏した人の中で、口惜しさがぎりぎり湧き上って来ると、思いきって二人の前へ、こちらからぬっと逆に現われてやろうかと思った。そうしたなら、どんなに向うの二人は狼狽《うろた》えることだろう。その二人の顔を見てやりたい。いっそ、それならそうしよう。——

お杉はまた勇気を出して、人波のなかを二人の方へ進んでいった。しかし、お杉の来ているのを知らない二人も、お杉につれて、章魚《たこ》や、緋鯉《ひごい》や、鮟鱇《あんこう》や、鯔《ぼら》の満ちている槽を覗き覗き、だんだん花屋の方へ廻っていった。お杉は二人を見失うまいと骨折って、人々の肩に突きあたったり、躓《つまず》いたりしながら、ようやく甲谷の後まで追って来た。

しかし、さて二人と顔を合せてどうするつもりであろうとお杉は思った。何も今さらいうこともなければ、腹立たしさをぶちまけて二人を思う存分殴りつけてやるわけにもいかぬのであった。殊に、二人が自分を見て、ひやりとでもしてくれたら、まだ幾分腹立たしさも納まるにちがいない。しかし、もしかしたら、二人がかりで、今度は逆にひやかして来ないとも限らぬと思うと、何よりお杉は、そのときの二人のにやにやしながら自分の胴を見る顔が、気味悪くなって来た。

それでも、お杉はしばらく、二人の後をつけ狙うように歩きながら、甲谷の肩の肉つきや、ズボンの延びを眺めていた。

すると、ふと、彼女は参木の家で、夜中、不意に貞操を奪われたあの夜の夢を思い出した。あのときは、頭を上げて迫って来る白い波や、子供の群れや、魚の群が、入れ変り立ち変り彼女を追って来て眼を醒《さま》した。だが、あの夜の男は、あれは参木であろうか、甲谷だろうか。もしあの男が甲谷なら、――ああ、あの肩だ、あの胴だ。それに今はお柳と一緒に並びながら、自分の前でこうして肩を押しつけ合っているではないか。

お杉は袖口で口を圧《おさ》えて、じっと甲谷を睨みながら、しばらく二人の後を追っていった。しかし、いつまで自分はこうして二人の後を追っていくつもりであろう。いつまで追ったって同じではないか。いずれ追うなら甲谷のように。——そうだ。甲谷もあれからお柳にうまく食い入って、自分が客から金を取るように、定めてお柳から巧みに金を捲き上げているのであろう。それなら、自分も甲谷のように、今から客でも狙う方が、どんなに稼ぎになるだろう。

——お杉はやがてそうしてだんだんと里心が起って来ると、また二人から放れて市場の外へ出ていった。彼女は黄包車《ワンポウツ》に乗って大通りまで来ると、車を降りてなるたけ外人の通りそうなペーヴメントの上を、ゆるりゆるりと腰を動かしながら、ときどき、視線を擦違う男の面に投げかけ投げかけ、橋の袂《たもと》の公園の方へ歩いていった。

しかし、行きすぎるもののうちで、昼間からお杉に視線をくれるようなものは誰もなかった。ときたまあれば、肉屋の大きな俎《まないた》の向うの、庖丁を手にした番頭の光った眼か、足を道の上へ投げ出したまま、恐そうに阿片をひねっている小僧か、お辞儀ばかりしている乞食ぐらいの眼であった。

お杉は橋の袂まで来た。そこの公園の中では、いつものように各国人の売春婦たちが、甲羅を乾しに巣の中から出て来ていて、じっと静かにものもいわず、塊《かたま》ったまま陽を浴びて沈んでいた。お杉もその塊りの中へ交ると、ベンチに腰かけて、霧雨のように絶えず降って来るプラターンの花を肩の上にとまらせつつ、ちょろちょろ昇っては裂けて散る噴水の丸を、みなと一緒にぼんやりと眺めていた。すると、女たちの黙った顔の前で、微風が方向を変えるたびに、噴水から虹がひとり立ち昇っては消え、立ち昇っては消えて、勝手に華やかな騒ぎをいつまでも繰り返していくのだった。

三〇

宮子の踊る踊場では、宮子を囲む外人たちが邦人紡績会社の罷業《ひぎょう》について語っていた。宮子はひと踊りして来ると、早《は》や酔いの廻り始めた彼らのテーブルに寄りながら、独逸《ドイツ》人のフィルゼルという男の話に耳を傾けた。彼は不手際な英語でつかえながらいった。

「今度の罷業はたしかに工場の方がいけませんよ。彼らは支那工人を軽蔑するからです。いったい軽蔑されて腹の立たんのは、昔から軽蔑する方だけなんですからね。第一日本人にとっても、外人を尊敬しないような人物を海外に送り出して、それでわれわれの販売力を独占しようとすることからして、損失の第一歩だ。これでは日本本国からの輸出品と、こちらの日本会社の製品とが衝突するだけじゃすみやしません。支那の工業界を刺戟《しげき》して、日本製品を追放する能力だけ培養していくにちがいないんですからね。お蔭で幸福を感じるのは僕たちですが、いやわれわれはミス・宮子のために、諸君と共に悲しみます。」

「どうして、あなたたちが幸福ですの。」と宮子は顎をあげていった。

「君は僕の独逸人だということをまだ知らんのかな。僕らは戦前まで東洋に大きな販売市場を持っていたものですぞ。ところが、そいつをふんだくったのは各国だ。われわれは各国の貨物が支那から排斥せられるということに有頂天になるのは、これや当り前さ。」

「だって、それは日本だけが悪いんじゃないわ。お国だって悪いのよ。」

「そう、それは独逸だって充分に後悔しなきゃいけませんよ。僕はアメリカだが独逸の超人的な勢力は、もうわれわれの会社まで圧迫しつつあるんですからな。」と三人へだてた遠くから、美男のアメリカ人のクリーバーが顔を上げた。

フィルゼルの眼鏡は、急にクリーバーの方へ向って光り出した。

「失礼ですが、あなたたちはどちらの会社に御関係でいられます。」とフィルゼルは訊ねた。

「僕はゼネラル・エレクトリック・コンパニーのハロルド・クリーバーという社員ですが、あなたの方は?」

「いや、これはこれは。僕はアルゲマイネ・エレクトリチテート・ゲゼルシャフトの支店詰のヘルマン・フィルゼルというものです。どうもこれは、甚《はなは》だ心外な所で乗り合せたものですな。宮子嬢、これはわれわれの強敵のジー・イーだ。何《な》あんだ、左様か。……」

フィルゼルは手を出しながら立ち上ったが、ひょろひょろするとまた坐った。すると、クリーバーが向うから立って来て、二人は握手をした。フィルゼルはボーイにいった。

「おい、シャンパン。シャンパン。」

「何んだかややこしくなったわね、あなた方お二人が敵同士の会社なら、あたしこれからどちらへ味方したらいいのかしら。」と宮子はいった。

「それや勿論、あなたは、ジー・イーさ。」

クリーバーの言葉を圧《おさ》えるように、フィルゼルは反対した。

「いや、それや、是非とも僕の方でなくちゃいけないよ。僕たち独逸人にあなたが反対すれば、第一、賠償金が返りませんぜ。勿論、アメリカへだって返しやしませんよ。

今の所、われわれだけは何をしたってよろしい。大戦に負けた慈善が、こういう所で実るのでさ。」

するとクリーバーは飲みかけたカクテルを下に置いて、フィルゼルにもたれかかりながら、

「僕はあなたの仰言《おっしゃ》るように、充分独逸へは同情を感じますさ。しかしだね、だからといって、あなたの会社のアー・エー・ゲーには同情しやしませんよ。あなたの会社のこの頃のシンジケートの発展は、寧《むし》ろ憎むべき存在だよ。」

「いや、それはなかなかもって恐縮ですな。だけども、実はそれやわれわれの方の苦情ですぜ。あなたの方のジー・イーこそ何んだ。マルコニー無電を買収してロッキー・ポイントを占領しただけで納まらずに、フェデラル無電会社を支配して、支那全土への放送権まで握ろうとしてるじゃないですか、え？」

すると、クリーバーは苦笑しながらウィスキイをぐっといっぱい飲み込んだ。

「いや、なかなか、あなたの方の精細な御調査には満足を感じますよ。が、しかしだ。それは何かの間違いだと一層結構だと思いますね。よろしいか、われわれのフェデラル無電は、今は日本の三井に支那放送権を奪われているのですぜ。もっとも、こう申し上

げるのは、何もあなたがアー・エー・ゲー・シンジケートの強力なことを羨望するわけじゃないですが、とにかく、近来のアー・エー・ゲーの進出振りのお盛んなことは、敵ながら天晴《あっぱ》れだと思いますよ。リンケ・ホフマン工場とは株式を交換し、ラウンハンマー会社との合同出資は勿論、ライン・メタル工場を併合した上、アー・エー・ゲー・リンケ・ホフマン・コンチェルンを造ったのは、流石《さすが》独逸人だと感動させられているんですがね、しかし、われわれはお互に、もうどちらも第二の世界大戦だけは、倹約しようじゃありませんか、倹約を。倹約はこれや何といっても、君、美徳だからね。しかと分ったか。」

宮子はもたれかかって来る二人の大きな脇の下から擦り抜けると、立ち上って髪を掻き上げた。

「もう沢山。シャンパンが来ましてよ。この上あたしたち、ドイツとアメリカのシンジケートで攻められちゃ、踊ることも出来やしないわ。」

「そう、そう、われわれは、闘いよりも踊るべしだよ。」

クリーバーは抜かれたシャンパンを高く上げるといった。

「われらの敵、アルゲマイネ・エレクトリチテート・ゲゼルシャフトの隆盛のために。」

フィルゼルはふらふらして立ち上った。

「われわれの尊敬の的、ゼネラル・エレクトリック・コンパニー万歳。」

しかし、ふとその拍子に、彼は頭の上の電球を仰ぐと、しばらくぼんやりしていてから、突然眼をむいて大きな声で叫び出した。

「これは、俺の会社の電球だ。万歳、万歳、ばんざあい。」

クリーバーは彼と同様に天井を仰いでみた。が、忽《たちま》ち、上げているフィルゼルの手を引き降ろした。

「へへえ、これはすまぬが、ジー・イーだよ。おれんところの会社の電球だ。ゼネラル・エレクトリック・コンパニー、万歳、万歳、万歳。」

「いや、これはアー・エー・ゲーだ。見ろ、エミール・ラテナウの白熱球だ、万歳。」

「いや違うよ、これやの――」

「まア、馬鹿馬鹿しい。これは、日本のマツダ・ランプよ。」と宮子はいった。

二人は上げかけた両手をそのままに、ぽかんとして天井を見つめたまま黙ってしまった。すると、クリーバーは急に子供のように叫び出した。

「そうだ。こりゃ三井のマツダだ。われわれゼネラル・エレクトリック・コンパニー、マツダ・ランプ、万歳。」

彼は宮子の胴を渫《さら》うようにひっかかえると、折から廻り出した踊りの環《わ》の中へ「失敬、失敬。」と片手を軽く上げながら流れていった。傾くフィルゼルの手からシャンパンが滴《したた》った。彼は遠ざかっていく宮子の方へ延び出しながら、ぶつぶついった。

「ふむ、日本の代理店ならアー・エー・ゲーだってあらア。大倉コンパニーを知らねえか。大倉コンパニーは、ロンドンで、ロンドンでちゃんと調印したんだぞ。」

しかし、そのとき宮子の視線はさきから棕櫚《しゅろ》の陰で沈んでいた参木の顔を見つけると、俄にクリーバーの肩の上で動揺した。

踊りがすむと、宮子は参木の傍へ近よって来て腰を降ろした。

「あなた、どうしてこんな所へいらしったの。お帰りなさいな。ここはあなたなんかのいらっしゃる所じゃなくってよ。」

「そこを、どきなさい。」と参木はいった。

「だって、ここをどいたら、あたしの恋人の顔が見られるわよ。」

「僕はさきからあの女を見てたんだが、あの人は何んていう。」

「誰れ、ああ、容子さん。刺されてよ。危いからこっちを向いてらっしゃいな。あの人はあたしのように、開けてやしないわよ。」

「もう黙って向うへいってくれよ。今夜は考えごとをしてるんだから。」

宮子は椅子から足をぶらぶらさせながら煙草をとった。

「だって、あたしだって、ここにいたいんだわ。もうしばらくここにこうしていさせてちょうだい。」

「もうすぐここへ甲谷がやって来るんだが、そしたらまたここへおいでなさい。あの男と君が結婚するまでは、君とは、話したくないよ。」

宮子は火のついた煙草の先で、花瓶の花を焼きながら、微笑した。

「まあ、御苦労なことね。あたしはあなたと結婚するまでは、甲谷さんとは話さないことにしているんだから、どうぞ、甲谷さんには、あなたからよろしく仰言《おっしゃ》っといて。」

「僕は冗談を聞きに来たんじゃないですよ。僕は今夜は、もう良い加減に一つ良いことをしとこうと思って来たんだから、僕のいうことも聞いといてくれ給え。その方が君だって、いいに定《きま》ってるじゃないか。」

「あたしは甲谷さんとは、死んだっていやなんですからね、あなたにくれぐれもお願いするわよ。あたし、あの方と結婚して、シンガポールなんかへいったって、色が真黒になるだけだわ。」

「それじゃ、甲谷と君とはもう駄目なんですか。」参木の眼からもう笑いが消えてうす冷い光りが流れた。

「ええ、もうそれは初めっからだわ。あたし、甲谷さんの好きな所は、御自分の英語の間違いも御存知にならない所だけよ。あれならきっと奥さんにおなりになる方だって、お幸《しあわせ》にちがいないわ。」

参木は宮子の皮肉が不快になると横を見た。並んだ踊子たちの膝の上を、一握りのチョコレートが華やかな騒ぎを立てて辷《すべ》っていった。

「あなた、今夜はあたしと踊ってちょうだい。あたし、つくづくこの頃、生きてるのがいやになったの、あたし、どうして踊子なんかになったのでしょう。あたし、死ぬ前にあなたと一度、日本の花嫁さんの姿をして結婚がしてみたいわ。それも一度よ。ね、そうしてよ。」

「君ももうすることがなくなったと見えるね。僕を摑まえてそんなことをいうようじゃ、それや危いぞ。」

「そう、危いのよ。あたしは自分と同じような顔を見つけると、恐ろしくて寒けがするの。あなたももうお気をつけてらっしゃらないと、危くてよ。顔に出てるわ。」

参木は急所を刺されたようにますます不快になると眉を顰《しか》めた。

「もう、向うへいってくれよ。同じ人間が二人もいちゃ、辷るだけだよ。」

「だって、もうこうなれば同じことだわ。あなた、おかしくなったらあたしにいってね、あたし、いつでもあなたのお相手してよ。嘘じゃないわ。あたしひとりなら、まだまだぶらぶらしてるに定《きま》っているわ。だけど、もう、ぶらぶらしたって、ソセージみたいで、ただ長くなっているだけよ。つまんないったらありゃしない……。」

参木は滲み込んで来る危険な境界線を見るように、宮子の眼を眺めてみた。すると、ふと、彼は競子の顔を思い出した。だが、もう彼女は体の崩れた未亡人だ。彼は秋蘭の顔を思い出した。だが、彼女を見ることは死ぬことと同様だ。いやそれより俺には何の希望の芽があるか。――

「あたし、何んだか、だんだん氷と氷の間へ辷り込んでいくような気がするのよ。これはきっと、あんまり人の身体の間へ挟まってばかりいるからね。恋愛なんてまるで泥みたいに見えるのよ。」

参木は舐《な》められるように溶《と》けていく自分のうす寒い骨を感じた。彼はいった。

「君、もう踊って来なさい。僕はここで君の踊るのを見てるよ。」

「あなた一度、あたしと踊らない。」

「駄目だ、踊りは。」と参木はぶっきら棒にいった。

「だって、ただぶらぶら足踏みさえしておればいいんじゃないの。こんな所で上手に踊ったりするのは、きっとどっか馬鹿な人よ。」

「とにかく、何んだっていいよ。ここにいたってつまらないじゃないか。あっちの方が君の嵌《はま》り場だよ。」

宮子は参木の指差した外人たちの塊《かたま》りを振り向くと、笑いながら彼の指さきに手を乗せた。

「何アんだ。さきからぷんぷんしてたの、それか、あたし、そういうのは好きじゃないね。じゃ、さようなら、あちらへ行くわ。ああ、そうそう、あそこに塊《かたま》ってる外人たちね。あれはあなたが、こないだ踏んだアルバムの中にいた人たちよ。覚えといて。一番右のがマイスター染料会社のブレーマン、それから、ほら、こちらを向いたでしょう、あれはパーマース・シップのルースさん、その次のはマーカンティル・マリンのバースウィック、その前のは――何んだか忘れた。その向うのがなかなか資格のある人よ。」

「それより、もうすぐ甲谷が来るよ。」

「だって、あたし、ほんとに甲谷さんとは、初めから何んでもないのよ。それだけは覚えといて、ね、ね。」と宮子はいうと、英語のバスの渦巻いた会話の中へ、しなしな背中に笑いを波立てながら歩いていった。

三二

高重の工場では、暴徒の襲った夜以来、ほとんど操業は停ってしまった。しかし、反共産派の工人たちは機械を守護して動かなかった。彼らは共産派の指令が来ると袋叩きにして河へ投げた。工場の内外では、共産派の宣伝ビラと反共派の宣伝ビラとが、風の中で闘っていた。

高重は暴徒の夜から参木の顔を見なかった。もし参木が無事なら顔だけは見せるにちがいないと思っていた。だが、それも見せぬ。――

高重は工場の中を廻って見た。運転を休止した機械は昨夜一夜の南風のために錆《さ》びついていた。工人たちは黙々とした機械の間で、やがて襲って来るであろう暴徒の噂のために蒼ざめていた。彼らは列を作った機械の間へ虱《しらみ》のように挟まったまま錆びを落した。機械を磨く金剛砂が湿気のために、ぼろぼろと紙から落ちた。すると、工人たちは口々にその日本製のやくざなペーパーを罵《ののし》りながら、静ったベルトの掛けかえを練習した。綿は彼らの周囲で、今は始末のつかぬ吐瀉物《としゃぶつ》のように湿りながら、いたる所に塊っていた。

高重は屋上から工場の周囲を見廻した。駆逐艦から閃《ひら》めく探海燈が層雲を浮き出しながら廻っていた。黒く続いた炭層の切れ目には、重なった起重機の群れが刺さっていた。密輸入船の破れた帆が、真黒な翼のように傾いて登っていった。そのとき、炭層の表面で、襤褸《ぼろ》の群れが這いながら、滲み出るように黒々と拡がり出した。探海燈がそれらの脊中の上を疾走すると、襤褸の波は扁平に、べたりと炭層へへばりついた。

来たぞ、と高重は思った。彼は脊を低めて階下へ降りようとした。すると、倉庫の間から、声を潜めて馳けている黒い一団が、発電所のガラスの中へ辷っていった。それは逞しい兇器のように急所を狙って進行している恐るべき一団にちがいないのだ。高重はそれらの一団の背後に、芳秋蘭の潜んでいることを頭に描いた。彼はそれらの計画の裏へ廻って出没したい慾望を感じて来た。彼らは何を欲しているのか。ただ今は、工場を占領したいだけなのだ。――

高重は電鈴のボタンを押した。すると、見渡す全工場は真黒になった。喚声が内外二ケ所の門の傍から湧き起った。石炭が工場を狙って飛び始めた。探海燈の光鋩《こうぼう》が廻って来ると、塀を攀《よ》じ登っている群衆の背中が、蟻《あり》のように浮き上った。

高重は彼らを工場内に引入れることの寧《むし》ろ得策であることを考えた。這入れば袋の鼠と同様である。外から逆に彼らを閉塞すればそれで良いのだ。もし彼らが機械を破壊するなら、損失はやがて彼らの上にも廻るだろう。――彼は階段を降りていった。すると、早や場内へ雪崩《なだ》れて来た一団の先頭は、機械を守る一団と衝突を始めていた。彼らは叫びながら、胸を垣のように連ねて機械の間を押して来た。場内の工人たちは押し出された。印度人の警官隊は、銃の台尻《だいじり》を振り上げて押し返した。格闘の群れが連った機械を浸食しながら、奥へ奥へと進んでいった。すると、予備室の錠前が引きちぎられた。場内の一団はその中へ殺到すると、棍棒形のピッキングステッキを奪い取った。彼らは再びその中から溢れ出すと、手に手に、その鉄の棍棒を振り上げて新しく襲って来た。

彼らは精紡機の上から、格闘する人の頭の上へ飛び降りた。木管が、投げつけられる人の中を、飛び廻った。ハンク・メーターのガラスの破片が、飛散しながら裸体の肉塊へ突き刺さった。打ち合うラップボートの音響と叫喚に攻め寄せられて、次第に反共産派の工人たちは崩れて来た。

高重は電話室へ馳け込むと、工部局の警察隊へ今一隊の増員を要求した。彼は引き返すと、急に消えていた工場内の電燈が明るくなった。瞬間、はたと混乱した群集は停止した。と、再び、怒濤のような喚声が、湧き上った。高重はまだ侵入されぬローラ櫓を楯にとって、頭の上で唸る礫《つぶて》を防ぎながら、警官隊の来たことを報《し》らすために叫んだ。

しかし、それと同時に、周囲の窓ガラスが爆音を立てて崩壊した。すると、その黒々とした巨大な穴の中から、一団の新しい群衆が泡のように噴き上った。彼らは見る間に機械の上へ飛び上ると、礫や石炭を機械の間へ投げ込んだ。それに続いて、彼らの後から陸続として飛び上る群衆は、間もなく機械の上で盛り上った。彼らは破壊する目的物がなくなると、社員目がけて雪崩《なだ》れて来た。

反共派の工人たちは、この団々と膨脹して来る群衆の勢力に巻き込まれた。彼らは群衆と一つになると、新しく群衆の勢力に変りながら、逆に社員を襲い出した。社員は今はいかなる抵抗も無駄であった。彼らは印度人の警官隊と一団になりながら、群衆に追いつめられて庭へ出た。すると、行手の西方の門から、また一団の工人の群れが襲って来た。彼らの押し詰った団塊の肩は、見る間に塀を突き崩した。と、その倒れた塀の背後から、兇器を振り上げた新しい群衆が、忽然として現れた。彼らの怒った口は鬨《とき》の声を張り上げながら、社員に向って肉迫した。腹背に敵を受けた社員たちはもはや動くことが出来なかった。今は最後だ、と思った高重は、仲間と共に拳銃を群衆に差し向けた。彼の引金にかかった理性の際限が、群集と一緒に、バネのように伸縮した。と、その先端へ、乱れた蓬髪《ほうはつ》の海が、速力を加えて殺到した。同時に、印度人の警官隊から銃が鳴った。続いて高重たちの一団から、――群集の先端の一角から、叫びが上った。すると、その一部は翼を折られたようにへたばった。彼らは引き返そうとした。すると後方の押し出す群れと衝突した。彼らは円弧を描いた二つの黒い潮流となって、高重の眼前で乱動した。方向を失った脊中の波と顔の波とが、廻り始めた。逃げる頭が塊った胴の中へ、潜り込んだ。倒れた塀に躓《つまず》いて人が倒れると、その上に盛り上って倒れた人垣が、しばらく流動する群衆の中で、黒々と停って動かなかった。

反共産派の工人たちは、この敗北しかけた共産系の団流を見てとると、再び爪牙《そうが》を現わして彼らの背後から飛びかかった。転がる人の上を越す足と、起き上る頭とが、同時に再び絡《からま》って倒れると這い廻った。踏まれた蓬髪に傾いた頭が、疾風のように駈ける足先に蹴りつけられた。ラップボートが、投槍のように飛び廻った。石炭が逃げる群集の背後から投げつけられた。拡大して散る群集の影が倉庫の角度に従って変りながら、急速に庭の中から消えていった。

工部局の機関銃隊が工場の門前に到着した時は、早《は》や彼らの姿は一人として見えなかった。ただ探海燈の光芒《こうぼう》が空で廻るたびごとに、血潮が土の上から、薄黒く痣《あざ》のように浮き上って来るだけだった。

三二

顔をぽってり熱《ほ》てらせながら山口はトルコ風呂から外へ出た。彼はこれからお杉の所へいって、夜の十二時までを過して来ようと考えたのだ。しかし、彼は歩いているうちに、長く東京にいたアジヤ主義者の同志、印度人のアムリのいる宝石商の前へ来てしまった。彼はアムリがいるかどうかと覗いてみた。すると、アムリは客を送り出して商品台へ戻ったところで、背中を表へ見せたまま支那人の小僧に何事か大声で怒鳴っていた。怒鳴るたびに、アムリの黒い首の皮膚が、真白な堅いカラーに食い込まれて弛みながら揺れ動いた。

山口はここでアムリと話したら、今夜は、お杉に逢うことの出来なくなるのを感じた。しかし、そのときは、早や、彼はアムリに声をかけてすでに近よってしまっている後であった。

「おう。」アムリは堂々とした身体を振り向けると、宝石台の厚ガラスに片手をついて、山口と握手をしつつ明瞭な日本語でいった。

「しばらく。」

「しばらく。」

「ときに、どうも飛んだことになったじゃないか。」と山口はいって手を放した。

「左様、なかなか込み入って来ましたね。今度は支那もよほど拡げる見込みらしい。」

「あなたは李英朴に逢いましたか。」

「いや、まだだ。李君に逢おうと思っても行衛《ゆくえ》が不明でね。」アムリは山口に椅子をすすめて対座すると、白い歯並の中から、金歯を一枚強くきらきらと光らせながらいった。

「今度の事件はなかなか厄介で困ったね。東洋紡の日本社員は、最初発砲して支那人を殺したのは印度人だと頑強にいってるが、ああいうことを頑強にいわれては、われわれもいつまでも黙っちゃいられなくなるからね。」

「しかし、あれはまア、発砲したのが日本人であろうと印度人であろうと、押しよせて来たのは支那人なんだから、誰だって発砲しようじゃないかね。文句はなかろう。」

「それはそうだが、そうだとしたって、罪を印度人に負わせる必要はどこにもないさ。」

「しかし、あれは君、検視してみたら弾丸が印度人のと日本人のとが這入っていたというので、何んでも今日あたりからいままでの排日が、排英に変っていくそうだ。それなら、君だって賛成だろう。」

アムリは入口の闇に漂っている淡靄《うすもや》の中で、次から次へと光って来る黄包車《ワンボウツ》の車輪を眺めながら、笑っていった。

「われわれは支那人の排英にはもう賛成しませんね。支那人に出来るのは、排支だけだ。」

「廃止か。」山口はアムリの大きな掌で圧《おさ》えられているガラス台の下の宝石類を覗き込んだ。「君、これは皆、印度から来たんかね。」

「いや、違う。泥棒からだ。」

「それじゃ、ひとつ貰ったって、かまわんね。」

「よろしい。どうぞ。」とアムリはいって宝石台の戸を開けた。山口は中につまっている印度製の輝いた麦藁細工の黒象をかきのけると、お杉にひとつと思って、アメシストの指環を抜きとった。

「君、これは贋物じゃなかろうね。」

「いや、それは分らぬ。」とアムリはいった。

「それじゃ貰ったって、有難かないじゃないか。」

「だから、金五ドルさ。」アムリは掌を山口の方へ差し出した。

「贋物のくせに、君はまだ金をとろうというのかね。」

「それが商売というものだよ。おい、君、五ドル。」

山口は五ドルを出すと、指環を自分の指に嵌《は》めながらいった。

「今夜からは、わしだけは排印だ。」

「僕をこんなにしたのは、これは英国さ。」

「英国といえば君、この頃の英国はまたなかなかやりよるじゃないか。君の国の国民会議派も危いね。」

「危い。」とアムリは平然としていった。

「君はどうだ。会議派がもし分裂すればどちらになるんだ。まさか君の御大のジャイランダスまで共産党にくらがえするんじゃなかろうね。大丈夫かい。」

「それは分らん。この頃みたいにヤワハラル・ネールが鞍がえするとなると、ジャイランダスだって、そのままにはいられまい。」とアムリはいった。

「しかし、今頃から鞍がえするなんて、ヤワハラルもあんまり山を張りすぎるじゃないか。」

アムリは黙って戸口の方を眺めたまま答えなかった。山口は印度から詳細な通知が、もうこのアムリに来ているにちがいないと思って袖を引いた。

「ヤワハラルの鞍がえは、英国の寿命を五十年延ばしてやったのと同然だよ。君はどう思う。」

「僕もそう思う。」とアムリは答えた。

「それなら、君の敵はまた一つ増えたわけじゃないか。」

「増えた。」

「今頃、同志が苦しんで英国と闘っているときに、青年の力を借りなければならぬからといって、わざわざ君らを背後から襲うというのは、分裂している印度を一層分裂させるようなものだ。君らは印度を改革しようとするんじゃなくって、今日からは守備につかねばならんのだ。目的が変って来ている。今度は君らは改革される番じゃないか。」

しかし、アムリは前方の靄の中を眺め続けたまま、急激に起って来たこの祖国の新しい混乱に疲れたかのように、いつまでも黙っていた。

「君、その後の通知はまだ印度から来ないのかね。」

「来ない。」とアムリは答えた。

「それじゃよほど今頃は混乱してるんだな。」

「しかし、共産党が印度にも起り出したところで、われわれはその共産党と闘う必要はない。共同の目的はどちらにしたって英国だ。」

山口はアムリから自国の困憊《こんぱい》を押し隠そうとしている薄弱な見栄を感じると、ふと、同時に彼も振り向くように、日本に波打ち上っている思想の火の手を感じないではいられなかった。

「君、印度に共産党が起れば、今まで独立運動に資金を出していた資本家が、英国と結びついてしまうじゃないか。そうしたら、会議派の条件は永久に葬られるより仕様があるまい？」

「それはそうかもしれないが、しかし、支那でも資本家は共産党と結託して排外運動を起しているんだから、印度もそこは、ジャイランダスとヤワハラルにまかしておくより仕方があるまい。」

アムリは時計を仰ぐと、

「おい、店をしまえ。」と大声で小僧にいった。

「しかし、それにしたって、印度からこちらの海岸線が、そう無暗に共産化してどうなるんだ。われわれの大アジヤ主義もヨーロッパと戦うことじゃなくって、これじゃ共産軍と戦うことだ。」

「ロシアだ。曲者は。」とアムリはいうと、窓のカーテンを引き降ろした。続いて小僧は表の大戸を音高く引き降ろした。

「この分だと君らのミリタリズムは、当然ロシアと衝突せずにはおられまい。」とアムリはいった。

「ミリタリズムがロシアと衝突すれば、君、印度はどうする？　これは一番問題だぞ。」と山口は刺し返した。

「そうすれば印度は当然分裂さ。ヤワハラルのこの頃の勢力は、青年の間ではガンジー以上だから大変だよ。」

「そうすると君の大将のジャイランダスはどうなるんだ。」

「ジャイランダスはあくまで英国と闘うさ。問題はまだまだ山のようにある。国防軍の統帥権と、経済上の支配権、印度公債の利権賦与と塩専売法の否定運動、それに何より政治犯人の控訴権の獲得だ。君、全印国民会議執行委員三百六十名の中、七十六パーセントの二百七十人は現在獄中にいるんだからね。いずれにしたって、これはこのままじゃいられぬさ。牢獄は正義の士でいっぱいだ。もう五年、五年間待ってくれ、やってみせる。」

アムリは内ポケットから謄写版ですった用紙を出した。

「これは先日ラホールの同志から来た印度総督攻撃の名文だが、なかなか近頃にない名文だ。――塩税に関して我々のなしたところの、げに穏健着実なる提案に対し、総督の採りたる態度は、怪しむべき政府の真情を暴露する。目もくらむばかりのシムラの高原に閑居する全印度の統治者が、平原に住む餓えたる数百万の苦悩を理解し得ざるは、我々にとってはあたかも日を仰ぐがごとく明瞭である。然《しか》も彼らは、数百万民衆の不断の労苦の庇護によって、シムラの閑居が可能ではないか。」

「君、そりゃ、共産党の文句じゃないか。ラホールももう危いのかい?」と山口はいった。

アムリは用紙から眼を上げると、山口の顔を見ていった。

「君には何んでも共産党に見えるんだね。そんなに共産党が恐くちゃ、大アジヤ主義もお終いだよ。」

「まア、何んでも良いから今夜は出よう。」

「出よう。」

山口は先に表へ出ると、アムリも後から帽子を取ってついて出ていった。

三三

海港からは、拡大する罷業《ひぎょう》につれて急激に棉製品が減少した。対日為替《かわせ》が上り出した。銀貨の価値が落っこちると、金塊相場が続騰した。欧米人の為替ブローカーの馬車の群団は、一層その速力に鞭《むち》をあてて銀行間を馳け廻った。しかし、金塊の奔騰《ほんとう》するに従って、海港には銀貨が充満し始めた。すると市場に於ける棉布の購買力が上り出した。外品の払底が続き出した。紐育《ニューヨーク》とリバプールと大阪の棉製品が昂騰した。

参木はこの取引部の掲示板に表れた日本内地の好景気の現象に興味を感じた。邦人会社が苦しめられると、逆に大阪が儲け出したのだ。それなら、支那では——支那に於ける参木の邦人紡績会社では、久しく倉庫に溜った残留品までが飛び始めた。

勿論、この無気味な好況に斉《ひと》しく恐怖を感じたものは、取引部だけではなかった。交易所では、俄《にわか》に買気《かいけ》が停ると、売手がそれに代って続出した。すると、俄然として棉布が一斉に暴落し始めた。印度人の買占団が横行した。しかし、海港からなおますます減少する棉製品の補充は、不可能であった。そうして、罷業紡績会社の損失は、罷業時日と共に、ようやく増進し始めた。然《しか》も、操業停止の期間内に於ける賃金支払いの承諾を、工人たちに与えない限り、なお依然として罷業は続けられるにちがいないのだ。——

この罷業影響としての棉製品の欠乏から、最も巨利を占めたのは、印度人の買占団と、支那人紡績の一団であった。支那人紡績は、前から久しく邦人会社に圧迫せられていたのである。彼らは邦人紡績に罷業が勃発すると同時に、休業していた会社さえ、全力を挙げて機械の運転を開始し始めた。罷業職工内の熟練工が続々彼らの工場へ奪《と》られ出した。国貨の提唱が始った。日貨の排斥が行われた。そうして、支那人紡績会の集団は、今こそ支那に、初めて資本主義の勃興を企画しなければならぬ機会に遭遇したのだ。彼ら集団は自国の国産を奨励する手段として、彼らの資本の発展が、外資と平行し得るまで、ロシアをその胸中に養わねばならぬ運命に立ちいたった。何《な》ぜなら、支那資本はもはやロシアを食用となさざる限り、彼らを圧迫する外国資本の専政から脱出することは、不可能なことにちがいないのだ。支那では、こうして共産主義の背後から、この時を機会として資本主義が駈け昇らなければならなかった。

この支那資本家の一団である総商会の一員に、お柳の主人の銭石山が混っていた。彼は日本人紡績会社に罷業が起ると、彼らの一団と共に策動し始めた。彼らは支那人紡績に資金を増した。排日宣伝業者に費用を与えた。同時に罷業策源部である総工会に秋波を用いることさえ拒まなかった。そうして、この支那未曾有の大罷業が、どこからともなく押し寄せた風土病のように、その奇怪な翼を刻々に拡げ出したのだ。今や海港には失業者が満ち始めた。無頼《ぶらい》の徒が共産党の仮面を冠って潜入した。秘密結社が活動した。街路の壁や、辻々の電柱や、露路の奥にまで日本人に反抗すべしという宣単《せんたん》が貼られ始めた。総工会の本部からは、彼らに応ぜしめる電報が、各国在留支那人に向けて飛び始めた。

この騒ぎの中で、高重ら一部の邦人と、工部局属の印度人警官の発砲した弾丸は、数人の支那工人の負傷者を出したのだ。その中の一人が死ぬと、海港の急進派は一層激しく暴れ出した。彼らは工部局の死体検視所から死体を受けとると、四ヶ所の弾痕がことごとく日本人の発砲した弾痕だと主張し始めた。総工会幹部と罷業工人三百人から成る一団が、棺を担いで、殺人糾明のため工場へ押しかけた。しかし、彼らはその門前で警官隊から追われると、ようやく棺は罷業本部の総工会に納められた。

高重は自身たちの作った一つの死体が、次第に海港の中心となって動き出したのを感じた。支那工人の団結心は、一個の死体のために、ますます鞏固《きょうこ》に塊まり出したのだ。彼はその巧みな彼らの流動を見ていると、それがことごとく芳秋蘭一人の動きであるかのように見えてならぬのであった。間もなく彼女は数千人の工人を引きつれて八方に活動するにちがいない。――

しかし、見よ、と彼は思った。

――今に、彼女が活動すればするほど、彼女に引き摺り廻される工人の群れは餓死していくにちがいないのだ。――

総工会に置かれた死亡工人の葬儀は、附近の広場で盛大に行われた。参木の取引部へは、刻々視察隊から電話が来た。

三四

襲撃された邦人の噂が日々《にちにち》市中を流れて来た。邦人の貨物が掠奪されると、焼き捨てられた。支那商人が先を争って安全な共同租界へ逃げ込んだ。租界の旅館が満員を続けて溢れて来ると、それに従って租界の地価と家賃が暴騰した。親日派の支那人は檻に入れられ、猷のように市中を引《ひ》き摺《ず》り廻された。何者とも知れぬ生首《なまくび》が所々の電柱にひっかけられると、鼻から先に腐っていった。

参木は視察を命ぜられると、時々支那人に扮装して市中を廻った。彼は芳秋蘭を見たい慾望を圧《おさ》えることに、だんだん困難を感じて来た。彼は危険区劃に近づくことによって、急激な疲労を感じると、初めて鼻薬を盛られた鼻のように生き生きと刺激を感じるのであった。

その日は、参木はいつものようにパーテルで甲谷と逢わねばならなかった。彼の歩く道の上では、夏に近づく蒸気がどんよりと詰って居た。乞食の襤褸《ぼろ》の群れを、房のように附着させた建物の間から、駆逐艦の鉄の胴体が延び出ていた。無軌道電車が黄包車《ワンボウツ》の群れを追い廻しながら、街角に盛上った果物の中へ首を突っ込むと、動かなかった。参木は街を曲った。すると、その真直ぐに延びた街区の底で、喚《わめ》く群集が詰りながら旗を立てて流れていた。それは明らかに日本の工場を襲って追い散らされて来た群衆の一団であった。彼らの長く延びた先頭は、警察の石の関門に噛まれていた。

群衆のその長い列は、検束者を奪うために次第に噛まれた頭の方向へ縮りながら押し寄せた。石の関門は竈《かまど》の口のように、群衆をずるずると飲み込んだ。と、急に、群衆は吐き出されると、逆に参木の方へ雪崩《なだ》れて来た。関門からは、並んだホースの口から、水が一斉に吹き出したのだ。水に足を掬《すく》われた旗持ちが、石の階段から転がり落ちた。ホースの筒口が、街路の人波を掃き洗いながら進んで来た。停車した辻の電車や建物の中から、街路へ人が溢れ出した。警官隊に追われた群衆は、それらの新たな群衆に止められると、更に一段と膨脹した。一人の工人が窓へ飛び上って叫び出した。

彼は激昂しながら同胞の殺されたことや、圧迫するものが英国官憲に変って来たことを叫んでいるうちに、突然脳貧血を起して石の上へ卒倒した。群衆はどよめき立った。宣単が人々の肩の隙間を、激しい言葉のままで飛び歩いた。幟《のぼり》が群衆の上で振り廻された。続いて一人の工人が建物の窓へ飛び上ると、また同じように英国の官憲を罵り叫んだ。すると、近かづいた官憲が、彼の足を持って引き摺り降ろした。群衆の先端で濡れていた幟の群れが、官憲の身体に巻きついた。

その勢いに乗じて再び動き始めた群衆は、口々に叫びながら工部局へ向って殺到した。ホースの筒口から射られる水が、群衆をひき裂くと、八方に吹き倒した。人の波の中から街路の切石が一直線に現れた。礫《つぶて》の渦巻が巡羅官の頭の上で唸り飛んだ。高く並んだ建物の窓々から、河のようなガラスの層が青く輝きながら、墜落した。

もはや群衆は中央部の煽動に完全に乗り上げた。そうして口々に外人を倒せと叫びながら、再び警察へ向って肉迫した。爆《はじ》ける水の中で、群衆の先端と巡羅とが転がった。しかし、大廈《たいか》の崩れるように四方から押し寄せた数万の群衆は、忽《たちま》ち格闘する人の群れを押し流した。街区の空間は今や巨大な熱情のために、膨れ上った。その澎湃《ほうはい》とした群衆の膨脹力はうす黒い街路のガラスを押し潰しながら、関門へと駈け上ろうとした。と、一斉に関門の銃口が、火蓋を切った。群衆の上を、電流のような数条の戦慄が駈け廻った。瞬間、声を潜めた群衆の頭は、突如として悲鳴を上げると、両側の壁へ向って捻じ込んだ。再び壁から跳ね返された。彼らは弾動する激流のように、巻き返しながら、関門めがけて襲いかかった。このとき参木は商店の凹んだ入口に押しつめられたまま、水平に高く開いた頭の上の廻転窓より見えなかった。その窓のガラスには、動乱する群衆が総《すべ》て逆様《さかさま》に映っていた。それは空を失った海底のようであった。無数の頭が肩の下になり、肩が足の下にあった。彼らは今にも墜落しそうな奇怪な懸垂形の天蓋を描きながら、流れては引き返し、引き返しては廻る海草のように揺れていた。参木はそれらの廻りながら垂れ下った群衆の中から、芳秋蘭の顔を捜し続けていたのである。すると、彼は銃声を聞きつけた。彼は震動を感じた。彼は跳ね起るように、地上の群衆の中へ延び上ろうとした。が、ふと彼は、その外界の混乱に浮き上った自身の重心を軽蔑する気になった。いつもむらむらと起る外界との闘争慾が、突然持病のように起り出したのだ。彼は逆に、落ちつきを奪い返す努力に緊張すると、弾丸の飛ぶ速力を見ようとした。彼の前を人波の川が疾走した。川と川との間で、飛沫のように跳ね上った群衆が、衝突した。旗が人波の上へ、倒れかかった。その旗の布切れが流れる群衆の足にひっかかったまま、建物の中へ吸い込まれようとした。そのとき、彼は秋蘭の姿をちらりと見た。彼女は旗の傍で、工部局属の支那の羅卒《らそつ》に腕を持たれて引かれていった。しかし、忽ち流れる群衆は、参木の視線を妨害した。彼はその波の中を突き抜けると、建物の傍へ駈け寄った。秋蘭は巡羅の腕に身をまかせたまま、彼の眼前で静に周囲の動乱を眺めていた。するとち、彼女は彼を見た。彼女は笑った。彼は胸がごそりと落ち込むように俄《にわか》に冷たい死を感じた。彼は一刀の刃《は》のように躍り上ると、その羅卒の腕の間へ身をぶち当てた。彼は倒れた。秋蘭の駈け出す足が——彼は襲いかかった肉塊を蹴りつけると跳ね起きた。彼は銃の台尻に突き衝《あた》った。が、彼は新しく流れて来た群衆の中へ飛び込むと、再びその人波と一緒に流れていった。——

それはほとんど鮮かな一閃の断片にすぎなかった。小銃の反響する街区では、群衆の巨大な渦巻きが、分裂しながら、建物と建物の間を、交錯する梭《ひ》のように駈けていた。参木は自身が何をしたかを忘れていた。駈け廻る群衆を眺めながら、彼は秋蘭の笑顔の釘に打ちつけられているのである。彼は激昂しているように、茫然としている自分を感じた。同時に彼は自身の無感動な胸の中の洞穴を意識した。——遠くの窓からガラスがちらちら滝のように落ちていた。彼は足元で弾丸を拾う乞食の頭を跨《また》いだ。すると、彼は初めて、現実が視野の中で、強烈な活動を続けているのを感じ出した。しかし、依然として襲う淵のような空虚さが、ますます明瞭に彼の心を沈めていった。彼はもはや、為《な》すべき自身の何事もないのを感じた。彼は一切が馬鹿げた踊りのように見え始めて来るのであった。すると、幾度となく襲っては退いた死への魅力が、煌《きら》めくように彼の胸へ満ちて来た。彼はうろうろ周囲を見廻していると、死人の靴を奪っていた乞食が、ホースの水に眼を打たれて飛び上った。参木は銅貨を掴んで遠くの死骸の上へ投げつけた。乞食は敏捷な鼬《いたち》のように、ぴょんぴょん死骸や負傷者を飛び越えながら、散らばった銅貨の上を這い廻った。参木は死と戯れている二人の距離を眼で計った。彼は外界に抵抗している自身の力に朗らかな勝利を感じた。同時に、彼は死が錐《きり》のような鋭さをもって迫《せ》めよるのを皮膚に感じると、再び銅貨を掴んで滅茶苦茶に投げ続けた。乞食は彼との距離を半径にして死体の中を廻り出した。彼は拡がる彼の意志の円周を、動乱する街路の底から感じた。すると、初めて未経験なすさまじい快感にしびれて来た。彼は今は自身の最後の瞬間へと辷り込みつつある速力を感じた。彼は眩惑する円光の中で、次第にきりきり舞い上る透明な戦慄に打たれながら、にやにや笑い出した。すると、不意に彼の身体は、後ろの群衆の中へ引き摺られた。彼は振り返った。

「ああ。」と彼は叫んだ。

彼は秋蘭の腕に引き摺られていたのである。

「さア、早くお逃げになって。」

参木は秋蘭の後に従って駈け出した。彼女は建物の中へ彼を導くと、エレベーターで五階まで駈け昇った。二人はボーイに示された一室へ這入った。秋蘭は彼をかかえると、いきなり激しい呼吸を迫らせてぴったりと接吻した。

「ありがとうございましたわ。あたくし、あれから、もう一度あなたにお眼にかかれるにちがいないと思っておりましたの。でも、こんなに早く、お眼にかかろうとは思いませんでした。」

参木は次から次へと爆発する眼まぐるしい感情の音響を、ただ恍惚として聞いていたにすぎなかった。秋蘭は忙しそうに窓を開けると下の街路を見降ろした。

「まア、あんなに官憲が。——御覧なさいまし、あたくし、あそこであなたにお助けしていただいたんでございますわ。あなたを狙っていたものが発砲したのも、あそこですの。」

参木は秋蘭と並んで下を見た。壁を伝って昇って来る硝煙の匂いの下で、群衆はもはや最後の一団を街の一角へ吸い込ませていた。真赤な装甲車の背中が、血痕やガラスの破片を踏みにじりながら、穴を開けて静まってしまった街区の底をごそごそと怠《だ》るそうに辷っていった。

参木は彼の闘争していたものが、ただその真下で冷然としている街区にすぎなかったことに気がついた。彼は自身の痛ましい愚かさに打たれると、悪感《おかん》を感じて身が慄えた。

参木は弾力の消え尽した眼で、秋蘭の顔を見た。それは曙《あけぼの》のようであった。彼は彼女が彼に与えた接吻のしめやかさを思い出した。しかし、それは何かの間違いのように空虚な感覚を投げ捨てて飛び去ると、彼はいった。

「もう、どうぞ、僕にはかまわないで、あなたのお急ぎになる所へいらっしって下さい。」

「ええ、有りがとうございます。あたくし、今は忙がしくってなりませんの。でも、もう、あたくしたちの集る所は、今日は定《きま》っておりますわ。それより、あなたは今日はどうしてこんな所へお見えになったんでございますの。」と秋蘭はいって参木の肩へ胸をつけた。

「いや、ただ僕は、今日はぶらりと来てみただけです。しかし、あなたのお顔の見える所は、もうたいてい僕には想像が出来るんです。」

「まア、そんなことをなさいましては、お危《あぶの》うございましてよ。これからは、なるだけどうぞ、お家にいらして下さいまし。今はあたくしたちの仲間の者は、あなた方には何をするかしれませんわ。でも、今日の工務局の発砲は、日本の方にとっては、幸福だったと思いますの。明日からは、きっと中国人の反抗心が英国人に向っていくにちがいありませんわ。それにもうすぐ、工務局は納税特別会議を召集するでございましょう。工部局提案の関税引上げの一項は、中国商人の死活問題と同様です。あたくしたちは極力これを妨害して流会させなければなりませんの。」

「では、もう、日本工場の方の問題は、このままになるんですか。」と参木は訊ねた。

「ええ、もうあたくしたちにとっては、罷業より英国の方が問題です。今日の工部局の発砲を黙認していては、中国の国辱だと思いますの。武器を持たない群衆に発砲したということは、発砲理由がどんなに完全に作られましても英国人の敗北に定《きま》っています。御覧なさいまし、まア、あんなに血が流されたんでございますもの。今日はこの下で、幾人中国人が殺害されたか知れませんわ。」

秋蘭は窓そのものに憎しみを投げつけるように、窓を突くと部屋を歩いた。参木は秋蘭の切れ上った眦《めじり》から、遠く隔絶した激情を感じると、同時にますます冷たさの極北へ移動していく自分を感じた。すると、一瞬の間、急に秋蘭の興奮した顔が、屈折する爽やかなスポーツマンの皮膚のように、美しく見え始めた。彼は今は秋蘭の猛々《たけだけ》しい激情に感染することを願った。彼は窓の下を覗いてみた。――なるほど、血は流れたままに溜っていた。しかし、誰が彼らを殺したのであろうか。彼は支那人を狙った支那警官の銃口を思い出した。それは、確《たし》かに工部局の命令したものに違いなかった。だが、それ故に支那を侮辱した怪漢が、支那人でないと、どうしていうことが出来るであろう。参木はいった。

「僕は、今日の中国の人々には御同情申し上げるより仕方がありませんが、しかし、それにしたって、工部局官憲の狡《ずる》さには、――」

彼はそういったまま黙った。彼は支那人をして支那人を銃殺せしめた工部局の意志の深さを嗅ぎつけたのだ。

「そうです、工部局の老獪《ろうかい》さは、今に始ったことじゃございませんわ。数え立てれば、近代の東洋史はあの国の罪悪の満載で、動きがとれなくなってしまいます。幾千万という印度人に飢餓を与えて殺したのも、あたくしたち中国に阿片を流し込んで不具にしたのも、あの国の経済政策がしたのです。ペルシャも印度もアフガニスタンも馬来《マレイ》も、中国を毒殺するために使用されているのと同様です。あたくしたち中国人は今日こそ本当に反抗しなければなりませんわ。」

憤激の頂点で、独楽《こま》のように廻っている秋蘭を見ていると、参木は自分の面上を撫で上げられる逆風を感じて横を見た。しかし、今は、彼は彼女を落ちつかすためにも、何事かを饒舌《しゃべ》らずにはいられなかった。彼は落ちつき払っていった。

「僕は先日、中国新聞のある記者から聞いたのですが、ここの英国陸戦隊を弱めるために、最近ロシアから一番有毒な婦人が数百人輸送されたということですよ。この話の真偽はともかく、このロシアの老獪さはなかなか注意すべきことだと思いますね。」参木はこういいつつも、何をいおうと思っているのか少しも自分に分らなかった。しかし、彼はまたいった。「僕は今日のあなたの御立腹を妨害するためにいうんじゃありませんが、僕はただどんなに老獪なことも、その老獪さを無用にするような鍛錬といいますか。――いや、こんなことは、もうよしましょう。僕のいうことは、何もありませんよ、あなたはもう僕を饒舌《しゃべ》らさずに帰って下さるといいんですがね。これ以上僕が饒舌《しゃべ》れば、何をいい出すか知れない不安を感じるのです。どうぞ、もしあなたが僕に何か好意を持っていて下さるなら、帰って下さい。そうでなければ、必ずあなたは無事でこのままいられるはずがありませんよ。どうぞ。」

啞然としている秋蘭の顔の中で、流れる秋波が微妙な細かさで分裂した。彼女の均衡を失った唇の片端は、過去の愛慾の片鱗を浮べながら痙攣した。秋蘭は彼に近づいた。すると、また彼女はその睫《まつげ》に苦悶を伏せて接吻した。彼は秋蘭の唇から彼女の愛情よりも、軽蔑を感じた。

「さア、もう、僕をそんなにせずに帰って下さい。あなたはお国をお愛しにならなければいけません。」と参木は冷くいった。

「あなたはニヒリストでいらっしゃいますのね。あたくしたちが、もしあなたのお考えになっているようなことに頭を使い始めましたら、もう何事も出来ませんわ。あたくし、これから、まだまだいろいろな仕事をしなければなりませんのに。」

秋蘭は何かこのとき悲しげな表情で参木の胸に手をかけた。

「いや、誤解なさらんように。僕はあなたを引き摺り降ろそうと企《たく》らんでいるんじゃありませんよ。ただどうしたことか、こういう所であなたと御一緒になってしまったというだけです。これはあなたにとっては御不幸かもしれませんが、僕には、何よりこれで、もう幸福なんです。ただ僕には、もう希望がないだけです。どうぞ。」

参木はドアーを開けた。

「では今日はあたくし、このまま帰らせていただきますわ。でも、もう、これであたくしあなたにお逢い出来ないと思いますの。」秋蘭はしばらく、出て行くことに躊躇しながら参木を仰いでいった。

「さようなら。」

「あたくし、失礼でございますが、お別れする前に、一度お名前をお聞きしたいんでございますけど。まだあなたはあたくしに、お名前も仰言《おっしゃ》って下すったことがございませんのよ。」

「いや、これは。」

と参木はいうと曇った顔をして黙っていた。

「僕は甚だ失礼なことをしていましたが、しかし、それは、もうこのままにさせといて下さい。名前なんかは、僕があなたのお名前さえ知っていれば結構です。どうぞ、もうそのまま、――」

「でも、それではあたくし、帰れませんわ。明日になれば、きっとまた市街戦が始まります。そのときになれば、あたくしたちはどんな眼に合わされるか知れませんし、あたくし、亡くなる前には、あなたのお名前も思い出してお礼をしたいと思いますの。」

参木は突然襲って来た悲しみを受けとめかねた。が、彼はぴしゃりと跳ね返す扇子のように立ち直ると、黙って秋蘭の肩をドアーの外へ押し出した。

「では、さようなら。」

「では、あたくし、特別会議の日の夜、もう一度ここへ参りますわ。さようなら。」

部屋の中で、参木はいつ秋蘭の足音が遠のくかと耳を聳《そばだ》てている自身に気がつくと、ああ、また自分はここで、今まで何をしてたのだろうと、ただぐったりと力がぬけていくのを感じるだけであった。

三五

市街戦のあったその日から流言が海港の中に渦巻いた。殺戮される外人の家の柱に白墨のマークが附いた。工務局では発砲のために大挙して襲うであろう群衆を予想して、各国義勇団に出動準備を命令した。市街の要路は警官隊に固められた。抜剣《ばっけん》したまま駈け違う騎馬隊の間を、装甲車が辷《すべ》っていった。義勇隊を乗せた自動車、それを運転する外国婦人、機関銃隊の間を飛ぶ伝令。――市街は全く総動員の状態に変化し始めた。警官はピストルのサックを脱して騒ぐ群衆の中へ潜入した。すると、核《たね》をくり抜くように中からロシアの共産党員が引き出された。辻々の街路に立って排外演説をする者が続出した。群衆は警官隊の抜剣の間からはみ出してその周囲を取り包んだ。警官は鞭《むち》を振り上げて群衆を追い散らそうとした。しかし、群衆はただげらげら笑ってますます増加して来るばかりであった。

参木はほとんど昨夜から眠ることが出来なかった。彼は支那服を着たまま露路や通りを歩いていた。彼はもう市街に何が起っているのかを考えなかった。ただ彼はときどきぼんやりしたフィルムに焦点を与えるように、自分の心の位置を測定した。すると、遽《にわか》に彼の周囲が音響を立て始め、投石のために窓の壊れた電車が血をつけたまま街の中から辷って来た。それはふと彼に街のどこかの一角で、市街戦の行われたことを響かせながら行き過ぎる。彼は再び彼自身が日本人であることを意識した。しかし、もう彼は幾度自身が日本人であることを知らされたか。彼は母国を肉体として現していることのために受ける危険が、このようにも手近に迫っているこの現象に、突然牙《きば》を生やした獣の群れを人の中から感じ出した。彼は自分の身体が、母の体内から流れ出る光景と同時に、彼の今歩きつつある光景を考えた。その二つの光景の間を流れた彼の時間は、それは日本の時間にちがいないのだ。そして恐らくこれからも。しかし、彼は自身の心が肉体から放れて自由に彼に母国を忘れしめようとする企てを、どうすることが出来るであろう。だが、彼の身体は外界が彼を日本人だと強いることに反対することは出来ない。心が闘うのではなく、皮膚が外界と闘わねばならぬのだ。すると、心が皮膚に従って闘い出す。

武器が街のいたる所で光っている中を、参木は再び歩きながら、武器のためにますます自身を興奮させている群衆の顔を感じた。それらの群衆は銃剣や機関銃の金属の流れの中で、個性を失い、その失ったことのためにますます膨脹しながら猛々しくなるのであった。この民族の運動の中で、しかし、参木は本能のままに自殺を決行しようとしている自分に気がついた。彼は自分をして自殺せしめる母国の動力を感じると同時に、自分が自殺をするのか、自分が誰かに自殺をせしめられるのかを考えた。しかし、何故にこのように自分の生活の行くさきざきが暗いのであろう。自分は自分の考えることが、自分が自身で考えているのではなく、自分が母国のために考えさせられている自身を感ずる。もはや俺は自身で考えたい。それは何も考えないことだ。俺が俺を殺すこと。いや、総ては何んでもない。俺は孤独に腹の底から腐り込まれているだけなのだ。

この彼のうす冷い孤独な感情の前では、銃器が火薬をつめて街の中に潜んでいた。群衆は排外の唾《つば》を飛ばして工部局の方へ流れていった。道路の両側に蜂の巣のように並んでいた消防隊のホースの口から、水が群衆目がけて噴き出した。その急流のような水の放射が、群衆の開いた口の中へ突き刺さると、ばたばたと倒れる人の中から、礫《つぶて》が降った。辻々の街路で、警官に守られていた群衆は騒ぎを聞くと、一斉にその中心へ向って流れていった。

参木はこれらの膨脹する群衆から脱《のが》れながら、再び昨日のように秋蘭の姿を探している自分を感じた。彼は彼の前で水に割られては盛り返す群衆の罅《ひび》を見詰め、倒れる旗の傾斜を見、投げられる礫の間で輝く耳環に延び上った。すると、ふと浮き上る彼の心は、昨日秋蘭を見る前と同様の浮沈を続け出すのを彼は感じると、やがてホースの水の中から飛び出るであろう弾丸をも予想した。もしいま一度弾丸が発射されたら、この海港の内外の混乱は何人《なんぴと》と雖《いえど》も予想することが出来ないのだ。しかし、そのとき、群衆の外廓は後方で膨《ふく》れる力に押されながら、ホースの陣列を踏み潰《つぶ》した。発砲が命令された。銃砲の音響が連続した。参木は崩れ出す群衆の圧力を骨格に受けると、今まで前進していた通路の人波に巻き込まれたまま逆流し始めた。その流れは電車を喰い留め、両側の外人店舗に投石し、物品を掠奪しながら暴徒となって四方の街路へ拡がっていった。参木の前の群衆は急に停止すると、一人の支那人を取り囲んで殴り出した。彼らは彼を「犬」だと叫んだ。彼らの叫んでいる間に、もう「犬」は二つに引き裂かれて、手は一方の街へ流れる群衆の先端で高々と振り廻され、足はその反対の街路へ向って群衆の角のように動いていった。そのがくがく揺れて通る足の上方の二階では、抱き合った日本の踊り子たちの踊る姿が窓の中で廻っていた。すると、その窓を狙って、礫の雨が舞い込んだ。騎馬隊の警官が群衆に向って駈けて来た。その後から新製の装甲車が試射慾《ししゃよく》に触角を慄《ふるわ》せながら辷って来た。道路に満ちた群衆は露路の中へ流れ込むと、圧迫された水のように再びはるか向うの露路口に現れ、また街路に満ちながら、警官隊の背後から嘲笑を浴びせかけた。

　これらの群衆はしばらくは警官隊の騎馬の鼻さきを愚弄しながら、だんだん総商会のホールの方へ近づいていった。そこでは、前から集合していた商会総聯合会と、学生団体との聯合会議が開催されていたのである。附近の道路には数万の男女の学生が会議の結果を待って群《むら》がっていた。議題は学生団の提出した外人に対する罷市《ひし》敢行の決議にちがいないのだ。もしこの会議が通過すれば、全市街のあらゆる機関は停止するのだ。そうして、恐らくそれは間もないことであろう。

　参木にはこれら共産党と資本家団体との一致の会合が、二日の後に開催される外人団の納税特別会議に対する威嚇であることは分っていた。しかし、それにしても、もしその日の納税特別会議が――外人の手で支那商人の首を一層確実に締めつける関税引上げの議案を通過させれば、――参木には、その後の市街の混乱は全世界の表面に向って氾《はん》濫《らん》し出すにちがいないと思われた。すると、新たに流れて来た群衆は再び発砲された憤激の波を伝えながら、会場の周囲の群衆へ向って流れ込んだ。群衆の輪は一つの波と打ち合うごとに、動揺しながら会場の中へ波立った。恐らくその波の打ち寄せる団々とした刺戟のたびに、提出された議題はその輪の中心で、急速な進行を示しているにちがいないのであった。

参木は前からこの群衆の渦の中心に秋蘭の潜んでいるのを感じていた。しかし、彼はそのどこに彼女がいるかを見るために、動揺する渦の色彩を眺めていたのである。彼の皮膚は押し詰った群衆の間を流れて均衡をとる体温の層を感じ出した。すると、彼は彼ひとりが異国人だと思う胸騒ぎに締めつけられた。彼は彼と秋蘭との間に群がる群衆の幅から無数の牙を感じると、次第にその団塊の中に流れた共通の体温から、ひとりだんだんはじき出されていく自分を見た。

三六

参木がようやく群衆の中から放《はな》れて家へ帰ると、甲谷は先に帰って待っていた。
「おい君、もう僕はここにいたって駄目だ。四、五日すれば材木が着くんだが、着いたら宮子を連れてシンガポールへ逃げ出そうと思っている。」と甲谷は疲れた眼を上げていった。

「それで宮子は承知したのか。」と参木は訊ねた。

「いや、承知はまだだ。材木の金がとれるか宮子が落ちるか、とにかくどっちか一つが駄目なら、俺は自殺だ。」

「それやどっちも駄目だ。明日から銀行は危くなるのは定《きま》っているんだ。」

「そんなら、自殺も出来んじゃないか。」

笑う後から滲み出る甲谷の困惑した顔色を、参木は黙って眺めていた。恐らく甲谷には参木の流れる冷たい心理の中へ足を踏み込むことは出来なかったにちがいない。しかし、それとは反対に、参木は甲谷の健康な慾望の波動から、瞬間、久しく忘れていた物珍らしい過去の暖い日を幻影のように感じて来た。すると、競子の顔が部屋の隅々から現われ出した。

「とにかく、われわれはこうしてはいられない。何とかしなけれや。」と甲谷はうろうろしたようにいった。

「何をするんだ。」と参木はいった。

「それが分れば困りあしないよ。」

「君は宮子を落せばいいんじゃないか。」

「しかし、君はどうするんだ。」

「俺か。」

参木はもう一度秋蘭に逢いたいだけだ。然《しか》もその可能は明後日に開かれる特別会議の夜だけに、かすかに盗見《ぬすみみ》するほどであった。しかし、参木はこの混乱の中で、最後の望みがどちらも女を見たいと思う鋭い事実だと気がつくと、突然、おかしそうに突き上げられて笑った。

「君、あの宮子を君は突き飛ばすことは出来ないのか。」

「出来ない。あの女は僕を突き飛ばしているだけさ。あの女には僕はシンガポールの材木をすっかり食われてしまわなきあ、駄目らしいよ。」と甲谷はいった。

「君が出て来たときには、フィリッピン材を蹴飛ばさなきあ帰らないといってたが、皮肉にも程度があるぞ。もう僕は君にあの女をすすめるのはやめたよ。あの子は君の裏と表をすっかりひっくり返してしまっているじゃないか。」

「しかし、ひっくり返っているのは何も俺だけじゃなかろうじゃないか。この街まで今は逆《さか》さまになっているんだ。これじゃ、俺ひとりでどう立ち上ろうと知れてるさ。とにかく、何んだってかまうもんか、もういっぺん、俺はひっくり返ってくるまでだ。」甲谷は重そうに立ち上ると、ポケットから競子の手紙を出して出ていった。その手紙の中には、帰ろうとしている競子を邪魔しているものは、この海港の混乱だと書いてあった。

——帰れなくしたのは誰だ、と参木は思った。すると、彼の日々見せつけられた暴徒の拡った黒い翼の記憶の底から、芳秋蘭の顔が様々な変化を見せて現われて来るのであった。

三七

宮子は甲谷に誘われるままに車に乗った。彼女は彼女を取り巻く外人たちが、今は義勇兵となって街々で活動している姿を見たかったのだ。しかし、甲谷はもう宮子に叩かれ続けた自尊心の低さのために、今はますます叩かれる準備ばかりをしていなければならなかった。二人は車を降りた。河岸の夜の公園の中では、いつものように春婦らがベンチに並んでうな垂れていた。毒のめぐった白けた女たちの皮膚の間から、噴水が舌のようにちょろちょろと上っていた。甲谷は雨の上った菩提樹《ぼだいじゅ》の葉影を洩れる瓦斯燈《ガスとう》の光りに、宮子の表情を確めながら結婚の話をすすめていった。

「もう僕は何もかもいってしまっていうことはないんだが、同じいうなら、もう一度いったって悪くはなかろう。」

「いやだね、あんたは。そういつもいつも、あたしばっかり攻めなくたって、良《よ》かりそうなもんじゃないの。」

「それで実は、もう僕も何から何までさらけ出して話すんだが、ひとつ頼むよ。」

宮子は甲谷の肩にもたれかかるとうるさまぎれに、もう毒々しく笑い出した。

「あたし、あなたは嫌いじゃないのよ。だけど、そうあなたのように、いつもいつも同じことをいわれちゃ、あたしだっておかしくなるわ。」

甲谷がベンチに腰を降ろすと宮子もかけた。甲谷は靴さきに浮ぶ支那船《ジャンク》の燈火を蹴りながら、饒舌《しゃべ》った言葉の間をすり抜けようとして藻掻《もが》いた。すると、対岸に繋ったマストの林の中から、急に揺れ上った暴徒の一団が、工場の中へ流れ込んだ。発電所のガラスが穴を開けた。銃口が窓の中で火花を噴いた。黒々とした暴徒の影が隣りの煙草工場の方へ流れていった。海上からは対岸のマストを狙って、モーターボートの青いランプの群れが締るように馳け始めた。甲谷はこの遠景の騒ぎの中から、宮子の放心している心をひき抜くように彼女を揺すった。

「あちらはあちら、こちらはこちらだ。ね、君、君とこうして坐って話していても、仕方がないから、もういい加減に僕を落ちつけてくれたっていいだろう。とにかく、これからすぐ、僕のところへ行こう。」

「まア、あんなに煙が出たわ。御覧なさいよ。あれは英米煙草だわ。もうこの街もおしまいだわ。」

「街なんかどうなろうといいじゃないか。いずれこの街は初めから罅《ひび》の入ってる街なんだ。君は僕と一緒にシンガポールへ逃げてくれ給え。」

「だって、あたしにゃこの街ほど大切な所はないんですもの。あたしここから出ていったら、鱗《うろこ》の乾いたお魚みたいよ。もうどうすることも出来なくなれば、あたし死ぬだけ。あたし死ぬ覚悟はいつだってしてるんだけど、でも、あたしこの街はやっぱり好きだわ。」

甲谷は乗り出す調子が脱《はず》れて来ると、駈け込むようにベンチの背中を掴《つか》んで周章《あわ》て出した。

「もうそんなことは考えないでくれないか。ただ結婚してくれれば万事こちらで良くしていく。それなら良かろう。それなら、僕は、――」

「だって、あたし、だいいち結婚なんかしてみたいと思ったことなんてないんですもの。あたしもし結婚したければ、あなたが初め仰言《おっしゃ》って下すったとき、さっさとお返事していてよ。いくらあたしだって、そうはあなたのように気取ってばかりはいられないわ。」

甲谷は頭を掻くように笑いながら、一寸後を振り返ったがまた急いだ。

「それや、いくら悪口いわれたっていいから、とにかく、これじゃ、いくら君を廻ってぐるぐるしたって、これはただぐるぐるしているというだけで、何んでもないんだからね。」

「あたしは駄目なの。あたし、自分が一人の男の傍にくっついて生活している所なんか、想像が出来ないわ。あたし男の方を見ていると誰だって同じ男のように見えるのよ。これで結婚なんかしていたら、あなたから逃げ出されるにきまっているわ。それよりあたしはあたしの流儀で、困っている沢山の男の方にちやほやしているの。あたしに瞞《だま》されたと思うものは、それや馬鹿なの。だって、今頃瞞されたと思って口惜《くや》しがってる男なんか、日本にだっていやしないわ。あなたにしたって、あたしがどんな女だっていうことぐらい、一と目見ればお分りになりそうなもんじゃないの。それにあたしにお嫁入の話なんか仰言《おっしゃ》って、あたしが冗談にしてしまうことだって、これでたいていのことじゃないことよ。」

波がよせると、それが冷たい幕のように甲谷の身体に沁《し》み透った。彼は彼女から腕を放した。切られた鎖のように沈む彼の心の断面で、まだ見たこともない女の無数の影が入り交った。が、その影の中で、宮子の顔だけはますます明瞭に浮き上って来るのだった。

「駄目だ。」と甲谷はいうと、不意に彼女を抱きよせようとした。が、後ろのベンチで、春婦の群れが茸《きのこ》のように塊《かたま》ったままじっと二人を眺めていた。彼は溜息を洩らすと、再び宮子から放れて脊を延ばした。すると、逆に宮子の身体が甲谷の方へ倒れて来た。彼は宮子を抱きよせながら、この急激な彼女の変化に打たれてぼんやりした。

「あなた、あたしにしばらくこうしていさせて頂戴。あたし一日にいっぺん、誰かにこうしていないと、駄目なの。あたし、あなたのお心はもう分ったわ。だけど、駄目よあたしは。あなたは早くお綺麗な方を貰ってシンガポールへお帰りなさいな。あたしは誰にでもこんなことをする性質《たち》なんだから。あたしあなたには、お気の毒だと思うけど、これも仕様がないわ。」

イミタチオンの宮子の靴先が軽く甲谷の靴を蹴るたびに、甲谷の腕は弛《ゆる》んで来た。彼は彼女がただ自分を慰める新らしい方法を用いだしただけだと気がついたのだ。

「君の優しさは前から僕は知っていたんだが、しかしこの上僕を迷わすことは御免してくれ。ただもう僕は君が好きで仕方がないんだ。」と甲谷はいってまた強く宮子を抱きすくめた。

「あなたはあなたに似合わず、今夜はつまんないことばかり仰言るのね。あの橋の上を御覧なさいよ。義勇兵が駈けててよ。それにあなたは、まア、なんて子供っぽいことばかり仰言るんでしょう。もっとこんなときには、何《な》んとかしてよ。何んとか。」

甲谷は宮子を芝生の上へ突き飛ばすと、立ち上った。しかし、彼は彼女が彼にそのようにも怒らせようと企んだ彼女の壺へ落ち込んだ自分を感じると、再び宮子の前へ坐っていった。

「君、もう虐《いじ》めるのは、やめてくれ。僕は君には一生頭が上らないのだ。ただ僕の悪いのは、君を好きになったということだけじゃないか。それに君は何《な》ぜそんなにふざけてばかりいたいのだ。」

宮子は髪を振りながら芝生の上から起き上った。

「さア、もう、帰りましょうね。あたし、あなたがあたしを愛していて下さるんだと思うと、もういつでも我ままになっちゃうのよ。ね、だから、もう何もあたしには仰言らないで、――」

しかし、甲谷は完全に振り落された男がここに転げているのだと気がつくと、もう動くことも出来なくなった。宮子は公園の入口の方へひとりときどき振り向きながら歩いていった。芝生の上に倒れている甲谷の頭の上の遠景では、火のついた煙草工場がしきりに発砲を続けていた。

三八

海港の支那人の活躍は変って来た。支那商業団体の各路商会聯合会、納税華人会、総商会の総ては、一致団結して罷市《ひし》賛成に署名を終えたのだ。学生団は戸《こ》ごとの商店を廻り歩いて営業停止を勧告した。罷市の宣伝《ビラ》が到る所の壁の上で新しい壁となった。電車が停り、電話が停った。各学校は開期不明の休校を宣言した。市街の店鋪は一斉に大戸を降ろし、市場《マーケット》は閉鎖された。

その日の夕刻、騒擾《そうじょう》の分水嶺となるべき工部局の特別納税会議が市政会館で開かれた。戒厳令を施《し》かれた会館の附近では、銃剣をつけた警官隊と義勇隊とが数間《けん》の間を隔《お》いて廻っていた。会議の時刻が近づくと、昼間市中に波立った不吉な流言の予告のために、会館の周囲は息をひそめて静まり出した。徘徊する義勇兵の眼の色が輝き出した。潜んだ爆弾を索《さぐ》り続ける警官が、建物と建物との間を出入した。水道栓に縛りつけられたホースの陣列の間を、静に装甲車が通っていった。やがて、外人の議員たちは武装したまま、陸続と議場へ向って集って来た。

丁度《ちょうど》参木の来たのはそのときであった。会館附近の交通遮断線の外では、街々の露路から流れて来た群衆は街路の広場に溜り込んだまま、何事か待ち受けるかのように互に人々の顔を見合っていた。参木はそれらの人溜りの中を擦り抜けながらその中に潜んでいるにちがいない秋蘭の顔を捜していった。もし彼女が彼との約束に似た暗黙の言葉を忘れないなら、彼が彼女をこの附近で捜し続けていることも忘れないはずであった。しかし、彼は歩いているうちにだんだん周囲の群衆と同様に、不意に何事か湧き起って来るであろうと予感を感じて来た。すると、群衆はじりじり遮断線からはみ出して会館へ向っていった。騎馬の警官がその乱れる群衆の外廓に従って、馬を躍らせた。スコットランドの隊員を積み上げた自動車が抜剣を逆立てたまま、飛ぶように疾走した。すると、急に、群衆の一角が静まった。つづいて、今まで騒いでいた群衆は奇怪な風を吸い込んだように次から次へと黙っていった。すると、全く音響のはたと停った底気味悪い瞬間、その一帯の沈黙の底からどことも知れず流れる支那人の靴音だけが、かすかに参木の耳へ聞えて来た。しかし、間もなく、それはなんの意味も示さぬただ沈黙そのものにすぎないことを知り始めると、再び群衆は騒ぎ立った。その騒ぎの中から揺れて来る言葉の波は漸次に会議の流会を報らせて来た。それなら、これで支那商人団の希望は達したわけだと参木は思った。間もなくその流会の原因は定員不足を理由としていることまで、寄り集った人波の呟きからだんだんと判って来た。参木は、極力会議を流会させることを宣言していた芳秋蘭の笑顔を感じた。今は彼女はこの附近のどこかの建物の中で、次の劃策に没頭しているにちがいない。しかし、もしそれにしても、なおこのうえ海港の罷市が持続するなら、このときを頂点として困憊《こんぱい》するものは支那商人に変っていくのだ。——もし支那商人の一団が困憊するなら、なお罷市の持続を必要とする秋蘭一派の行動とは、当然衝突し出すのは定《きま》っていた。

参木は思った。これは何か必ず今夜、謀《たくら》みが起るにちがいない。――その謀みはなお商業団体と群衆とを結束させんがための謀みであることは、分っているのだ。しかし、その手は――その手も今はただ外人をして発砲させるようにし向ければそれで良いのだ。

――

しかし、参木には自分の頭脳の廻転が、自分にとって無駄な部分の廻転ばかりを続けていることに気がついた。彼はただ今は死ねば良いのだ。死にさえすれば。それにも拘らず秋蘭を見たいと思う願いがじりじり後をつけて来るのを感じると、彼はますます自身の中で跳梁《ちょうりょう》する男の影と蹴り合いを続けるのであった。ふとそのとき、彼は梅雨空《つゆぞら》に溶け込む夜の濃密な街角から、閃《ひら》めく耳環《みみわ》の色を感じた。彼はその一点を見詰めたまま、洞穴を造った人溜《ひとだまり》の間を魚のように歩き出した。しかし、彼はその街角へ行きつくまでに急に停った。もしその耳環が秋蘭であったなら、と思う彼の心が、突然、彼女と逢った後のことを考え出したのだ。全く彼は彼女と逢ったとしても、為すべきことは何もないのだ。それなら、――いや、それより、彼女がこの街の混乱の最中に、どうして自分を捜しに来るであろうか。彼は壁に背中をひっつけると、彼女が自分を捜しに来るであろうと想像したがる自身の心を締めつけた。しかし、もし彼女が自分の言葉を忘れないなら、――締めつける後から湧き上って来る手に負えない愛情に、もはや彼はにやにや笑い出した。

そのとき、前方の込み合った街路を一隊の米国騎馬隊が彼の方へ駈けて来た。それと同時に、両側の屋内から不意に銃声が連続した。騎馬隊の先頭の馬が突っ立った。と、なお鳴り続けている音響の中で、馬は弛《ゆる》やかに地に倒れた。投げ出された騎手の上を飛び越して、一頭の馬は駈け出した。後に続いた数頭の馬はぐるぐる廻りながら、首を寄せた。一頭の馬は露路の中へ躍り込んだ。乱れ出した馬の首の上で銃身が輝やくと、屋内へ向けて発砲し始めた。馬は再び群衆の中を廻り始めた。群衆は四方の露路から溢れて来ると、躍る馬の周囲で喚声を上げ始めた。群った礫《つぶて》が馬を目がけて降り注いだ。馬は倒れた馬の上を飛び越えると、押し出る群衆を蹴りつけて駆けていった。

参木の周囲では、群衆は彼ひとりを中に挟んだまま、馬の進退に従って溶液のように膨脹し、収縮した。そのたびに、彼はそれらの流動する群衆の羽根に突き飛ばされ、巻き込まれながら、だんだん露路口の壁の方へ叩き出されていった。

騎馬隊が逃げていくと、群衆は路の上いっぱいに詰まりながら、狼狽《うろた》えた騎馬隊の真似をしてはしゃいだ。銃砲の煙りが発砲された屋内から洩れ始めた。そのとき、工部局の方から近づいて来た機関銃隊が、突然、復讐のために群衆の中へ発砲した。群衆は跳ね上った。声を失った頭の群れが、暴風のように揺れ出した。沈没する身体を中心に、真っ二つに裂け上った人波の中で、弾丸が風を立てた。露路口は這い込む人の身体で膨れ上った。閉された戸は穴を開けて眼のように光り出した。その下で、逃げ後れた群衆は壁にひっついたまま唸り始めた。

参木は押しつけられた胸の連結の中から、ひとり反対に道路の上を見廻した。彼はそこに倒れた動かぬ人の群れの中から、秋蘭の身体を探そうとして延び上った。馬の倒れた大きな首の傍で、人の身体が転がりながら藻掻いていた。

発砲のあった家を中心にして、霞のような煙が静々と死体の上を這いながら、来検《らいけん》の通るたびに揺らめきながら廻っていた。しかし、参木には、もはや日々見せられた倒れる死骸の音響や混乱のために、眼前のこれらの動的な風景は、ただ日常普通の出来事のようにしか見えなかった。だが、彼は彼の心が外界の混乱に無感動になるに従い、却って一層、その混乱した外界の上を自由に這い廻る愛情の鮮かな拡がりを、明瞭に感じて来るのであった。

街路の上から群衆の姿が少くなると、騎馬隊へ向けて発砲した家の周囲が、工部局巡捕によって包囲《かこ》まれた。機関銃が据えられた。すると、その一軒の家屋を消毒するかのように、真暗な屋内めがけて弾丸がぶち込まれた。墜落する物音、唸り声、石に衝《あた》って跳ね返る弾丸の律動と一緒に、戸が白い粉を噴きながら、見る間に穴を開けていった。機関銃の音響が停止すると、戸が蹴りつけられて脱《はず》された。ピストルを上げた巡捕の一隊が、欄干からぶら下ったまままだ揺れ続けている看板の文字の下を、潜り込んだ。すると、間もなく、三人のロシア人を中に混えた支那青年の一団が、ピストルの先に護られて引き出された。

参木はもし秋蘭がその中にと思いながら、露路の片隅からそれらの引き出された青年たちを見詰めていた。――やがて、検束された一団は自動車に乗せられると、機関銃に送られて工部局の方へ駈けていった。銃器が去ったと知ると、また群衆は露路の中から滲み出て来た。彼らは燈《ひ》の消えた道路の上から死体を露路の中へ引き摺り込んだ。板のように張りきった死体の頭は、引き摺られるたびごとに、筆のように頭髪に含んだ血でアスファルトに黒いラインを引き始めた。丁度そのとき、一台の外人の自動車が辷って来ると、死体の上へ乗り上げた。箱の中で、恐怖のために茉莉《まつり》の花束に隠れて接吻していた男女の顔が乱れ立った。すると、礫が頭へ投げつけられた。自動車は並んだ死骸を轢《ひ》き飛ばすと、ぐったり垂れた顔を揺りながら疾走した。

参木は群衆の中から擦り抜けると、この前秋蘭と逢った建物の前まで来かかった。しかし、もう彼は秋蘭を探す眼に全身の疲れを感じた。疲れ出すと、今まで何も無いものを有ると思って探し廻った幻影が乱れ始め、ごそごそ建物の間を歩いている自分の身体が急に心の重みとなって返って来た。だが、彼はそこで、しばらくの間うろうろしながら、もし秋蘭が来ているならここだけは必ず通ったであろうと思われそうな門の下を、往ったり来たりして歩いていた。彼は高い建物の上方を仰いだり、門の壁にぺったりと背中をつけて居眠るように立ってみたりしていると、ふと、向うから若い三人の支那人の来るのを見た。すると、その中の短く鼻下に髭を生やした一人の男が、擦れ違う瞬間、素早く参木の右手へ手を擦りつけた。参木は彼の冷たい手の中から、一片の堅い紙片を感じた。彼ははッとすると同時に、それが男装している秋蘭だったことに気がついた。しかし、もうそのときには、秋蘭は他の二人の男と一緒に、肩を並べて行きすぎてしまっている後だった。参木は紙片を握ったまま、しばらく秋蘭の後から追っていった。しかし、彼がそのまま秋蘭の後から追っていくことは、彼女を一層危機へ落し込むことと同様だと思った。彼女は優しげにすらりとした肩をして、一度ちらりと彼の方を振り返った。参木はその柔いだ眼の光りから、後を追うことを拒絶している別れの歎きを感じた。彼は立ち停ると、秋蘭を追うことよりも彼女の手紙を読む楽しみに胸が激しく騒ぎ立った。

参木は秋蘭の姿が完全に人ごみの中へまぎれ込んだのを見ると、急いで真直ぐに引き返した。彼は自分の希望を、底深く差し入れた手の一端に握ったかのように明るくなった。彼は今さきまで鬱々として通った道を、いつ通り抜けたとも感じずに歩き続けると、安全な河岸の橋を見た。彼はそこで、紙片を開けて覗いてみた。紙片にはよほど急いだらしく英語が鉛筆で次のように書かれてあった。

「もう今夜、あたくしたちは危険かと思われます。いろいろ有り難うございました。どうぞ、それではお身体お大切になさいませ。もしまだこの上永らえるようなことでもございましたら、北四川路のジャウデン・マジソン会社の小使《こづかい》、陳に王の御名でお訊ね下さいませ。では、さようなら。」

参木は公園の中のカンナの花の咲き誇っている中を突き抜けた。すると、芝生があった。紙屑が風に吹かれてかさかさと音を立てながら、足もとへ逆辷りに辷って来た。彼は露を吹いて湿っている鉄の欄干を握って足もとの波を見降ろした。

――ああ、もう、俺も駄目だ。――

そう思えば思うほど、参木は波の上に面《おもて》を伏せたまま、だんだん深く空虚になりまさっていく自分をはっきりと感じていった。

三九

その夜、参木は遅く宮子の部屋の戸を叩いた。ピジャマ姿の宮子は上長衣《ルダンコオト》をひっかけたまま出て来ると、黙って参木を長椅子に坐らせた。参木は片手で失敬の真似をしながらいきなり横に倒れると、眼を瞑った。宮子はウィスキイを彼に飲ませた。彼女は彼の傍に坐ると、彼の蒼ざめた顔を見詰めたまままいつまでも黙っていた。隣家の廊下を通る燭台の火が、窓のガラスに柘榴《ざくろ》の葉影を辷らせつつ消えていった。参木は眼を開けると彼女にいった。

「君、今夜だけは、赦してくれ給え。」

「だって、寝台はあちらにあるわ。あちらへいって。」

口へあてがう宮子のコップの底を見詰めながら、彼は片手で宮子の手を強く握った。

「あなたは今夜へんよ。あたし、さきから天地がひっくり返ったような気がしていて、そんなことをされたって、何のことだかわかんないわ。」と宮子はうつろな眼で参木を眺めながらいった。

しかし、宮子は急に溌剌《はつらつ》とし始めると、鏡に向って顔を叩いた。ひっかけた上長衣《ルダンコオト》が宮子の肩からずり落ちた。

「あたし、あなたがいらっしゃる前まであなたの夢を見ていたの。そしたらあなたがいらっしゃるんでしょう。あたしそれまで、あなたと何をしてたとお思いになって。」

鏡の前から戻って来ると、宮子は参木の頭を膝の上へ乗せながら顔を近々と擦り寄せた。

「あなた、もう元気をお出しになってよ。あたし、あなたの疲れてらっしゃるお顔を見るのはいやなのよ。」

参木は起き上った。彼は宮子の手を摑むといった。

「とにかく、つまらん。」

「何が。」

「もういっぺん黙って寝させておいてくれないか。」

参木はまた倒れると眼を瞑った。宮子は彼の身体を激しく揺り動《うごか》した。

「駄目じゃないの、あたしを叩き起して自分が眠るなんて、まだあたしはあなたの奥さんじゃないことよ。」

すると、参木は傍にあったウィスキイをまた一杯傾けた。

「そう、そう。結構だわ。あたし、あなたのわがままなんか初めっから認めてやしないのよ。だから、あたしはあなたなんかに同情したことなんか一度もないの。人の顔を見ると顰《しか》めっ面ばかりし続けて、つまんないことばかり考えて、もうそんなことはお止《よ》しなさいよ。あたしあなたなんか好きになっちゃおしまいだわ。」

突《つっ》かれ出すと参木には酔いがだんだん廻って来た。彼はいった。

「どうも失礼。これでどうやら君に叱られているのも分って来たよ。」

「当りまえよ。あなたなんかに憂鬱な恰好なんか見せていただかなくたって、街にいくらだってごろごろしているわ。あたしなんか見て頂戴。馬鹿なことは一人前に馬鹿だけど、面白そうなことだけは、これで何んだって知ってるのよ。」

宮子は不機嫌そうに外方を向くと煙草をとった。参木は予想とは反対に、急に怒り出した宮子の様子に気がつくと、またぐったりと横に倒れた。宮子は床に落ちている上長衣《ルダンコオト》を足で跳ね上げた。彼女は立ち上ると寝室の方へ歩いていった。

「君、もうしばらく僕の傍《そば》にいてくれないか。そうすると僕もだんだん生気《しょうき》になるよ。」と参木は倒れたままにやにやした。

「いやよ、あたしあなたのお相手なんかまっぴらだわ。」

「ときどきはこういう男も君の傍にいたって悪くはなかろう。人には怒るものじゃない。朝早くから夜中まで僕は今日は幾回死にそこなったかしれないんだ。たまには疲れて来たんだから、君、疲れたときには、人は一番親しい所へ転がり込むもんだ。そう怒らずにもうしばらくここにいさせてくれたって、良かろうじゃないか。」

宮子はドアーの前に立ったまま参木の方へ向き直った。

「あなたは今夜はどうかしててよ。まさか幽霊じゃないんでしょうね。」

「いや、それは分らん。しかし、実はちょっと白状したいことがあって来たんだが、もういうのはいやになった。これ以上馬鹿になるのは、神さまに対してあいすまんよ。」

「そうよ、あなたは、すまないのは神さまにだけじゃないことよ。あたしにだってすまないわ。競子さんのことを考えていらっしゃるのも結構だけど、それじゃ競子さん、もったいないわ。」

「競子は競子、これはこれさ、僕はふわふわした男だから、ふわふわしてしまわなきあおさまらないんだ。それで今夜はのるかそるか、ひとつ無茶をやろうと思ってやったんだが、とうとうそれも失敗だ。どうもおれは饒舌《しゃべ》り出すと、これや饒舌るな。」

「饒舌りなさいよ、饒舌りなさいよ。あなたのして来たこと、仰言《おっしゃ》ってよ。」

宮子は参木の傍へぴったりくっつくと、彼の頭をかかえてまた揺った。参木は揺られる頭の中で今日一日のして来たことを考えた。すると、ますます自分の心が身体の上へ乗りかかって来る重々しさを感じるのであった。彼は行きつまった心を抛り出すように饒舌り出した。

「僕はこの間から支那の婦人に感心して、一ケ月の間自尊心と喧嘩し続けて、とうとうやられてしまったのが、今夜なんだ。それから僕は死のうと思った。しかし今死ぬなら支那人に殺される方が良い。日本人が一人でも殺されたら、日本の外交だけでも強くなる、とそうまア、西郷さんみたいなことを僕は考えた。僕は愛国主義者だから、同じ死ぬなら国のために死のうと思ったんだが、ところが、なかなか支那人は殺してくれぬ。殺されないなら、死んだって国の為にはならないし、同じ死ぬなら殺されよう、と思っているうちに、いつまでたったってこの醜態だから、死ぬことが出来やしない。」

「まアまア、結構な御身分ね。あたし嫌いよ、そんな話は。」と宮子はいって膝を動かした。

「それから、ここだ。僕が何《な》ぜ殺されないかと考えた。すると僕はこんな支那服を着流してうろつき廻っていたからなんだ。しかし、それなら何ぜ支那服なんか着て歩くと君は思うかも知れないが、この支那服を着てないと相手の女と逢ったって、役に立たぬ。そこが僕の新しい苦悶なんだ。どうだ、こりゃ新しかろう。」

「あんまり馬鹿にしないで頂戴、あたし聞いてるのよ。あたし、さきまであなたの夢まで見てたんだわ、ああ、口惜しい。」

宮子は手を延ばすとまたウィスキイを荒々しく傾けた。

「しかし、こうして考えて見ると、まア、馬鹿な話は話さ。ところが、そいつを真面目に考えていたんだから、ちょっとはどうかしてるんだ。頭というものは、馬鹿になり出すと、つまり、馬鹿な方へばかりだんだん頭が良くなり出す。譬えば君にした所で、甲谷と結婚しないことなんて、馬鹿な方へ頭がふくれだしたからさ。良いか、分ったね。」

「そうよ。あたし、あなたなんかに眼が眩《くら》んで、とうとうお嫁さんになりそこねたわ。

これもあなたよ。甲谷さんに仰言《おつしや》っといて。だけど、甲谷さんも甲谷さんだわ。あたしにあなたを紹介するなんて、あたしよりまだ馬鹿ね。あたしあなたと結婚するまでは甲谷さんとは結婚してやらないわよ。これがあなたへの復讐よ。あなたは甲谷さんへ気兼ねして、あたしから逃げることばかり計画してらっしゃるんでしょう。え？　そうでしょう。それならそれで、支那の女のことなんか、話さなくたって、もっといくらだって、話すことがありそうなもんだわ、でももういいのよ。あたしももうじき愛国主義者になるんだから。」

宮子は立ち上るとひき抜いた白蘭花《パーレーホー》で円卓の上を叩き出した。参木は、ここにもひとり地獄のつれがいたのかと気がつくと、心が楽しげに酒の上で浮き上った。

「おい君、ここへ来てくれ、愛国主義者は一番豪《えら》いのだ。僕は君には同情するぞ。恐らく僕は君を一番理解しているにちがいなかろう。理解がなければ愛なんてものはあるものか。だから君、来たまえ、僕は君が好きなんだよ。」

宮子は近寄る参木を突き飛ばした。参木は後の壁へよろけかかると、また宮子の肩へ手をかけた。

「よして頂戴。あたしは支那人じゃなくってよ。」

「支那人であろうが鱈であろうが、かまうものか。愛国主義者を出したからには、誰であろうと恩人さ。われわれ下級社員に愛国主義以外の何がある。」

参木は宮子のピジャマの足を掬《すく》うように抱き上げると、絨氈の真中できりきり速度を加えて廻り出した。と、足が曲った。二人は倒れた。宮子は参木の胸から投げ出されると、そのまま動かずに倒れていた。参木は仰向きになったまま、まだ廻り続ける周囲の花壁の中から、突然絞り出された母の顔を楽しげに眺めながら、いつまでもにやにや笑い崩れてとまらなかった。

四〇

海港の罷市《ひし》は特別会議が流会したのにも拘らず、ますます深刻に進んでいった。支那銀行は翌日からことごとく休業した。銭荘発行の小切手が不通になった。金塊市場が閉鎖された。為替《かわせ》市場の混乱から外国銀行は無力になった。そうして、この全く破壊され尽した海港の金融機能の内部では、ただ僅かに対外為替の音だけが、外国銀行の奥底で、鼓動のようにかすかに響いているに過ぎなくなった。

しかし、倒れたものはそれだけでなかった。海港のほとんど全部の工場は閉鎖された。

群がる埠頭の苦力《クリー》が罷業し始めた。ホテルのボーイが逃げ始めた。警察内の支那人巡捕が脱出した。車夫が、運転手が、郵便配達が、船内の乗組員が、その他あらゆる外人に雇われているものがいなくなった。――

船は積み込んだ貨物をそのままに港の中でぼんやりと浮き始めた。新聞の発行が不能になった。ホテルでは音楽団が客に料理を運び出した。パン製造人がいなくなった。肉も野菜もなくなり出した。そうして、外人たちはだんだん支那人の新しい強さに打たれながら、海港の中で籠城し始めた。

参木は人通りのほとんどなくなった街の中を歩くのが好きになった。雑閙《ざっとう》していた市街が急に森のように変化したことは、彼には市街が一層新しく雑閙し始めたかのように感じるのであった。義勇隊は出没する暴徒の爆弾を乗せたトラックを追っ駈け廻した。時々夜陰に乗じて、白い手袋を揃えた支那人の自転車隊が秘密な策動を示しながら、建物と建物との間をひそかな風のようにのっていった。外国婦人は疲れた義勇団の背後で彼らに食物を運搬した。閉め切られた街並の戸の隙間からは、外を窺う眼だけがぎろぎろ光っていた。

しかし、参木は頻々として暴徒に襲われ続ける日本街《まち》の噂を聞き始めると、だんだん足がその方へ動いていった。日本街では婦人や子供を避難所へ送った後で町会組織の警備隊が勇ましく街を守って徹宵《てっしょう》を続け始めた。すると、彼の身体の中で、秋蘭を愛した記憶の断片が、俄《にわか》に彼自身の中心を改め始めた。彼は煙に襲われるように、道から外れてひとり隠れた。しかし、また彼は日本街の食糧の断絶を聞いては出かけた。邦人暗殺の流言を聞いては出かけた。暴徒の流れ込んだ形跡を感ずるとまた出かけた。そうして彼はいつの間にか、日本人の外廓に従ってぐるぐる廻り続けている斥候のような自体を感じた。そのたびに、危害を受けた邦人の増加していく話の波が、締めつけられるように襲って来た。

或る日、参木と甲谷はいつもの店へ食事をしに出て行くともう食料がなくなったといって拒絶された。米をひそかに運んでいた支那人が発見されて殺されたという。それに卵もなければ肉もなかった。勿論、野菜類にいたっては欠乏しなければ不思議であった。

甲谷は外へ出ると参木にいった。

「これじゃ、飢え死するより仕方がないね。銀行は有っても石ばっかりだし、波止場に材木は着いても揚げてくれるものはなし、宮子にはやられるし、米も食えぬとなれば、君、こういう残酷な手は、神さまが知っていたのかね神さまが。」

しかし、参木には昨夜からの空腹が、彼の頭にまで攻め昇るのを感じた。すると、彼は彼をして空腹ならしめているものが、ただ僅《わず》かに自身の身体であることに気がついた。もし今彼の身体が支那人なら、彼は手を動かせば食えるのだ。それに——彼は領土が、鉄より堅牢に、最後の瞬間まで自身の肉体の中を貫いているのを感じないわけにはいかなかった。

「君、君の休業中の手当が出るのかね。俺の金はもうないよ。しばらく君の手当をあてにするから、そのつもりでいてくれ給え。」と甲谷はいった。

「そうだ、すっかり手当のことは忘れていた。いずれなんとかなるだろう。手当が出なけれや、今度はわれわれが罷業《ひぎょう》をするさ。」

「それやそうだな。しかし、そんならその罷業はどういうのだ。罷業をしたってお先に支那人にされちゃ、罷業にもならんじゃないか。」

「そしたら支那人と共同だ。」と参木はいって笑った。

「それじゃ、俺たちを一層食えなくするのも、つまり君たちだとなるのか。」

「もう食う話だけは、やめてくれ。僕は腹が空《す》いてたまらんのだ。」と参木はいった。

「しかし、休業中の手当を日本人だけ出しといて、支那人に出さぬとなると、これやますますもって大罷業だね。この調子だと、俺もいつまでたったって食えないかもしれないぞ。」

二人は両側の家々の戸の上に、「外人を暗殺せよ。」と書かれた紙片の貼られたのを読みながら、歩いていった。

「とにかく、殺されるためにゃ、食べなくちゃ。」と参木はいった。

「いや、この上殺されちゃ、おしまいだよ。」と甲谷はいった。

二人は笑った。参木は笑いながらふと甲谷と宮子を妨害している自分という存在について考えた。すると、ここでも彼は不必要に自分の身体に突きあたらねばならなかった。

「君は宮子が本当に好きなのかい。」と参木はいって甲谷を見た。

「好きだ。」

「どれほど好きだ。」

「どういうもんだか俺はあ奴が俺を蹴れば蹴るほど好きになるのだ。まるで俺は蹴られるのが好きなのと同じことだ。」と甲谷はいった。

「それで君は結婚して、もし不幸な事でも起ればどうするつもりだ。」

「ところが、俺の不幸は今なんだからね。今より不幸のことってあってたまるか。」

参木は競子をひそかに愛していた昔の自分を考えた。そのとき、甲谷は競子の兄の権利として、絶えず参木の首を摑んでいた。が、今は、彼は甲谷の首を逆に摑み出したのだ。

「君、君はお杉をどう思う。」と参木はいった。

「あれか、あれは俺にとっちゃ捨石《すていし》だよ。」

「あれは君にとっちゃ捨石かも知れないが、僕にとっちゃ細君の候補者だったんだからね。お杉を攻撃したのは君だろう。」

瞬間、甲谷の顔は赧《あか》くなった。が、彼は赧さのままでなお反り出すと、

「ふん、俺の捨石になる奴なら、誰の捨石にだってなろうじゃないか。」といってのけた。

参木は自分の捨石になり出す宮子のことを考えながら、その捨石の、また捨石になり出した甲谷の顔を新しく眺めてみた。

「とにかく、僕にはお杉より適当な女は見当らぬのだ。君の捨石を拾ったって、君に不服はなかろうね。」と参木はいった。

「君、もう冗談だけはよしてくれよ。俺は飯さえ食えないときだ。これからひとつ馳

け廻って、君、飯一食を捜すんだぜ。」

参木は黙った。すると、しばらく忘れていた空腹が再び頭を擡《もた》げて来た。彼は乞食の胃袋を感じた。頭が胃袋に従って活動を始め出すと、彼はまたも自然に秋蘭を思い出すのであった。――ところが、これがいちばん秋蘭のしたかったことなのだ。とふと彼は考えた。――彼は彼女の牙の鋭さを見詰めるように、自分の腹に刺し込んで来る空腹の度合を計りながら、食物の豊富な街の方へ歩いていった。

しかし、参木と甲谷の廻った所はどこも白米と野菜に困っていた。明日になれば長崎から食料が着くという。二人は明日まで空腹を満すためには、暴徒の出没する危険区域を通過しなければならなかった。だが、今はその行く先にも食物があるかないかさえ分らないのだ。参木は甲谷とトルコ風呂で落ち逢う約束をすると、甲谷を安全な街角から後へ帰して、ひとり食物を捜しに出かけていった。

四一

甲谷は参木と分れると一層空腹に堪えかねた。それにないものはパンだけではなく煙草もないのだ。街路は夕暮だのに歩いているのは彼ひとりであった。どこもかしこも閉めてしまっている戸の隙から、何物が狙っているともしれたものではなかった。それにしても、兄の高重もひどいことをしたものだ。高重と印度人の弾丸が、彼をこんなに混乱させてしまう原因になろうとは、——甲谷は自分の船の材木が港に浮いたまま誰も揚《あげ》手《て》のないのを思うと、いまさら兄め、兄め、と思うのであった。

街に革命が起っているのも知らぬらしい一台の黄包車《ワンボウツ》が、甲谷の傍へ近づいて来ると、乗れとすすめた。今頃日本人を乗せて見つかれば殺されるに決っているのに、乗れとは幸いなので、彼は乗った。が、さてどちらへ車を向けて走らせて良いものか分らなかった。彼は乗ったままの方向へ車を走らせていてから、ふと車夫の背中を見た。すると、車夫にとっては、自分が死神と同様なのに、それを乗せて引っぱって走っている車夫の姿が面白くなって来た。ひとつ彼が見つかって殺されるまで、死神みたいに彼の後からどこまでも追っかけてやろう——そう思うと、甲谷も先日からの打撃の連続のために、思う存分いたずらがしたくなった。彼は、「走れ、走れ。」とステッキを振り上げては車の梶《かじ》を叩いてみた。車夫の背中は一層低くなると、スピードを増し始めた。

しかし、いったいどこまで自分は走ろうとするのだろう。彼は地図を考えた。一番近いのは山口の家である。——山口の家には不用な女がごろごろしている話をきかされた。

それがこの革命で死人と一緒に、どんなことをしているやら。お負けにその女のひとりを譲ろうといったのも山口なのだ。そうだ、山口の家へいってやろう。甲谷には眼の前の人けのない夕暮が、奇怪な光りをあげたように楽しくなった。彼は山口が洩《も》らした第二の商売を思い出した。それは支那人から買い集めて造った人骨を、医学用として輸出するのである。

「左様、先ず一つの死体の価格で、ロシア人七人の妾《めかけ》が持てる。七人。」

そう傲然《ごうぜん》といったのも山口だ。今は彼もこの革命で定めし死人が増して喜んでいることだろう。しかし、それにしても、眼前で自分を引っぱっている車夫までが、いまに見つかって死体となって山口に買われたなら、――左様、それは俺が売ったと同様だ。金をよこせ、と俺は傲然といってやろう。

もっと走れ、走れ。――

車夫はあばたの皮膚へ汗のたまった顔を辻ごとに振り向けて、甲谷を仰ぐと、またステッキの先の方向へ、静まり返った街路をすたすたと素足の音を立てながら走っていった。

甲谷は山口が家にいなければ、お柳の家へいこうと思った。お柳の家なら、彼女の主人は総商会の幹事をしている支那人だ。殊に共産党のあの芳秋蘭は、お柳の主人の銭石山と、気脈を通じているにちがいない。お柳の話では、いつかも芳秋蘭が二階の奥の密室へ来たことがあるという。俺はあの芳秋蘭を殺したなら、――そうだ。俺の材木をすっかり腐らせた奴め。俺はあ奴を殺したなら、そうだ俺があ奴を殺したって、ただそれは一人の人間を殺したというのと同じではないか。

彼は自分の考えていることが、車の上の気まぐれな幻想なのか、それとも真面目なのかどうなのかを考えた。全く、今はもう彼は、空腹と絶望のために、考えることとそのことが夢のようで、考えが実行していることとどこで擦《す》れちがっているのか分らないのであった。

彼は周囲の色が、次第に灰白色に変化して来るのを見ていると、もうあたりがいつの間にか、租界外の危険区域であるのを感じた。しかし、もう彼の空腹は、迫る危険の度合いを正当に判断することさえうるさくなって、ずるずると車と一緒に辷っていった。彼は宮子が今頃どうしているであろうかを考えた。或いはもう先夜自分を跳ねつけた行為を後悔して、今は自分の助けにいくのを待っているかもしれない。それとも、もう彼女を愛していたスコットランドの士官にでも救われているのであろうか。それともあの甲虫《かぶとむし》のフィルゼルに、――いや、畜生、死ね、死ね。――

遠くで、遅い柳絮《りゅうじょ》が一面に吹き荒れた雪のように茫々として舞い上った。彼はこっそりと盗んでおいた宮子の手巾《ハンカチ》をポケットから取出すと鼻にあてた。道路の青葉が宮子の胸の匂いで締められながら沈んでいった。彼は彼女の胴の笑いを腕に感じた。彼は彼女のために使用した船の材木量を計算した。だが、何もかも、もう駄目だ。――

そのとき、突然彼を乗せた車が、煉瓦の弓門を潜ろうとすると、行手に見える長方形の空間が輝いた。それは六、七十人の暴徒に襲われている製氷会社の氷であった。氷はトラックの上から、ひっかかった人と一緒に辷り落ちた。アスファルトの上で爆《はじ》ける氷、その氷の間に挟まって格闘している日本人と支那の群衆――甲谷は開いた口へ、物が詰ったように背後へ反り返った。が、車夫はその意志とは反対に、前へ前へと出ようとした。彼は車の上から飛び降りた。彼の咄嗟《とっさ》の動きに靡《なび》き出した群衆のいくらかは、彼の後から駈けて来た。彼は露路へ飛び込むと壁から壁を伝いながら河岸へ出た。そこで、彼はひとりになると、もはや動くことが群衆に見つかるのと同様なのに気がついた。もし動いて逃げるとすれば、河へ飛び込むか再び路へ出て向う側の露路へ逃げ込むかのどちらかだった。彼は這いながら弓門の見える建物の裾に蹲《うずくま》って街路の方を見た。すると、そこでは、吹雪のように激しく襲って来た柳の花の渦の中で、まだ格闘が続いていた。トラックの上で、破れた襯衣《シャツ》が花と一緒に廻っていた。長い鉄棒の先が氷に衝《あた》るたびに、襤褸《ぼろ》の間からきらりきらりと氷の面が光った。弓門の傍には、先きまで甲谷の乗っていた車が、浅黄の車輪を空にあげて倒れていた。その下から二本の足の出ているのは、確に先きまで生きていた車夫の足にちがいない。傾いた氷の大盤面の上には、血がずるずる辷りながら流れていた。血にまみれた苦力《クリー》がその氷塊の一つをかかえて走り出した。

甲谷はもうすぐに山口の家があるのを思うと、今から後へひき返すことは、これまで来たことより一層危険なことだと思った。彼は群衆が氷塊の傍から次の地点まで暴力を移動していくまで、しばらくそこに隠れていなければならなかった。

丁度、幾条かの夕栄《ゆうば》えが複合した建物の頂上から流れていた。アスファルトの上に散乱している氷塊が、拾われては投げつけられ、拾われては投げつけられるたびに、その断面がぱっと爆《はじ》けて、輝きながら分裂しているときである。肩から背中へ裂傷を負った日本人が、真赤な旗を巻きつけたように、血をシャツにつけたままトラックを捨てて逃げていった。群衆は彼の後から追っかけた。

甲谷は群衆が彼の前を通り抜けて空虚になると、初めて街路に出て、群衆とは反対に山口の家の方へ馳け始めた。しかし、そのとき、初めに甲谷を追って露路へ這入った群衆のいくらかが、逃げる甲谷を見付けて彼の後から馳けて来た。甲谷はもう疾風のようであった。走る速力に舞い上る柳の花の中をつきぬけた。背後から氷の破片と罵声がだんだん速度を早めて追って来た。彼は追っつかれない前に露路へまた逃げ込もうと思った。しかし、ふと右手の街角にアメリカの駐屯兵の屯所《とんしょ》が見えた。彼はいきなりその並んだ軍服の列の中へ飛び込んだ。

「諸君、頼む、危険だ。あれが。――」

しかし、駐屯兵は微笑を浮べたまま、追手の群衆を迎えるかのように動こうともしなかった。動かぬ兵士の中にいつまで停っていても、危険は刻々に迫るばかりであった。彼は一人の兵士の胴を一度くるりと廻ると、木柵の中を脱け出るようにそのまま裏へ飛び抜けてまた馳けた。橋があった。甲谷は橋の上で振り返ると、駐屯兵たちが追っかけて来る群衆を遮断してくれているものかどうかを見た。しかし、もう群衆は笑いながら立っている駐屯兵たちの前を通り過ぎて、彼の手近に迫っていた。甲谷はもう息が切れそうになった。自分の足の関節の動いているのが分らなかった。ときどき身体が宙を泳いで前にのめりそうになるのを、ようやく両手で支えてまた馳けた。橋を渡り抜けると、次の街角から草色をした英国の駐屯兵の新しい服が見えた。英国兵は馳けて来た甲谷を見つけると、忽《たちま》ち、街路に横隊に並んで銃を向けた。が、それは甲谷を追って来る支那の群衆を狙ったのであった。甲谷は双手を上げると、テープを切るランナーのように感謝の情を動かさぬ唇に込めて、駐屯兵の銃の間を馳け抜けた。

甲谷は山口の家の戸口へ着いたときには、もう、ぼんやりとして立ったまま急に言葉《もの》をいうことが出来なかった。

「どうした。」

そう山口が出て来ていっても、甲谷はまだしばらくの間黙っていた。山口は甲谷の背中を強く叩いて階段を連れて上ってから水を飲ました。

「寝るか。」

「寝る。」

と甲谷は一言いうと同時に、傍にあったベッドに横に倒れた。

「パンをくれ。パンを。いや、水だ、水だ。」と甲谷はいった。

四二

陽がもう全く暮れてから、ようやく食事にありつくと甲谷は再び元気になった。彼は今朝から起った始終の話を山口にした。

「僕は君のこの家に這入って来るなり、いきなり変異が起ってね。僕は君のように愛国主義者になったんだが、もう僕は君より立派なものさ。覚悟をしてくれ。」

建築師の山口はポケットからナイフを出すと、黙って甲谷に血判状をつくれと迫った。甲谷はナイフの溝にたまっている黒い手垢を見ると山口の日頃触っている死体の皮膚が、定めしそこに溜り込んでいるのであろうと思って顰をひいた。

「あ、そうだ。君から僕は金を貰わなくちゃならないのだが。」と甲谷はいった。

「今日僕の乗って来た車夫は、門の下で確《たしか》に殺されていたんだが、どうだ、それは僕が殺したのと同様なんだよ。僕にその労金をくれられないものかね。僕はもう金がなくなって困っているんでね、冗談じゃない、君。」

「駄目だよ、そんなものは。」と山口はいって相手にしなかった。

「だって、僕がその車にさえ乗らなきあ、あ奴は死人なんかにならなくたって良かったんだからね。それにわざわざ君んとこの傍まで追い込んで来たのは、誰だと思う。」

山口は手を振って甲谷の攻め立てて来る機略をまた圧《おさ》えた。

「そんなことをいいだしたら、今から君の骨賃《ほねちん》だって、もう払っとかなくちゃならんじゃないか。」

「しかし、他のときじゃないよ。僕の材木はもう船から上る見込みがないんだからね。金はもう僕はこれきりだ。」

甲谷はズボンのポケットを揺って銅貨の音を立てながら、

「君、くれなきゃ、その代り、僕が死人になるまで君の所に厄介になるまでさ。いいか。」

「いや、それも困るぞ。」と山口はいってナイフを机の上に抛り投げた。

「それじゃ、僕を困らないようにしてくれたって、良かろうじゃないか。僕は今日は自分の生命《いのち》を犠牲にして、あの車夫を追っつめて来たんだぜ。」

山口は立ち上ると机の引出から蠟燭を取り出した。

「おい君、地下室へいこう。俺の製作所を見せてやろう。」

甲谷は先に立った山口の後から土間を降りると、真暗な黴《かび》臭い四角な口から梯子《はしご》を伝って地下室へ降りた。そこで、山口は急に振り返って甲谷を見ると、探偵物の絵のように蠟燭の光りの底で眼を据えた。

「もうここまで這入ればおしまいだぞ。」

「何んだ。生命まで取ろうというのか。」と甲谷はいって立ち停った。

「勿論生かしておいちゃ、明日から俺のパンまでなくなるさ。」

二人はまた奥の扉を押して進んだ。すると、急に甲谷の足は立ち竦《すく》んだ。壁にぶらりと下った幾つもの白い骨の下で、一人の支那人が刷毛《はけ》でアルコールの中のち切れた足を洗っていた。甲谷は骨の整理をするからにはいずれこれほどのことはするであろうと思っていた。しかし、よく見ると、骨を入れた槽の縁が円く盛り上ってぎらぎらと青白く光りながら滑らかに動いていた。それは重なり合って這い出ようとする虫の厚みであった。彼は足元から這い上って来る虫のぞろぞろした冷い肌を感じると、もうそこに立っていることが出来なくなった。

「出よう。これだけはもう僕も御免こうむるよ。」

そのとき、彼はふと壁を見ると、そこにかかっていた白い肋骨の間を、往ったり来たりしている鼠があった。それは間もなく二疋になり、三疋になった。が、それは三疋どころではなかった。しばらく見ている中に、一方の隅から渡って来た鼠の群れが真黒になりながら肋骨の下や口の中から、出たり這入ったりして壁を伝って下へ降りた。

「君、あれは飼ってあるのかね。」と甲谷は訊ねた。

「そうだ。あれを飼っとくと手数がはぶける。鼠というものは昔から、地上を清めるために生息しているものなんだ。」

蠟燭の光りの中で、大きな影を造って笑っている山口の顔が、このとき甲谷には恐るべき蛮族のように見えて来た。

「頭の上に革命があるというのに、ここで君は始終そんなことを考えているんだね。」

と甲谷はいった。

「何アに、革命といったって、支那の革命じゃないか。弱る奴は白人だけさ。良い加減に一度ヨーロッパの奴を捻じ上げとかないと、いつまでたったって馬鹿にしやがる。今日こそアジヤ万歳だ。」

山口は鼠の傍へよっていって手を出した。すると、忽ち鼠の群が音も立てずに地を這って甲谷の方へ流れて来た。

しかし、甲谷はもう充分であった。臭気と不潔さとで嘔吐をもよおしそうになった彼は、胸を圧えながら梯子を登って土間へ出た。

四三

甲谷が山口からチュウトン系のがっしりと腰の張った若いオルガを紹介されたのは、それから間もなくであった。オルガは黙って初めは笑顔も見せなかった。しかし、甲谷が参木の友人だと教えられると同時に、彼女は輝くような笑みを見せた。

「あなたは参木のお友達でいらっしゃいますの。参木はどうしていますかしら？　あたしあの方とは、ここで一週間も一緒に遊んでおりましたわ。」とオルガは早口な英語でいって甲谷の方へ手を出した。

「そうだ、あいつはここに一週間もいたくせに、とうとうオルガに負けて逃げちゃった。」と山口は剃刀《かみそり》に溜った石鹼の泡を拭きながら、鏡に向っていった。

「ここにあ奴、いたのかい、それは知らなかったね。そうかい。」甲谷はうす笑いを浮べながらオルガの顔を見なおした。「どうです、オルガさん、こんどの支那の革命と、あなたのお国の革命とは違いますか？」

するとと、急に山口は鏡の中から甲谷を見て、

「おいおい、革命の話だけはよしたらどうだ。オルガを泣かしてしまうだけだ。こい

つは革命の話となると、狂人みたいになるからね。」と遮った。

「しかし、それや何より聞きたいさ。こんな事は、どうなるやらさっぱり僕には分らんからね。経験のある人に聞いとかないと、材木の処分に困るんだよ。」

「そんなこと聞きたけれや、後でゆっくり聞けばいいさ。俺はこれから、ひと仕事しないと寝られないんだ。」

甲谷はふとそのとき、いつかサラセンで逢った山口の話を思い出した。それでは山口は話の通り、オルガを自分に譲ろうというのであろうか。しかし、何事も計画は直ちに実行に移していく山口のことであった。

「じゃ、君はこれからどっかへ行くのか。」と甲谷は訊ねた。

山口は剃刀を下へ降ろすともう一度鏡を覗きながら、

「君をここへ一人ほったらかしておいたって、無論よかろうね。」と顎を撫でつつ訊ね返した。

「良いとは、何が良いのだ?」と甲谷は訝《いぶか》しそうに山口を見上げていった。

「沢山《たくさん》俺の家には鼠がいるからさ。分らん奴だね。」

「しかし、それは分らんよ。鼠に俺が曳かれて悪ければ、何も君は出ていかなきあいいじゃないか。」

「ところが、そこを出ようというのだから、察して貰おう。早く出ていかないと、君の乗って来た車夫は拾われてしまうかもしれないからな。それにまだ俺は、お杉の所へもいかなくちゃならんのだ。」

甲谷は山口の口からお杉と聞くと、言葉を次ごうとしていた呼吸も思わずはたと止ってしまった。——甲谷は再びお杉の顔を思い描いた。すると、参木も山口もお杉にした自分の行為を知っていて、ともに胸の底では、ひそかに自分に突っかかっているのではないかと思った。しかし、彼はたちまち昂然となると、

「お杉か。あれは北四川路八号の皆川だ。」彼はとぼけた笑いを浮き上らせながら白々しくいった。

「じゃ、君も行ったことがあるのかい。」

一瞬の間、山口は眉を強めて甲谷を見返した。

「いや、僕はお柳に訊いたのだが。お杉をあんなにしたのは、あれはお柳の仕業でね。気の毒は気の毒だが、気の毒なものは、まだそこにも一人いらっしゃるじゃないか。」

「俺か?」と山口はいうと、拳を固めて甲谷を殴りつける真似をした。

「馬鹿をいえ。気の毒なのはこのオルガさんだよ。この夜更けにひとりほったらかされて行かれちゃ、たまるまいよ。」

山口は笑いながら帽子をゆったり冠った。

「今夜は少々危いが、俺がやられたら後を頼むよ。昨夜は何んでも、芳秋蘭がスパイの嫌疑で仲間から銃殺されたとか、されかけたとかいうんだが、いつか君は、あの女の後を追っかけたことがあったっけ。」

「殺《や》られたか、芳秋蘭?」と甲谷は思わずいった。

「いや、そりゃ真個《ほんと》かどうだか、無論分らんが、何んでも日本の男に内通してたというので疑われたらしいんだ。そのうち一つ、俺はあの女の骨も貰って来ようと思っているのさ。」

山口は、ポケットから手帖と手紙を出すと、甲谷に見せた。

「君、俺がもし死んだら、君はこの二人の男に逢ってくれ。一人は李英朴《りえいぼく》といって支那人で、一人はパンヂット・アムリっていう印度人だ。この印度人は宝石商こそしているが、実は印度の国民会議派の一人でね。ジャイランダス・ダウラットムの高足《こうそく》だ。この男は君と逢ってるうちに、君のするべきことをだんだん君に教えていくよ。」

「じゃ、君も今夜はいよいよ死人になるんだな。」

山口はしばらく甲谷を見ていてから急に高く笑い出した。

「そうだ。死人になったら、俺の家の鼠にやってくれ。定めし鼠どもも本望だろう。」

「そりゃ、本望だろう。鼠にだって、この頃は洒落《しゃれ》たのはいるからね。」

山口は、ともかくもこの場の悲痛な話を冗談にしてしまう甲谷の友情を感じたのであろう。オルガの肩を叩いて英語でいった。

「おい、お前の好きな参木に逢わしてくれるのも、この男よりないいんだからね。甲谷には親切にしないといけないぜ。」

彼は甲谷を振り返った。

「じゃ、失敬、頼むよ。この李の手紙を読んどいてくれないか。なかなかの名文だよ。」

甲谷は悠々と笑いながら出ていく山口の後を見ていると、それはたしかに死体を拾いにいくのではなく、この騒動の裏で動くアジヤ主義者としての、彼の危険な仕事が何かあるにちがいないとふと思った。彼は渡された李英朴の手紙を見ると、それは三日前にどこからか使いの者に持たして来たものであった。

山口君、本日の市街の惨案は、そもそもこは誰人の発案にかかるものであろうか。世界は常に公論ある人類の、永久的生存権を有するに非ざれば、必ず毀滅《きめつ》の時日あるであろう。凡《およ》そ今回の事件は、中、英、国際の紛争に非ずして、実は黄白消長《こうはく》の関鍵《かんけん》であり、これを換言すれば、即ち、亜洲黄色人種が、白種に滅亡せらるるの先導に非ずして他にはない。試みに思い給え。現在世界に存留する大民族は、即ち黄白の二種にして、彼の黒種紅種は早くも既に白種に征服せられ、米のインデアン、南洋の馬来、アフリカのエグロの如き数十年ならずしてこの種の人種は絶滅し終るであろう。蓋《けだ》し、彼《かれ》白人は滅種計画を励行し、彼らの大帝国主義の志は、全世界を統御して後已《や》まんとす。その心の邪《じゃ》にして、その計りの険《けん》なることかくのごとし。我《われ》黄種は危機に瀕す。五大洲の彼に圧せらるる形勢は既にその四所に蔓延し、一塊の乾浄土《かんじょうど》を剰《あま》すは、ただ僅にわが黄人の故郷、亜洲あるのみ。然るに君、一たび試みに亜洲の地図を検し給え。南部の南洋群島、フィリッピン、西部の印度、大陸に接する安南、緬甸《ビルマ》、香港、澳門《マカオ》も亦《また》すでに彼白人の勢力にして、猶《なお》、未だ白人の雄心死せざるなり。日と中とは同種同文、唇歯《しんし》相依《よ》る。例えば中国一たび亡びんか、日本も必ず幸いなし。何ぞそれ能《よ》く国家の旗を高く樹《た》てるを任《まか》せんや。嗚呼《ああ》君、われら、今彼らの滅種政策の下に嫉転《えんてん》呼号するもの。然るにわが日中両国を返顧《へんこ》するも、猶お未だ、昏々蒙々《こんこんもうもう》、一に大祥の将《まさ》に臨み亡種の惨を知らざるが如し。願《ねが》わくば君吾《わ》が説に賛成するあらば、共に起《た》ちてこれを図り、併せてわが民族の救援につき討論せんことを請う。

李　英　朴

山口卓根《たくね》先生

オルガは甲谷の傍へ寄って来ると、支那婦人の用いる金環《かなわ》の鐲《たく》を手首に嵌《は》めて涼しげに鳴らした。

「ね、甲谷さん、あなた、参木のことを御存知だったら、教えてちょうだい。あたし参木に逢いたいの。」とオルガはいって寝台の上に腰を降ろした。

「参木とはさっきまで一緒にいたんだが。しかし先生、僕の食い物を捜しに別れてからどこへいったか、僕にも分らんね。多分、あいつも途中でやられてしまったかもしれないぜ。」と甲谷はいってオルガの顔の変化を見詰めていた。

「じゃ、もう参木は死んだかしら。」オルガは首を上げて窓の外を見ながら動かなかった。

「それや、分らんよ。僕だってここへ来るには死にかかったんだからね。とにかく外は革命なんだから、何事が起るかさっぱり見当がつかないんだ。あなたたちの革命のときも、こうでしたか。まア、それから僕に聞かして呉れ給え。」

「あたしたちロシアのときは、何が街で起っているのか誰も知らなかったわ。ただときどき鉄砲の音がして、街を通っている人があっちへ塊《かたま》ったり、こっちへ塊ったりして、それも誰も何んにも知らないで、ただわいわいいってるだけだったの。そのうちにあたしの父が、こりゃ革命だっていうの。だけど革命だっていったって、革命って何んのことだか誰も知りゃしないでしょう。だから矢っ張り、革命だって聞かされたって、ぼんやりして、今に鎮まるだろうと思って見ているだけなの。それや、今とはまるでそんなところは違っているわ。革命ってどんなことだかだいたいでも分っていれば、あたし、革命なんか起るもんじゃないと思うの。……だけど、参木、ほんとうに死んだのかしら。」とオルガはいってじっと床に眼を落した。

「それから、どうしたんです、それから。」と甲谷は物珍らしそうに訊《き》き始めた。

「それから、あたしの父が母とあたしとをつれて、とにかく逃げなけれやこれや危いっていうんでしょう。だから、あたしたち、まだ誰も革命だとは気付かないうちに、もうモスコウを逃げて来ましたの。だけどお金はあたしたち貴族は貴族だけど、いま急にっていったって、ないものはないんですからね。だからもう赤裸《はだか》同然よ。ただもう逃げればっていうんで逃げたもんだから、旅費はすぐ無くなっちゃうし、仕様がないから、無くなったところで降りて、それからすぐ新聞社へ駈けつけたの。新聞社へ駈けつけたのも父の考えで、あたし、父もなかなかそこは考えたものだと今になって思うのよ。ね、新聞社だって田舎だから、モスコウの出来事なんかまだ何も知りゃしないんだし、モスコウの騒動を今見て来たというように話せば、特種料《とくだね》が貰えるでしょう。そこを父が狙ったの。うまいでしょう。それでようやく特種料を握ってその旅費のなくなる所まで逃げて来て、そこでまた前のようにモスコウの話と前のところの話をするの。そうすると、またそこでも特種料が貰えるの。丁度あたしたち、そんなことを幾度も幾度も繰り返しながら、革命の波の拡がるのと競争して逃げ出していたようなものなのね。そうして、とうとう革命があたしたちに追いついたとき、あたしの父は捕まえられて殺されかかったの。まア、そのときったら、あたし、今でもはっきり覚えてるわ。」

オルガは丁度そのときもそうしたのであろう、胸に両手を縮めて空を見ながら、ぶるぶる慄《ふる》える恰好をつけたまましばらく黙って縮んでいた。しかし、どうしたものか、オルガはそのまま話し出そうとしていて話さないのであった。

「何んだ。それから、どうしたんだね。」とまた甲谷はせき立てた。

「あたし、この話をするときは癲癇《てんかん》が起るのよ。あなた、あたしの身体《からだ》が後ろへ反らないように抱いててよ。」

オルガは甲谷の膝の上へ横に坐って身を擦りつけた。

「あなた、もしあたしが慄え出したら、あたしの身体をしっかり抱いてちょうだい。そうしたら、あたしもうそれで大丈夫なんだから。」

甲谷はオルガを抱きよせた。

オルガは手品を使う前の小手調《しらべ》のように、しばらくの間淡紅色に輝いたパルパラチャンの指環を眺めたり、耳環を爪《つま》さきではじいてみたりしていてから、深い呼吸を面に幾回も繰り返して黙っていた。甲谷は思わずも彼女の身体を反らさないようにとしっかりと抱きかかえた。

「君、大丈夫かい。今から嚇《おど》かしちゃこのまま逃げるぞ。僕は癲癇なんてどうしたらいいんか知らないからね、僕にとっちゃ革命みたいだ。」

「大丈夫よ、しっかりさえ抱いてて下されば、そうそう、そうしてあたしが慄え出したら、だんだん強く抱いてってよ。あたしのお父さんも、いつでもそうしてあたしを抱いてて下すったわ。」

「君のお父さん、まだいるの？」と甲谷は訊いた。

「お父さんはハルピンで亡くなったわ。だけど、もう革命のときトムスクでお父さん殺されかかったもんだから、よくまアあれまで生きられたもんだと思ってるの。」

「じゃ、君たちトムスクまでも逃げたんかね。」

「ええ、そうなの。あそこはあたしにとっちゃ忘れられないところだわ。」

「だって、電話や電信があるのに、よくそこまで新聞の特種が続いていったね。」

「そこがあたしたちにも分んなかったの。何んでも革命が起ると一緒に、電話局と電信局とは政府軍と革命軍との争奪の中心点になったらしいのよ。だもんだから、あそこの機械はすぐ壊されてしまったらしいのね。もし電話やなんか役に立ったりしちゃ、そりゃあたしなんか、トムスクまでは逃げられなかったにちがいないわ。」

オルガはそういう言葉のひまひまにときどき寒気を感じるように胴慄いをつづけた。甲谷はオルガの顔色を眺め眺めいった。

「そりゃ今夜だって、ここの租界の駐屯兵は一番電話局と電信局とを守っているからね。何んでもそれに水道が危いということだ。電気もまだこうして点《つ》いてるが、これだっていつ消えっちまうか知れたもんじゃないさ。君たち、じゃ、汽車はあったんだね、そのときは？」

「ええ、汽車はあったわ。だけど、それもトムスクまでよ。あたしたちトムスクまで逃げて来たら、そこの広場ではもう革命があたしたちより先になっていて、街の人々の集っている中で、怪しいものを一人ずつ高い台の上へ乗せて、委員長というのが傍から、この男は過去に於て反革命的行為をしたことがあるかどうかって、いちいち人々に質問してるの。そうすると集っている街の人々は、下の方からそれは誰々何々という男で、宗教心が強くって慈善家で、悪いことは何一つしたことがないというように、証明してるの。皆の証明がすむとその男はすぐ無罪放免ということになるんだけど、あたしの父のように誰も何も知らないとこじゃ、まったくもう怪しいと睨まれちゃそれじまいよ。すぐ傍でぽんぽん銃殺されちゃうの。だもんだから、お父さんがあたしたちから放れてひとりパンを買ってるとき、もうちゃんとつかまって、いつの間にか高い台の上へ立たされているんでしょう。あたしそのときはもう、お父さんの生命はないものと思ったわ。

それであたし、ただもう空を向いて十字ばかりきってたの。そうすると、誰だか人の中から女の声がし始めて、あたしの父のことをしきりに弁明していてくれるのよ。あたし、誰かしらと思って見ると、それはお母さんじゃありませんか。お母さんはもうひとり下から喚《わめ》き立てて、父のことを、その男はオムスクの冷凍物輸出支局の局員で、英国のユニオン獣肉会社のトラストが北露漁場の漁業権を買収しようとしたとき、反対した男で、北露漁業権をロシアのために保存するのにつとめたとか、北洋蟹工船の建設草案を民衆のためにしたんだとか、それから何んだとかかだとか、なるべく難しそうなことを必死になって饒舌《しゃべ》っているんでしょう。それでも委員長はお母さんのいうことには何の感動もせずに聞いてるだけなの。そうするとお母さんはもう真赤になって、手を振ったり足をばたばたさせたりしながら、やっきになって来て、しまいにどうしてあんなことを考え出したものやら、アゼルベイジャンの漁場へ電報で聞き合せたら分る。そこでその男は自分の兄と一緒に、漁業会社の力を弱めるために、アゼルベイジャン漁民組合を起すのにつとめたんだといい出したの。そうしたら、今まで黙っていた委員長は、宜しい、と一言いったのよ。お父さんはもうそしたらすぐ台の上から降ろされたわ。それから、お母さんが、うっかりして降りて来るお父さんの傍へ駈け寄ろうとして、すぐまたそっちを向いて知らぬ顔をしているの。あたし、もうそれからやたらに有り難くなって、十字ばかり切りながらぶるぶる慄えていたの。そうしたら、今度はあたしが、――」とオルガはいったまま黙ってしまうと、甲谷の膝の上で俄《にわか》にぶるぶる慄え出した。

甲谷はオルガの身体を反《そ》らさぬようにしっかりと抱きすくめていった。

「大丈夫か、君、おい。」

オルガは生唾《なまつば》をぐっと飲み込むように首を延ばした。

「ええ、大丈夫。あたし、何んだかちょっと慄えただけなの。だって、あのときのことを思うと、それやもうあたし、恐くなるの。あたしそのときも、そこでそのまま癲癇を起しちゃって、気がついたときは、お父さんがあたしをこうして抱きすくめていてくださったわ。あたしたちそれから、まアそれはそれは、鉄道線路を伝うようにしてハルピンまで落ち延びて来たんだけど、もう全くハルピンまで来たものの、どうして良いか分らないもんだから、支那人に持って来た宝石を売ったり何んかして、やっと生活はしていたんだけど、いよいよそこにもいられなくなるし、それにまたハルピンは、やっぱりソヴェートの手が這入っていて不愉快でしょうがないもんだから、いつの間にやらこんなところまで来てしまったの。だけど、ここではここで、またこれからどうして生活していっていいのか皆目見当がつかないんでしょう。もうそうなれば、だいいちその日その日のパンが手に這入らないもんだから、こんな困ったことってなかったわ。今までこれがお母さんでこれがお父さんだと思っていたのに、浅ましいわね、もうお父さんよりお母さんより、何より自分よ。自分さえパンが食べられれば後はもうどうなったって、いいと思うものよ。あたしこれでもなかなか親孝行な方だったんだけど、ここへ来ちゃ、もう獣《けだもの》よ。それであたし悲しいには悲しかったけど、売られちゃって来てみたら、それが木村っていう日本人の競馬狂人なの。この人は、まアあたしを人間だと思ったことは一度もなくってよ。言葉が一つも通じないもんだから、逢ったらいきなりあたしの腰を抱いてぴしゃぴしゃ叩くの。あたしそれが初めは日本人の礼儀なんだと思っていたわ。そしたらあたしをしばらくしてから競馬場へ連れてって、自分が負けたらすぐその場であたしを売っちゃったの。それがつまり今の山口なんだけど、でも、木村ほどひどい男ってあたし初めてだったわ。山口に後で聞いたんだけど、木村はいつもそうなんだって。お妾さんを沢山いつも貯金みたいに貯めといて、競馬のときになると売り飛ばすんだって。」

「そうだよ、あの男は狂人だ。」と甲谷はいうと、乾いた唇へ冷たく触れるオルガの水滴形の耳環の先を舌の先で押し出した。

「あたし、それからここでいろんな日本の人に逢ったわ。だけど、参木みたいな人は一人もみないわ。あんな頭《ず》の高い人なんて、ロシア人にだってなかったし、支那人にだってひとりも逢わなかったわ。あの人、でも、殺されたのかしら。」

オルガは窓から見える傾いた橋の足や、停って動かぬ泥舟を眺めながらいった。

「ね、甲谷さん、あなたどう思って。」とオルガは急に振り返ると、甲谷の首に腕を巻きつけた。「もうあなたは、ロシアに昔のような帝政が返らないとお思いになって。どう？」

「それや、もう駄目だ。どっちみち返ったところで、またすぐひっくり返されるに定《きま》っているさ。」

オルガは寒気を感じたように身を慄わすといった。

「そうかしら、もうロシアは、あたしたちいつまで待っても前のようにはならないかしら。」

「駄目だね。だいいちここがもうこんな騒ぎになるようじゃ、すぐまたどっかの国も騒ぎ出すよ。」

「あたしたち、でも、まだまだみんなで、昔のようになるのを待ってるのよ。いつまで待ってもこんなじゃ、あたし、死ぬ方がいい。」

またオルガの身体がぶるぶる前のように慄えるのを感じると、

「君、おい、大丈夫かい。おかしいぜ、おい、君。——」と甲谷はオルガを揺りながら顔を覗き込んだ。

オルガはハンカチを出して口に銜《くわ》えた。

「あたし、お父さんに逢いたいわ。お父さんはハルピンで宝石を安く買って、それからこんなハンカチに包んでね、ロシアを通り越して、ドイツへいって、そこで宝石を売ってまた帰って来たのよ。そうすると、それはたいへん儲かったの。だけど一度モスコウへ用事がなくとも降りなきあ、疑われるもんだから、その降りるのが恐いんだって。あたしのお父さん、あたしにアメリカへ連れてってやろうっていってたんだけど、——あたし、お父さんにもう一度逢ってみたい。ああ逢いたい。」

オルガはいきなりまたハンカチを銜えて甲谷の肩に嚙みつくようにつかまった。甲谷はオルガの顔を見た。すると、もうさッと彼女の顔色は変っていた。

「君、どうした、しっかり頼むよ。おい、おい。」と甲谷はいった。

オルガは頬をぺったりと甲谷の首にくっつけたまま黙って静に、びりびり揺れ続けた。すると、指さきの固く中に曲ったオルガの手が青くなった。頭がだんだんに反《そ》り始めた。眼はじっと前方の一点に焦点を失ったまま開いていた。と、「あッ。」とオルガは叫んだと思うと、強く甲谷の首がオルガの片腕に締めつけられた。歯がぎりぎり鳴り出すと、一層激しく甲谷の膝の上で慄え出した。

甲谷はオルガを寝台の上へ寝させるとそのまま手を放さずに抱きすくめた。汗が二人の身体から流れて来た。甲谷の首を締めつけつつ慄えているオルガの顔が真青になって来た。すると、耳から唇へかけてぴこぴこ痙攣《けいれん》しながら、間もなく赧《あか》く変って来た。甲谷は弓のように反り始めたオルガを抱きすくめたまま、両手と足と身体で間断なく摩擦し始めた。しかし、突き上げて来る弾力と捻《よじ》れる身体の律動に、甲谷はいつとはなしに、格闘するそのものが彼女の病体ではなくて、自分自身だと思い始めた。

間もなく、甲谷の摩擦は効果があったのであろう。オルガは大きな呼吸を一度落すと、そのままぴったりと身体の痙攣をとめてしまった。すると、彼女の顔色は前のように安らかに返って来て、だんだん正しい呼吸を恢復させながら眠り始めた。甲谷はオルガを放して窓を開けると風を入れた。黒々とした無数の泡粒を密集させた河の水面は、灯《ひ》の気を失ったまま屋根の間に潜んでいた。その傍を、スコットランドの警備隊を乗せた自動車がただ一台疾走していってしまうと、後はまたオルガの呼吸だけが聞えて来た。

――さて、これでよし、と。――

甲谷は汗にしめって横たわっているオルガを花嫁姿に見たてながら、上着を脱いで釘にかけた。それから、石鹼壺の中でじゃぶじゃぶ石鹼の泡を立てて顔に塗ると、山口の置いていった剃刀の刃を横に拡げてひと刷き頰にあててみた。

四四

外は真暗であった。所々に塊《かたま》った車夫たちは人通りの全くなくなった道路の上に足を投げ出して虱《しらみ》を取っていた。道路に従って、冬枯の蔓《つる》のように絡まり合った鉄条網の針の中を、義勇隊の自動車が抜剣の花を咲かせて辷っていった。すると、どこかに切り落されていた頭髪が、車体の巻き上る風のまにまにふわりふわりと道路の上を漂った。その道路では一人の子供が、アスファルトの上で微塵《みじん》に潰《つぶ》れている白い落花生《らっかせい》の粉を、這いつくばって舐《な》めていた。

参木は泥溝《どろどぶ》に沿って歩いていった。彼はふとお杉のいる街の方を眺めてみた。もう彼は長い間お杉のことを忘れていたのに気がついたのだ。自分のために首を切られたお杉、自分を愛して自分に愛せられることを忘れたお杉、お杉はいったい、今自分がお杉のことをこうして考えている間、何を今頃はしているのだろう。――

しかし、彼の断滅する感傷が、次第に泥溝の岸辺に従って凋《しぼ》んで来ると、忽ち、朝からまだひとむしりのパンも食べていない空腹が、お杉に代って襲って来た。彼は身体がことごとく重量を失ってしまって、透明になるのを感じた。骨のなくなった身体の中で前と後の風景がごちゃごちゃに入り交《まじ》った。彼は橋の上に立ち停るとぼんやり泥溝の水面を見降ろした。その下のどろどろした水面では、海から押し上げて来る緩慢な潮のために、並んだ小舟の舟端が擦《す》れ合ってはぎしぎし鳴りつつ揺れていた。その並んだ小舟の中には、もう誰も手をつけようともしない都会の排泄物が、いっぱいに詰りながら、星のうす青い光りの底で、波々と拡ってはは河と一緒に曲っていた。参木は此処を通るたびごとに、いつもこの河下の水面に突き刺さって、泥を銜《くわ》えたまま錆《さ》びついていた起重機の群れを思い浮べた。その起重機の下では、夜になると、平和な日には劉髪の少女が茉莉《まつり》の花を頭にさして、ランプのホヤを売っていた。密輸入の伝馬船《てんません》が真黒な帆を上げながら、並んだ倉庫の間から脱け出て来ると、魔のようにあたりいっぱいを暗くしてじりじり静に上っていった。

参木はそれらの帆の密集した河口で、いつか傷ついた秋蘭を抱きかかえて、雨の中を病院まで走った夜のことを思い出した。あの秋蘭は今は何をしているだろう。

そのとき、参木は河岸の街角から現れて来た二、三人の人影が、ちらちらもつれながら彼の方へ近づくのを感じた。すると、それらの人の塊りは、急に声をひそめて彼の背後で動きとまった。彼は険悪な空気の舞い上るのを沈めるように、後ろを振り向こうとしたがる自身を撫でながら、そのまま水面を眺めていた。しかし、いつまでたっても停った人の気配は動こうとしなかった。彼はひょいと軽く後を振り返った。すると、星明りであばたをぼかした数人の男の顔が、でこぼこしたまま、彼を取り巻いて立っていた。彼はまた欄干に肱をつくと、それらの男たちの群れに背を向けた。すると、二本の腕が静にそっと、まるで参木の力を験《ため》すがように、後から彼の脇腹へ廻って来た。彼の身体は欄干の上へ浮き上った。彼は湿った欄干の冷たさをひやりと腰に感じながら、ただ何もせず、じっと男の肩へ手をかけて周囲の顔を眺めていた。と、突然、停っていた人の塊りが、彼に向って殺到した。瞬間、彼は空が二つに裂け上るのを感じた。同時に、彼は逆さまに堅い風の断面の中へ落ち込んだ。——

ふと、参木は停止した自分の身体が、木の一端をしっかり掴んでいるのに気がついた。――しかし、ここは――彼は足を延ばしてみると、それはさきまで見降ろしていた船の中であった。彼は周囲を見廻すと、排泄物の描いた柔軟なうす黄色い平面が首まで自分の身体を浸していた。彼は起き上ろうとした。しかし、さて起きて何をするのかと彼は考えた。生きて来た過去の重い空気の帯が、黒い斑点をぼつぼつ浮き上がらせて通りすぎた。彼はそのまま排泄物の上へ仰向きに倒れて眼を閉じると、頭が再び自由に動き出すのを感じ始めた。彼は自分の頭がどこまで動くのか、その動く後から追っ駈けた。すると、彼は自分の身体が、まるで自分の比重を計るかのようにすっぽりと排泄物の中に倒れているのに気がついて、にやりにやりと笑い出した。――

しかし、自分はいつまでこうしているのであろう。――服の綿布がだんだん湿りを含んで緊《しま》って来た。参木は舟の中から橋の上を仰いでみた。すると、まだ支那人たちは橋の欄干からうす黒い顔を並べて彼の方を眺めていた。彼はまたじっとしたまま、彼らが橋の上から去るのを待っていなければならなかった。――ああ、しかし、船いっぱいに詰ったこの肥料の匂い――これは日本の故郷の匂いだ。故郷では母親は今頃は、緑青《ろくしょう》の吹いた眼鏡に糸を巻きつけて足袋《たび》の底でも縫ってるだろう。恐らく彼女は俺が、今ここのこの舟の中へ落っこっていることなんか、夢にも知るまい。――いや、それより秋蘭だ。ああ、あの秋蘭め、俺をここからひき摺《ず》り上げてくれ。俺はお前にもう一眼《ひとめ》逢わねばならぬ。俺はお前のいったマジソン会社へこれから行こう。しかし、俺は秋蘭に逢ってさて何をしようというのであろう、とまた彼は考えた。だが、彼は逢うたびに彼女にがみがみいった償いを一度この世でしたくてならぬのだ。

しかし、ふとそのとき、参木は仰向きながら、秋蘭の唇が熱を含んだ夢のように、ねばねばしたまま押し冠《かぶ》さって来たのを感じた。すると、今まで忘れていた星が、真上の空で急に一段強く光り出した。彼は橋の上を見た。橋にはもう支那人の姿は見えなくて、ぼろぼろと歪《ゆが》んだ漆喰《しっくい》の欄干だけが、星の中に浮き上っていた。彼は船から這い上ると、泥の中に崩れ込んでいる粗《あら》い石垣を伝って道へ出た。彼はそこで、上衣とズボンを脱ぎ捨てて襯衣《シャツ》一枚になると、一番手近なお杉の家の方へ歩いていった。しかし、彼は今朝甲谷と別れるとき、お杉の家の所在を聞いたのは聞いたのだが、今頃お杉がまだたしかにそこにいるかどうかは明瞭に分らなかった。もしお杉がそこにいなければ、もう一度橋を渡って、何一つ食い物のない自分の家まで帰らなければならぬのだった。それなら、もう行く先きにお杉がいようといまいと、彼にはただ行くより他に道はなかった。

彼は歩きながら、もう危険区劃を遠く過ぎて来ているのを感じると、しばらく忘れていた疲労と空腹とにますます激しく襲われ出した。彼はお杉のいる街の道路がだんだん家並みの壁にせばめられていくに従って、いつか前に、度々《たびたび》ここを通ったときに見た油のみなぎった豚や、家鴨《あひる》の肌が、ぎらぎらと眼に浮んで来つづけた。そのときここの道路では、いくつも連った露路の中に霧のようにいっぱいに籠って動かぬ塵埃《ほこり》の中で、ごほんごほんと肺病患者が咳をしていた。ワンタン売りの煤《すす》けたランプが、揺れながら壁の中を曲っていった。空は高く幾つも折れ曲っていく梯子《はしご》の骨や、深夜ひそかにそっと客のような顔をしながら自分の車に乗って楽しんでいた車夫や、でこぼこした石ころ道の、石の隙間に落ち込んでいた白魚や、錆ついた錠前ばかりぎっしり積み上った古金具店の横などでは、見るたびに剝《は》げ落ちていく青い壁の裾にうずくまって、いつも眼病人や阿片患者が並んだままへたばっていたものだ。

参木はようやく甲谷に教えられたお杉の家を見つけると戸を叩いた。しかし、中からはいつまでたっても、戸を開けようとする物音さえしなかった。彼は大きな声で呼んでは支那人に聞かれる心配があったので、間断なく取手の鐶《かん》をこつこつと戸へあてた。すると、しばらくしてから、火を消した家の中の覗き口がかすかに開いた。

「僕は参木というものですが、この家にお杉さんという人がいませんか。」と参木はいった。

忽ち、戸がぱったりと落ちると、潜《くぐ》り戸が開いて、中から匂いを立てた女が突然参木の手をとった。参木も黙って曳かれるままに戸をくぐると、顔も分らぬ女の後から、狭い梯子を手探りで昇っていった。彼はときどき軽く女の足で胸を蹴られたり、額を腰へ突きあてたりしながら、ようやく二階の畳の上へ出た。そこで、参木はこれはお杉にちがいないと思うと、初めていった。

「あなたはお杉さんか。」

「ええ。」

低く女が答えると、参木は感動のまま、ねっとりと汗を含んで立っているお杉の肩や頬を撫でてみた。

「しばらくだね。僕はいま河へほうり込まれて這い上って来たばかりなんだが、何んでもいいから着物を一枚貸してほしいね。」

すると、お杉はすぐ火も点《つ》けずに戸棚の中をがたがたと掻き廻していてから、また手探りのまま黙って浴衣《ゆかた》を一枚手渡した。

「君、火を点けてくれないか。こう暗くちゃどうしようもないじゃないか。」

しかし、お杉は「ええ。」と小声で返事をしたまま、矢張りいつまでたっても電気を点けようともせず、彼から離れて立っていた。参木はお杉が火を点けようとしないのは、顔を見られる羞《はず》かしさのためであろうと思ったので、着物を着かえてしまうと、その場へぐったり倒れたまま黙っていた。

しかし、あまりいつまで待ってもお杉が火を点けようとしないのを考えると、部屋の中には、今自分に見られては困るものが沢山あるのにちがいないと彼は思った。とにかく、あまりに自分の這入って来たのは突然なのだ。殊に、お杉は自分の所にいたときとは違って春婦である。いや、それとも、もしかしたらこの部屋の中には、自分以外の客が他に寝ているかもしれたものではないのである。

参木はもう火のことでお杉を羞しがらせることは慎しみながら、多分そのあたりにいるであろうと思われる彼女の方に向っていった。

「君、何か食べるものはないだろうかね。僕は朝から何も食べていないんだが。」

「あら。」とお杉は低くいうと、そのまま何もいおうともしなければ動こうともしなかった。

「じゃ、無いんだな、あんたのとこも。」

「ええ、さきまであったんだけど、もうすっかりなくなってしまったの。」

参木は今は全く力の脱けるのを感じた。これから朝まで何も食べずにすごさねばならぬと思うと、もう早《はや》頭の中では、今朝から見て来た空虚な空ばかりがぐるぐると舞い始めた。しかし、そのまま黙っていては、久し振りにお杉と逢った喜びも、彼女に伝えることさえ出来なくなるのだった。

「君とはほんとにしばらくだね。お杉さんのここにいるのは、実は今日初めて甲谷に聞いたんだが、僕んとことは近いじゃないか。どうしていままで報《しら》せなかったんだ。」

すると、返事に代ってお杉の啜《すす》り上げる声がすぐ手近の畳の上から聞えて来た。参木は彼女がお柳の所を首になったいつかの夜、自分の前でそのように泣いたお杉の声を思い出した。――あのときは、あれはたしかに自分が悪かった。もしあのとき自分があのまま、お柳のするままにしておいたら、お杉はお柳の嫉妬には逢わずに首にならなくともすんだのだ。殊に今のような春婦にまでにはならなくとも。――

「あんたが出ていったあの夜《よ》は、僕はとにかく急がしくって家《うち》にいられなかったんだが、しかし、お杉さんが僕の所にあのままいてくれたって、ちっともさしつかえはなかったんだ。僕もあのとき、あんたにはそういって出たはずじゃなかったかね。」

参木はふと、お杉がどうしてあのまま自分の所から出ていく気になんかなったのだろうかと、いまだに分らぬ節の多かったその日のお杉の家出について考えた。たとえその夜、甲谷がお杉を追い立てるようなことをしたとはいえ、それならそれで、お杉も売女《ばいじょ》にならずともすますことは出来たのではないか。しかし、そう思っても、お杉を売女にした責任は参木からは逃れなかった。――参木は久しく忘れていた鞭を、今頃この暗中で厳しくこんなに受け出したのを感じると、それなら、いっそのこと、このまま火を点けずにおいてくれるのは、むしろこっちのためだと思うのだった。

「あれから一度、お杉さんと街であったことがあったね。あのときは僕は君の後からしばらく車で追わしたんだが、あんたはそれを知ってるだろうね。」

「ええ。」

「そんならあのときもうあんたはここにいたんだな。」

「ええ。」

しかし、参木は、そのとき激しく秋蘭のことで我を忘れ続けていた自分を思い出した。もしあの日秋蘭とさえ逢って来ていなければ、そのままお杉の後をどこまでもと自分は追い続けていたにちがいなかった。だが、何もかももう駄目だ。自分は今でもあの秋蘭めを愛している。自分はあ奴の主義にかぶれているんじゃない。俺はあ奴の眼が好きなんだ。あの眼は、いまに主義なんてものは捨てる眼だ。あの眼光は男を馬鹿にし続けて来た眼光だ。お杉の傍にいるこの喜びの最中に、まだ秋蘭のことを、いつとはなしにいきまき込んで頭の中へ忍び込ませている自分に気がつくと、彼は闇の中で、のびのびと果しもなく移動していく自由な思いの限界の、どこに制限を加えるべきかに迷い出した。確に、自分は今は秋蘭のことよりお杉のことを考えねばならないときだ。お杉は自分のためにお柳から食を奪われ、甲谷の毒牙にかかり、そうしてこのじめじめした露路の中へ落ち込んだのではないか。しかし、さてお杉のことを今考えて、彼女を自分はどうしようというのであろう。——彼はお杉を妻にしている自分を考えた。それは已惚《うぬぼれ》でなくとも必ずお杉を喜ばすことだけはたしかなことだ。彼はお杉が首になったその夜のお杉の、あの初心な美しさに心を乱された不安さを思い浮べた。それがその夜自分に変って、甲谷がお杉に爪をかけたと分ると同時に、忽ち自分はお杉を妻にせずしてすんだ自分の失われなかった自由さを喜んだのだ。それに、今自分が甲谷に変って、わざわざ自分のその失われなかった自由をお杉に奪われようと望むとは。——彼は自分のその感傷が空腹と疲労とに眼のくらんでいる結果だとは思ったが、しかしたしかに、泥を潜って来たお杉の身体を想像することによって、参木は前より一層なまめかしく、お杉を感じ始めて来るのだった。彼はいまこそ甲谷がお杉に手を延ばしたと同様に、自分もお杉に手を延ばすことの出来るときであった。しかもそれは、彼が一時ひそかに望んで達することの出来なかった快楽ではないか。俺はお杉の客のようになろう。――しかし、彼の心がばったりそのまま行き詰って、お杉の膝を急に探ろうとしかけると、また彼はお杉に触るといつも必ず起って来る良心に、ぴったり延び出る胸をとめられた。たしかにお杉を見て今急に客のようになることは、それはお杉をもはや泥だと思うことによって責任を廻避したがるおのれの心の、まるで滴るような下劣な願いにちがいない。

「お杉さん、僕は今夜は疲れているので、もうこのまま休ませて貰ったってかまわないかね。」と参木はいった。

「ええ、どうぞ。ここに床があるから、ここで休んでよ。夜が明けたらあたし食べ物を貰ってきとくわ。」

「有り難う。」

「電気も今夜は切られてしまっているので、真暗だけど、我慢をしてね。」

「うむ。」

というと参木は手探りでお杉の声の方へ近よっていった。手の先が冷い畳の上からお杉の熱く盛り上った膝に触った。お杉は参木の身体を床の上へ導くと、彼に蒲団をかけながらいった。

「今頃街なんか歩いて、危いわね。どこにもお怪我はなかったの。」

「うむ、まア怪我はなかったが、君はどうだった？」

「あたしは家からなんか出ないわ。毎日いっぺん日本人から焚《た》き出しを貰って来るだけ。いつやまるのかしら、こんな騒動？」

「さア、いつになるかね。しかし、明日は日本の陸戦隊が上陸してくるから、もうこの騒動は続かないだろう。」

「ほんとに早くおさまるといいわ。あたし毎日、もう生きている気がしないのよ。」

参木は自分の身体からお杉の手の遠のいていくのを感じると、お杉はどこで寝るのであろうと思っていった。

「お杉さんは寝るところはあるのかね。」

「ええ、いいのよ。あたしは。」

「寝るところがないなら、ここへお出《い》でよ。僕はかまわないんだから。」

「いいえ、そうしていて。あたし眠くなれば眠るからいいわ。」

「そうか。」

参木はお杉が習い覚えた春婦の習慣を、自分に押し隠そうと努めているのを見ると、それに対して、客のようになり下ろうとした自分の心のいまわしさにだんだんと胸が冷めて来るのであった。しかし、あんなにも自分を愛してくれたお杉、その結果がこんなにも深く泥の中へ落ち込んでしまったお杉、そのお杉に暗がりの中で今逢って、ひと思いに強く抱きかかえてやることも出来ぬということは、何んという良心のいたずらであろう。前にはお杉を、もしや春婦に落すようなことがあってはならぬと思って抱くこともひかえていたのに、それに今度は、お杉が春婦になってしまっていることのために、抱きかかえてやることも出来ぬとは。——

「お杉さん、マッチはないか。一遍お杉さんの顔が見たいものだね。良かろう。」

「いや。」とお杉はいった。

「しかし、長い間別れていたんじゃないか。こんなに顔も見ずに暗がりの中で饒舌《しゃべ》っていたんじゃ、まるで幽霊と話しているみたいで気味が悪いよ。」

「だって、あたし、こんなになってしまっているとこ、あなたに今頃見られるのいやだわ。」

参木は暗中からきびしく胸の締って来るのを感じた。

「いいじゃないか、あんたと別れた夜は、あれは僕も銀行を首になるし、君もお柳のとこを切られた日だったが、男はともかく女は首になっちゃ、どうしようもないからね。」

二人はしばらく黙ってしまった。

「あなたお柳さんにお逢いになって。」とお杉は訊ねた。

「いや、逢わない。あの夜あんたのことで喧嘩してから一度もだ。」

「そう。あの夜はお神さん、それやあたしにひどいことをいったのよ。」

「どんなことだ？」

「いやだわ、あんなこと。」

嫉妬にのぼせたお柳のことなら、定《さだ》めて口にもいえないことをいったのにちがいあるまい。あのときは、風呂場へマッサージに来たお柳をつかまえて、戯れにお杉を愛していることを、自分はほのめかしてやったのだった。すると、お柳はお杉を引き摺り出して来て自分の足もとへぶつけたのだ。それから、自分はお杉に代ってお柳に詫びた。すると、ますますお柳は怒ってお杉の首を切ったのだ。ああ、しかし総てがみんな戯れからだと参木は思った。それに自分はお杉のことを忘れてしまって、いつの間にかことごとく秋蘭に心を奪われてしまっていたのである。しかし、今は彼は、だんだんお杉が身内の中で前のように暖まって来るのを感じると、心も自然に軽く踊って来るのだった。

「お杉さん、もう僕は眠ってしまうよ。今日は疲れてもうものもいえないからね。その代り、明日からこのまま居候をさせて貰うかもしれないが、いいかねあんたは？」

「ええ、お好きなまでここにいてよ。その代り、汚いことは汚いわ。明日になって明るくなればみんな分ることだけど。」

「汚いのは僕はちっともかまわないんだが、もうここから動くのは、だんだんいやになって来た。迷惑なら迷惑だと今の中にいってくれたまえ。」

「いいえ、あたしはちっともかまわないわ。だけど、ここは参木さんなんか、いらっしゃるところじゃないのよ。」

参木は自分のお杉にいったことが、すぐそのまま明日から事実になるものとは思わなかった。だが、事実になればなったで、もうそれもかまわないと思うと、彼はいった。

「しかし、一人いるより、今頃こんな露路みたいな中じゃ、二人でいる方が気丈夫だろう。それとも、お杉さんが僕の家へ来ているか、どっちにしたってかまわないぜ。」

するとお彼女は黙ったまま、またしくしく暗がりの中で泣き始めた。参木はお杉がお柳の家で初めてそのように泣いたときも、いま自分がいったと同様な言葉をいってお杉を慰めたのを思い出した。しかも、自分の言葉を信じていくたびに、お杉はだんだん不幸に落ち込んでいったのだ。

しかし、彼がお杉を救う手段としては、あのときも、その言葉以外にはないのであった。生活の出来なくなった女を生活の出来るまで家においてやることが悪いのなら、それなら自分は何を為《な》すべきであったのか。ただ一つ自分の悪かったのは、お杉を抱きかかえてやらなかったことだけだ。だが、それはたしかに、悪事のうちでも一番悪事にちがいなかった。

それにしても、まアお杉を抱くようになるまでには、自分はどれだけ沢山なことを考えたであろう。しかも、それら数々の考えは、ことごとく、どうすればお杉を、まだこれ以上虐《いじ》め続けていかれるであろうかと考えていたのと、どこ一つ違ったところはないのであった。

「お杉さん、こちらへ来なさい。あんたはもう何も考えちゃ駄目だ。考えずにここへ来なさい。」

参木はお杉の方へ手を延ばした。すると、お杉の身体は、ぽってりと重々しく彼の両手の上へ倒れて来た。しかし、それと同時に、水色の皮襖《ピーオ》を着た秋蘭が、早くも参木の腕の中でもう水々しくいっぱいに膨れて来た。

お杉は喜びに満ち溢れた身体を、そっと延ばしてみたり縮めてみたりしながら、もう思い残すことも苦しみも、これですっかりしまいになったと思った。明日までは、もう眠るまい。眠るといつかの夜のように、――ああ、そうだ、あの夜はうっかり眠ってしまったために、闇の中で自分を奪ってしまったものが、参木か甲谷か、とうとうそれも分らずじまいに今日まで来たのだ。しかも、その夜はそれは最初の夜であった。あれから今日まで、あの夜の男はあれは参木か甲谷か、甲谷か参木かと、どれほど毎日毎夜考え続けて来たことだろう。しかし、今夜は――今夜もあの夜のように部屋の中は真暗で、参木の顔さえまだ見ないことまでも同様だが、しかし、今夜の参木だけは、これはたしかに本当の参木にちがいない。でも、あの夜の参木が、もしあれが本当の参木なら、今夜のこの参木とは何と違っているのであろう。

お杉は眠っている参木の身体のここかしこを、まるで処女のように恐々指頭《こわごわゆびさき》で圧えていきながら、ああ、明日になって早く参木の顔をひと眼でも見たいものだと思った。すると、お柳の浴場の片隅から、いつも自分がうっとりと見ていた日の、参木のいろいろな顔や肩が浮んで来た。しかし、間もなくそれらの参木の白々とした冷たい顔も、忽ち夜ごと夜ごとに自分の部屋へ金を落していく客たちの、長い舌や、油でべったりひっついた髪や、堅い爪や、胸に咬《か》みつく歯や、ざらざらした鮫肌《さめはだ》や、阿片の匂いのした寒い鼻息などの波の中でちらちらと浮き始めると、彼女は寝返り打って、ふっと思わず歎息した。しかし、もし明日になって参木が部屋の中でも見廻したら、何と彼は思うであろう。南の窓の下の机の上には、蘇州の商人の置いていった杭州人形や、水銀剤や、枯れ凋んだサフランや、西蔵《チベット》産の蛇酒の空瓶が並んでいるし、壁には優男《やさおとこ》の役者の黄金台の画が貼ってあるし、いや、それより、何より参木の着ているこの蒲団は、もう男たちの首垢で今はぎらぎら光っているのだった。しかも、敷布はもう洗濯もせず長い間そのままだ。――

お杉は蒲団の中からそっと脱け出すと、手探りながら杭州人形と蛇酒と水銀剤とを押入の中へ押し込んだ。それから、抽出《ひきだし》から香水を取り出して蒲団の襟首へ振り撒《ま》くと、また静に参木の胸へ額をつけて円くなった。しかし、もうこんなにしていられることは、恐らく今夜ひと夜が最後になるにちがいない。すると、お杉は、この恐ろしい街の騒動が一日も長く続いてくれるようにと念じないではいられなかった。明日になって、日本の陸戦隊が上陸して来れば、いつもの暴徒のように街はまた平音《へいおん》無事になることだろう。そうすれば参木もここから出ていって、もう再びとはこんな所へ来ないであろう。——お杉は参木の匂いを嗅ぎ溜めておくように大きく息を吸い込むと、ふと、お柳の家を首になった夜の出来事を思い出した。そのときは、お柳は何《な》ぜとも分らずいきなり自分の襟首を引き摺っていって、湯気を立てて横わっている参木の胴の上へ投げつけたのだ。自分はそのまま浴場に倒れて泣き続けていると、またお柳は自分を引き摺りながら、出ていった参木の後から追っかけて、もう一度彼の上へ突き飛ばした。しかし、その参木が、ああ、今は自分のここにいるのだ、ここに。——あのときから今までに、自分は幾度この参木のことを思い続けたことだろう。ああ、だけど、今参木はここにいるのだ。——自分はあの夜、参木の家へ泣きながらとぼとぼいって、誰もいない火の消えた二階をいつまでぼんやりと眺めていたことであろう。それにようやく参木が帰って来たと思ったら、それは参木ではなくって甲谷であった。

お杉は参木があの夜限り帰らずに、自分を残して家を出ていってしまった日の、ひとりぼんやりと泥溝《どぶ》の水面ばかり眺め暮していた侘しさを思い出した。そのときは、あの霧の下の泥溝の水面には、模様のように絶えず油が浮んでいて、落ちかかった漆喰《しっくい》の横腹に生えていた青みどろが、静に水面の油を舐《な》めていた。その傍では、黄色な雛《ひな》の死骸が、菜っ葉や、靴下や、マンゴの皮や、藁屑《わらくず》と一緒に首を寄せながら、底からぶくぶく噴き上って来る真黒な泡を集めては、一つの小さな島を泥溝の中央に築いていた。——お杉はその島を眺めながら、二日も三日もただじっと参木の帰って来るのを待っていたのだ。——しかし、明日から、もし陸戦隊が上陸して来て街が鎮まれば、またあの日のように、自分はここでぼんやりとし続けていなければならぬのだろう。そのときには、ああ、またあのざらざらした鮫肌《さめはだ》や、くさい大蒜《にんにく》の匂いのした舌や、べったり髪にくっついた油や、長い爪や、咬みつく尖った乱杭歯《らんぐいば》やが——と思うと、もう彼女はあきらめきった病人のように、のびのびとなってしまって天井に拡《ひろが》っている暗《やみ》の中をいつまでも眺めていた。

付録

序〔初版〕

この作の最初の部分は昭和三年十月に改造に出し、それから順次同雑誌へ発表を続け、最後も昭和六年十月に改造へ出した。全篇を纏《まと》めるにあたって、突然上海《シャンハイ》事《じ》変《へん》が起って来たので題名には困ったが、上海という題は前から山本氏との約束もあり、どうしたものか自然に人々もそのように呼び、またその題以外に素材と一致したものが見当らないので、そのまま上海とすることにした。この作の風景の中に出て来る事件は、近代の東洋史のうちでヨーロッパと東洋の最初の新しい戦いである五三十事件であるが、外国関係を中心としたこののっぴきならぬ大渦を深く描くということは、描くこと自体の困難の他に、発表するそのことが困難である。私は出来得る限り歴史的事実に忠実に近づいたつもりではあるが、近づけば近づくほど反対に、筆は概観を書く以外に許されない不便を感じないわけにはいかなかった。したがって個有名詞は私一個人で変更し、読者の想像力に任す不愉快な方法さえ随所でとった。

五三十事件は大正十四年五月三十日に上海を中心として起った。中国では毎年この日を民族の紀念日としてメーデー以上の騒ぎをするが、昭和七年の日支事変の遠因もここから端《たん》を発している部分が多い。

私はこの作を書こうとした動機は優れた芸術品を書きたいと思ったというよりも、むしろ自分の住む惨めな東洋を一度知ってみたいと思う子供っぽい気持ちから筆をとった。しかし、知識ある人々の中で、この五三十事件という重大な事件に興味を持っている人々が少いばかりか、知っている人々もほとんどないのを知ると、一度はこの事件の性質だけは知っておいて貰わねばならぬと、つい忘れていた青年時代の熱情さえ出て来るのである。

昭和七年六月

横光利一

解　説

小田切秀雄

この長篇は、横光利一の最初の長篇小説であったばかりでなく、その後のかれのすべての長篇とはかなりに異質のものを示している。この作家の生涯と文学とを考えるに当っても、また最近までの昭和文学全体の入り組んだ歴史およびそのなかにひそめられていて十分にひきだされることのなかった可能性を考えるに当っても、この長篇は見のがすことのできぬ独自のおもしろさをもって今日なお生きている。『機械』・『紋章』・『寝園』・『旅愁』等とともに、横光の代表作の一つであろう。

この小説の舞台は一九二五(大正一四)年の五・三〇事件当時の植民地都市上海である。アンドレ・マルロオの長篇『征服者《レ・コンケラン》』が同じ年の広東《カントン》革命に作者自ら参加して書かれたのにたいして、横光は三年後の一九二八(昭和三)年の春に、「中国の大陸旅行を思い立ち、上海に遊ぶこと三〇日にして帰朝す」(筑摩書房『現代日本文学全集』横光集の巻末年譜)という仕方で上海に関係し、その印象と調査とをキソにしてこの長篇を書いたのであった。単行本になった時の序文に、「私はこの作を書こうとした動機は優れた芸術品を書きたいと思ったというよりも、むしろ自分の住む惨めな東洋を一度知ってみたいと思う子供っぽい気持ちから筆をとった」、と書き、また、日本の知識人の間で五・三〇事件の意味が広く知られていないのにたいして、それを知ってもらいたい気持もあってこれを書いた、としているのは、かれが中国旅行を思い立った理由の一端を物語るものであろう。上海から帰って半年ほどして、『風呂と銀行』という題名で第一回分が『改造』に発表され、以後同誌に分載された。第一回分を作者は昭和三年の一〇月号だったと述べているが、それは一〇月号という意味ではなく一〇月中に発行のもの、つまり一一月号という意味であった。第二回は翌四年三月号に『足と正義』という題で、第三回は同六月号に『掃溜《はきだめ》の思想』という題でそれぞれ発表され、残りの部分の原稿もその一二月には完成していた。昭和七年七月、改造社から『上海』という題の単行本として刊行された。このときにもかなり作者による訂正が行われたが、さらに昭和一〇年三月に書物展望社から再刊するに当っては全面的に修正を行い、これを「決定版」とした。戦後刊行の横光全集(改造社)本をはじめとして現在流布しているのはこの決定版であって、岩波文庫本の底本もこれである。決定版は、雑誌に出た時のや昭和七年本にくらべて、五・三〇当時の中国民衆の反日闘争(反植民地闘争)に触れた部分等ではなまなましさを消し去ることになっていて残念だが、全体としては、文章上の新感覚派的な飛躍や屈折やの荒っぽさを訂正し、内容上の要求と新感覚派的文章とのズレをうめるための努力がほとんど全頁にわたって行われているので、この方がより「優れた芸術品」になっている。構成上でも、昭和七年本が四五章から成っているのに、決定版では第四四章が削られ、従って全体が四四の章から成り立つ作品に変っている。削られた章は、主人公参木《さんき》(さんき、と読むのは作者のつけたルビによる)が宮子を訪ねる部分で、ここは第三九章の内容上のむしかえしに過ぎないので削られたのであろう。

しかし、これらのすべての訂正は要するに部分的なものであって、全体としては初出のときいらいこの作品の実質はべつに変っていない。この作品を書き終ってまもなく、まったくちがった方向に進んでしまった作者にとって、もはや根本的な訂正は不可能だったにそういない。

四分の一世紀ほど前に書かれたこの作品は、こんにち読み返してみると意外なほどに新鮮である。それは、第一に、舞台となっている上海そのものが戦後のこんにちの東京とたいへん似ているということによっている。『上海』には、本国を喰いつめたハキダメ的な日本人グループや、トルコ風呂の湯女《ゆな》や、中国の豪商やその妾や、死体売買でもうけている東洋主義者や、国民会議派のインド人や、白系ロシアの女や、ドイツ・アメリカ等の腕ききの商社員や、それらがつきまとう美しい日本人ダンサーや、それからまた中国共産党の婦人党員や、紡績工場の大ストライキや、暴動やゼネ・ストや——つまり、国際的な植民地都市にひしめき合っているさまざまな現象や人物やの動きが、一歩誤れば通俗小説に陥ってしまうほどのめまぐるしさで描きだされている。こんにちの東京が、右と同じような現象に満ちていることは、武田泰淳の『風媒花』や堀田善衞の『広場の孤独』や貴司山治《きしやまじ》の『東京租界』などに描きだされている通りだが、東京がそうなったためにわたしたちは、『上海』に描きだされた三〇年前の中国の植民地都市の姿を一層よく理解できるような場所に押し出されてしまったというわけだ。いわば身につまされるところのある作品なのである。

第二に、『上海』を読んで身につまされるところがあるということは、それだけのものをこの作品が芸術的につくりだしえているということと関係している。解放される前の上海については、日本でも、手アカのついたエキゾティシズムの風俗小説や、おもしろ半分のバクロ小説や、戦時ルポルタージュなどがイヤになるほど書かれていた。そしてそれらは日本の敗戦とともに、すべてよごれたチリ紙のように捨てられ消え去ってしまった。横光のこの作品にも、前記のようなけばけばしいお膳立てのなかには通俗的なものがあり、中心的な登場人物たちの動かし方のなかにもこの作者独特の通俗道徳がふくまれているが、そうしたものだけで終っていないばかりでなく、かれとしては、この長篇で人間的・芸術的な新しい努力と冒険とに進み出ており、大正末年いらいのかれたちの「新感覚派」の文学が行きづまってきたのにたいして、一つの打開の道をつくりだそうとしたのであった。それがどれだけ見事に成功したかはべつとして、作家としてのそういうエネルギーがこの作品の芸術的活気をつくりだしたのである。当時の上海が、ここに描きだされたよりもなおはるかにすさまじい対立と混乱と発展と陰謀と頽廃《たいはい》にみたされていたであろうことは、こんにちの東京の様子からしても推定にかたくないが、とにかくそれを作者がここまでとらえることができたということは、かれがここより以上には進めなかったという理由で抹殺されていいことではない。そして日本官憲の当時の検閲がどういうものだったかは作者もその序文のなかで触れている通りである。作者は、ここまで進み出ることによって昭和の文学の可能性の一つを実験したのであり、この実験の一層の展開は後述のような事情によって放棄されたが、もしも放棄されずにねばり強く追及が重ねられれば、あるいは昭和の文学史も横光利一自身もかなりにちがったものになったかもしれなかったのである。この可能性は、四分の一世紀ののちのこんにちになお引続いている現代的な問題にほかならない。

この長篇は、文章上からいうと、対象そのものをリアリスティックに追及し表現するにふさわしい文章でなく、対象から触発された感覚や心理やイメージやを知的に再構成し動的な新鮮な感覚的表現をつくりだすこと自体を目的とするところの新感覚派の文章によっておおわれている。そしてもともと新感覚派は、大正期の白樺派や新現実主義や自我主義が解体したのちに登場(大正一三＝一九二四年)した近代文学の新世代として、統一的な人格と自我の自立との喪失、ないし否定によって、感覚や心理やイメージやのそれ自体としての自動的・物理的な進行を大胆に表現することができたのであった。従って、『上海』においても、文章上に見られるこうした性格は、作中の中心的な人物の参木や甲谷《こうや》の人間内容の特色ともわかちがたく結びついている。だが、かれら以外の登場人物たちは、横光の従来の作品に見られなかった社会的な個性や群であり、それらの人間たちが、からまりあい渦まきながら、この小説のなかに一九二五年の上海の混乱と激動の雑然たる強烈な印象をつくりだしている。これらの人物たちはそれぞれ、参木や甲谷のような消極的ないし平凡な個性よりも強い生命力をもって動いており、『上海』という作品の新しい現実的な裏うちとなっている。かれらの像は、そのひとりひとりをとっていえば必ずしも深い文学的な人間追及によって支えられているとはいえぬにしても、作者は、作家的冒険なしでは設定することのできぬこれらの諸タイプを設定して、一応描きわけることに成功したのであり、そのことを通じて、アジアの植民地社会の内部にひしめき合っている諸力に形象的表現をあたえたのである。横光が上海に滞在した一九二八年は、南京政府という形での蔣介石《しょうかいせき》独裁の成立後一年の時期であり、かれはアジアの民族問題の激動する現実に、感覚と精神とを強くゆすぶられて帰ってきたのだ。芳秋《ほうしゅう》蘭《らん》という人物も、人間像としてはついに十分に生かしえなかったにしても、この外国人共産党員をかなりの重みと肯定的な取扱いとで作中に設定せずにはいられなかった横光の作家的冒険は、秋蘭と参木との緊張した議論の部分にだけでなく、さらに山口・高《たか》重《しげ》・宮子・銭石山《せんせきさん》らの諸タイプや、紡績工場のストライキや、五・三〇のゼネ・ストやのそれぞれにかなりすぐれた描写と、そうした現実の中心部近くまで参木をまきこんでゆくややムリな運び、などのなかにうち消しがたく現れており、こうした性質の思想的・文学的努力はそれまでのこの作者には強く現れたことのなかったものであった。この作品の文体に見られた新感覚派的な態度から、かれは内容的にはこのようなところにまで進み出はじめていたのである。この作品の後半の方では文体そのものさえもしだいにリアリスティックなものに変りはじめているくらいだ。かれが作家としてこういうふうに変ってきたこと、変るに当ってほかの方向に変らずしていま見てきたような方向に変ってきたこと、このことのなかには、かれが上海に行って中国の激動する社会の生きとした空気にどれだけか内面的に触れてきたということもあるが、より根本的には、この当時の日本の革命運動および人民的・革命的な文学運動(いわゆるプロレタリア文学運動)の高揚期の活気と動向とにかれが強い刺激を受けていたことによっている。かれは、プロレタリア文学運動のがわから「ブルジョア文学者」の代表的な一人としてはげしく攻撃され、かれ自身も文学的にはプロレタリア文学と対立していたが、人間的・社会的には、絶対主義下の重圧のもとで人間性と生活との自由を求める小市民インテリゲンチャの一人であり、武田麟太郎らのマルクス主義研究会に参加したり、のちには共産党に資金を提供し、学芸自由同盟に参加することをも避けなかったのである。かれのこうした側面が作品のなかに最も強力に示されたのはこの『上海』においてであった。なお、この作品が、日本プロレタリア文学の飛躍的な成長の時期である昭和三、四年に書かれていることはいろいろの意味で興味深いことである。もしも当時のプロレタリア文学運動が、横光のこの作品においてのような動向や努力をも正当に評価し支えることができたなら、横光はこの作品からただちに『機械』(翌昭和五年)のような心理主義的実験に移行してしまいはしなかったかも知れない。このころ、新感覚派の中心の一人だった片岡《かたおか》鉄兵《てっぺい》がプロレタリア文学に転換し、また新感覚派の新世代であった藤沢桓夫《ふじさわたけお》や武田麟太郎らも次々と転換して、一躍たいへんにラジカルなプロレタリア作家になった。こういう仕方で「転換」しなければ、当人もプロレタリア文学がわも承認しにくかったのであった。『上海』は、それが発表されたころ、文壇からも、また勝本清一郎を除いてはプロレタリア文学のがわからも、評価らしい評価を受けることができず、しかも勝本のもの(新潮社刊『前衛の文学』に収む)、すぐれた批評ではあったが断片的なものに終っていた。ところが、『機械』が出たときには、ただちに小林秀雄の、『横光利一』(『機械』をもちあげることによって芸術派の文学観念に新しい展開をつくりだそうとしたもの)をはじめ、多くの賞讃の言葉が文壇文学のがわから発せられたのである。

もっとも、当時のプロレタリア文学運動がこの作品を評価することができなかったのは、日本プロレタリア文学運動自体の伴っていた歴史的な性格としての狭さからもきているが、同時に、この作品自体の次のような側面から来ている。ストライキの描写のところにはっきりと出ていたように、横光は労働者のストライキを物体のメカニックな運動としてしか描きえないという面があり、五・三〇の描写にも中国民衆はともすればモッブふうの描き方がされていた。もちろん作者がそれだけのたんなる傍観者にとどまっていたのではないことは、芳秋蘭との議論の場面や、作全体の展開を五・三〇の反植民地闘争の描写にしぼっていっていること等から明らかであるが、それにもかかわらず、この作品の主人公参木は、実は、この長篇の全展開を通じてどれだけの人間的発展をももつことができず、かえって娼婦お杉の部屋に落ちつくことになって終っているのである。いわば主人公は元のもくあみなのだ。かれは、秋蘭との前述のような議論の最後で、彼女のいわゆる「掃溜」の思想への蔑視にたいして、まじめに答える代りに、「問題はそれではないのだ。掃溜の倫理が問題なのだ。事実、各国が腐り出し、蘇生するかの問題の鍵は、この植民地の集合である共同租界の、まだ誰も知らぬ掃溜の底に落ちているにちがいないのだ。ここには、もはや理論を絶した、手をつけることの不可能な、混濁したものが横っているのである」、と考えるがかれはそれを口に出さない。そしてこのような、作者自身にもはっきりつかめていないようなリクツで参木にかろうじて自分の立場を保たせたのであった。「手をつけることの不可能な、混濁したもの」などに、参木はその後も実際に「手をつけ」などしていないし、することもできなかった。

つまり作者は、右に見た範囲では自分を新しく現実的な追及に進ませはしたが、そのなかに全身を投入する代りに、上海の混乱し激動する現実のもたらす雑然とした強烈な感覚的な表現をつくりだすことで新感覚派文学の行きづまりに新しい打開の道をつくりだそうとしていたのでもあった。現実の現実的打開の代りに、漠然としたニヒリズムで現実に主観的・知識人的に対立し、一時的な激情では中共党員を救ったりもしながら、結局は現実におし流されてゆく人物にすぎぬ参木が、この長篇の主人公としてすえられていた事情は、作者の以上のような意図に対応するものであり、このような主人公が設定されたこと自体この作品の展開を内側から制約せざるをえなかった。

横光利一が、この作品の完成直後に、当時の芸術派の新世代の動向に刺激されて『機械』の方向に転換してしまったことの理由はここにもあったのである。しかしこの転換ともに、昭和文学史のひそめていた重大な一つの芸術的可能性が挫折したのであった。『上海』は昭和文学史上の最も問題的な作品の一つである。

〔昭和三一年〕

上海から千代夫人に宛てた横光の絵葉書
(昭和 13 年 12 月 23 日)

横光利一の『上海』を読む

唐《タン》　亜《ヤ》　明《ミン》

「上海的」とは

一〇年ほど前、女優の岸田今日子さん、詩人の谷川俊太郎さんといっしょに上海を旅行したことがある。お二人ともはじめての中国だった。一九二〇年代に創業された錦江飯店の旧館に泊まると、「むかしの映画のなかにいるみたいだ」と谷川さんがおっしゃった。上海雑技団の公演をみたとき、舞台の上で男が細い管からぐにゃぐにゃと這い出してきた。「なかなか上海的ですね」と、岸田さんが感想をもらした。そのとき、「上海的」という意味がぼくにはよくわからなかった。

上海は、北京で生まれ育ったぼくにとって、つねに気になる存在だった。魅力とか魔力とかを感じたものの、正直なところ、上海に住みたいと思ったことはない。もっとも北京の人と上海の人は互いにライバル意識が強く、相手を見下す傾向があった。そういうなかでのぼくの様々な上海体験が、上海をますますひと言で形容できない、つまり理解不能のイメージにしたのかもしれない。

友人の上海の歌手に、「あなたたち北京の月餅は硬くて、床に落ちると、三回も飛び跳ねるのよ」といわれたことがある。上海の人からみれば、北京なんてモンゴル人がつくった町で、なにもかも田舎っぽいのだろう。とはいえ、北京は中国の首都であり、政治、文化の中心である。だが、中国経済の中心はやはり上海だといわざるをえない。上海の一人あたりのGDP(国内総生産)はつねに中国のトップで、辺鄙な地域の一〇倍にもなる。経済とは、場合によって他を凌駕してしまう力をもっている。

横光利一が書いた八〇年前の上海は、「崩れかけた煉瓦の街。その狭い通りには、黒い着物を袖長に着た支那人の群れが、海底の昆布のようにぞろり満ちて淀んでいた。乞食らは小石を敷きつめた道の上に蹲っていた。彼らの頭の上の店頭には、魚の気胞や、血の滴った鯉の胴切りが下っている。そのまた横の果物屋には、マンゴやバナナが盛り上ったまま、鋪道の上まで溢れていた。果物屋の横には豚屋がある。皮を剝れた無数の豚は、爪を垂れ下げたまま、肉色の洞穴を造ってうす暗く窪んでいる。……」

ところが、先日、上海から東京に戻って、車が都内にさしかかったときに、いっしょに行ってきた日本の人が「東京の高層ビルが小さくて低くみえますね」と話していた。ある日本の経済学者はまた、「いまの上海の中心部は二〇〇メートルおきに六本木ヒルズがあるようなものだ」とテレビで話した。

どうしてか、日本の人は北京より上海を好む人が多いようだ。このことも北京人には納得できない。たしかに、気候も風土も食べ物も上海のほうが日本に近い。あの「五・三〇事件」が発生した一九二五年、上海には一万九五一〇人の日本人が住んでいたが、横光が上海を訪れた一九二八年になると、二万六五四一人に増え、イギリス人を超えて、上海にいる外国人では一位になった。そのころの調査によると、上海在住の日本人男性の五五パーセントは、中小企業や店、旅館などを経営し、四〇パーセントは紡績工場や銀行や商社に勤めていた。官僚や大手企業の経営者らは五パーセントだった。そして、日中戦争中の一九四三年、上海在住の日本人は最高の一〇万三九六八人に達した(『日本僑民在上海』〈上海辞書出版社〉)。現在、上海に長期滞在している日本人は五万人ほどいるという。

上海と長崎を結ぶ定期航路をはじめたのは、一八五六年のイギリスの船会社だった。一八六七年、アメリカの船会社も上海と横浜との間に月三便の定期便を開通した。日本の船会社のはじめての海外定期航路は、一八七五年に三菱商会が開設した上海と横浜の定期便で、「東京丸」などの四隻の船が交替で週一便運航していた。一八八五年、激しい競争をへて、三菱商会は上海航路を独占するようになり、日本郵船が創立された。一九三九年、年間の乗客は十万人に達した。

近代、上海を訪れた日本人には、一八六二年の高杉晋作、一八六六年の岸田吟香、一八六八年の田代源平らがいた。ほかに「唐行《からゆ》きさん」もたくさんいた。日本人は上海で新聞も発行するようになった。最初の日本語新聞は、一八九〇年創刊の『上海新報』(週刊)だった。その後、十数種の日本語新聞が上海で出された。なかでも『上海日日新聞』『上海毎日新聞』『大陸新報』がよく知られていた。

思えば、ぼくの父は一九三〇年代、上海美術学校で絵を勉強していたが、当時、上海の生活費が東京とたいして変わらなかったので、父は船に乗って日本に向かい、東京美術学校に入った。上海から日本にいかなければ、父は日本で社会主義の思想に接することもなく、延安に赴いて毛沢東の革命に参加することもなかっただろう。そう考えると、上海がわが家に与えた影響は甚大である。

中国人のなかで、上海人がしゃべる日本語はとくにうまい。ぼくたち北京人には「馬の立てた砂塵がみえるだけでとても追いつけない」ほどだ。なぜなら、もともと上海語の発音は日本語に近く、舌先と唇を多く用いて、舌巻音と喉の奥から声を出す北方遊牧民族の発音をもとにした北京語とだいぶ異なる。

上海人同士が集まると、ぼくたち北京の人間にはわからない上海方言でぺらぺらと話す。上海の人は頭の回転が速く、上海人を相手に商売すると、損することがあっても儲かることはほとんどないと、中国でいわれている。中国の最高指導部には江沢民、朱鎔基、呉邦国、曾慶紅らの上海から出た人が多くいる。一〇年間の文化大革命を牛耳った「四人組」も「上海幇《バン》」と呼ばれていた。

文革のころ、ぼくが「下放」された黒竜江省には上海から来た「知識青年」がたくさんいた。ぼくたちの生産隊の隊長も極左の上海人で、いつも青年たちのあら探しをしていた。ぼくは北京に逃げ戻ると、上海出身のアコーディオン演奏家に弟子入りした。中国で五本の指に入る名演奏家にもかかわらず、とても謙虚な方であった。ある日、うっかり「先生は上海の人にみえないですね」というと、先生は怒ることもなく、「早くから上海を出てずっと北方で暮らしているから、訛り以外は上海人にはみえないんだろうな」と笑いながら話した。

ぼくは甘口であっさりした上海料理が好きだ。横光は『上海』のなかで強烈なタッチで上海料理を描いている。「テーブルの上には、黄魚のぶよぶよした唇や、耳のような木耳が箸もつけられずに残っていた。臓腑を抜いた家鴨、豚の腎臓、蜂蜜の中に浸った鼠の子、林檎の揚げ物に竜顔の吸物、青蟹や帆立貝——参木は翡翠のような家鴨の卵に象牙の箸を突き刺して、小声で日本の歌を歌ってみた」

ぼくは何度か上海の摩天楼の展望レストランで、黄浦江両岸の対照的な新旧建築群を眺めながら、高級な上海料理をいただき、贅沢な時間を過ごしたことがある。上海料理のダイナミックさや多様さは横光がみたときと変わっていないが、調理の技は驚くほど磨かれてきた。摩天楼の下に足裏マッサージの店がある。地方からやってきた若者たちが一列に坐って、客の足のツボをおしたりもんだりしている。さらに足の爪を切り、肩をたたき、耳そうじまでしてくれる。店を出ると、雲にでも乗ったように足が軽くなる。

「通りは朝の出勤時間で黄包車の群れが、路いっぱいに河のように流れていた」と、横光は書いている。「黄包車《ホアンバオチャ》」と呼ばれた人力車は、一八七三年に日本から導入された。最初は「東洋車」という名前だったが、車体に黄色いペンキが塗られたので、「黄包車」という名前になった。乗り心地がよく、安全で、貧しい男たちの生活手段となり、上海で急速に増えた。一九三〇年代に、上海の黄包車の車夫は十万人を超え、二万五千台しかない黄包車をめぐって激しく競争しあっていた。ほかに、個人専用の黄包車も数千台にのぼった。ところが、一九四〇年代になると、二人乗りのできる三輪車がしだいに多くなっていった。自動車は一九〇一年にヨーロッパから上海へ導入され、外国人や金持ちが馬車のかわりに使うようになり、一九〇八年にタクシーが出現した。

横光がみた上海は、黄包車と街頭の乞食が代表的な風景だった。当時、二万五千人前後の乞食が上海の街頭をさまよい、ほとんどは農村からやってきた難民だった。売春婦もたむろしていた。

新中国成立後の一九五一年、上海のすべての風俗店が取り締まられ、春婦（妓女《ジィニュウ》）たちが「教養所」に送られた。健康診断の結果、大半が何らかの性病にかかっていた。更生後の女性たちは紡績工場で働く人が多かった。なかには「労働模範」となった人もいた。しかし、「改革開放」後の上海では「地下」の風俗店が商売繁盛で、女性たちの多くは昔と同じく貧しい地方出身者だという。

中国で最初に警察を設けた都市は上海だった。一九〇六年、上海市は日本の警察学校を卒業した中国人留学生の劉景沂を招いて、日本の警察制度をまねて中国初の「警察学校」をつくり、「警察」という名称も日本語からそのまま用いた(『旧上海租界史話』上海社会科学院出版社)。現代中国の国家権力の一つである警察は、黄包車と同様、じつに日本からの贈り物だといってもよいかもしれない。

上海で、ぼくは『上海』に出てくる黄包車も弁髪の苦力《クリー》も阿片《アヘン》に青ざめた女もトルコ風呂もみたことがない。もちろん、ユダヤ人の商人、印度人の巡査、ロシア人の春婦、イギリス人の水兵も、中国人だけが入れない公園も知らない。しかし、なぜか横光の上海風景がリアルに目に浮かぶ。ぼくが知っているいまの上海と横光の過去の上海は、どっちが「上海的」なのだろうか。

中国側の「五・三〇事件」の記憶

横光利一の『上海』は、日本人の視点から「五・三〇事件」当時の上海の様子や人情、日本人社会などが描かれ、文学的にも社会的にもたいへん貴重な作品である。横光は「五・三〇事件」を「近代の東洋史のうちでヨーロッパと東洋の最初の戦い」とみて、西欧列強に支配される「自分の住む惨めな東洋」を強く意識した。この作品から、ぼくを含めて新中国で生まれた中国人がほとんど知らない事件の側面をかいま見ることもできる。この作品を読んでいるとき、子どものころからうけてきた教育や、中国側の記録と視点が、ずっと脳裏に去来して、作品の情景と入り交じり、まるで上海の混沌とした夜の街のように怪しげになっていった。

そこで、普通の中国人の知識、あるいは中国側の資料に日本側の資料、たとえば小島晋治・丸山松幸『中国近現代史』(岩波新書)などの表現も参考にして「五・三〇事件」を紹介したいと思う。

この事件は、中国で「五卅惨案《ウサアツアンアン》」、または「五卅大屠殺《ウサアダアトウシャ》」と呼ばれている。一九二五年、日本人が経営する上海の紡績工場で労働者が解雇され殴打されたことに、上海の労働者や学生らが抗議し、それをきっかけに引き起こされた流血事件である。

その年の二月、上海にあった日本の「内外綿紡績工場」の第八工場で年若い女工の死体が発見され、その胸には鉄棒で殴られた痕があった。日本人の現場監督がやったことだと、労働者たちはストライキを行った。その後、上海総商会の調停により、日本側は労働者への暴力をやめることを承諾し、事件は一応収束がついた。しかし、五月に、いくつかの紡績工場が、労働運動をしたという理由で、男性労働者を全員解雇した。そのため、上海の二二の工場でストライキが起きて、山東省青島《チンタオ》の一〇の工場(いずれも日本資本)にまで拡大した。

上海では、中国人資本家を主とした総商会がふたたび調停したにもかかわらず、事態の拡大を恐れた日本紡績同業会は強制的抑圧を決め、組合活動分子の解雇を強行し、内外綿第八工場の数十名の労働者は仕事に復帰できなかった。

五月一五日、労働者の代表八人が資本家側との交渉に臨んだ。その際、共産党員の顧正紅が日本人監督に射殺された。ほかの七人もけがをした。

射殺事件に憤慨した上海市民が、五月二四日、顧正紅の追悼集会を開き、大学生たちも共同租界に入り、労働者支援と犠牲者救済を訴えて街頭宣伝を行った。租界当局は「治安を乱した」という罪名で学生たちを逮捕した。三〇日、数千名の労働者、学生、市民が抗議のデモ行進をし、「逮捕学生釈放」「租界回収」などを叫んでビラを配り、演説を行った。午後、繁華街の南京路に集まった学生たちの一〇〇人あまりがイギリス警察隊によって逮捕された。午後三時ころ、一万人近くの市民が学生の監禁された建物の前で抗議をはじめた。

三時五五分、イギリス人の警察署長エヴァーソンが発砲命令を出し、一三人が死亡、四十余人が負傷という大惨事を引き起こした。その場で四九人が連行された。

その場で亡くなった人の名前、職業は以下の通りである。

1　何秉彝　上海大学の学生
2　尹景伊　同済大学の学生
3　陳虞欽　南洋付属中学校の学生
4　唐良生　華洋電話局の交換手
5　陳兆長　東亜旅館のコック
6　朱和尚　外資会社の会社員
7　鄔金華　新世界娯楽場の職員
8　石松盛　電気器具会社の会社員
9　陳光発　人力車の車夫
10　姚順慶　楽器店のペンキ職人
11　王紀福　仕立屋
12　談金福　味香居レストランの店員
13　徐落逢　商売人

「五卅惨案」の翌日、上海の「総工会」(労働組合)が宝山路で結成され、委員長に共産党幹部の李立三が選出された。ほかの執行委員もほとんど共産党員だった。六月一日、李立三は全上海市の労働者にゼネストを指令し、学生と中小商人もこれに呼応して、租界を機能麻痺に陥れた。租界当局は英、日、米、伊の陸戦隊を上陸させ弾圧を加えた。六月一〇日までの間に九回にわたる発砲で死者三二人、負傷者五七人に達した。しかし、これは火に油を注ぐ結果となった。二〇万人もの上海市民が集会を開き、「英日軍隊の永久撤退」「領事裁判権の廃止」を含む一七項目の要求を租界当局および北京政府に突きつけた。六月、上海には七五の「総工会」支部ができて、組合員は四万人に拡大した。その後、二カ月もたたないうちに支部は一一七カ所になり、組合員は二一万人を超えた。

「五卅惨案」が発端となった反帝国主義の運動は、たちまち野火のように各地に広がり、主要都市では学生や労働者によるストライキが頻発した。外国との不平等な条約を廃止し、外国人の中国での特権を取り除くよう要求した。その矛先は主にイギリスと日本に向けられた。漢口、鎮江、九江、重慶などの都市でも流血衝突が起きた。一部の外国人が襲われ、領事館や店も略奪された。イギリス軍が漢口でデモ隊の民衆に発砲し、十数名が死亡、多数の負傷者が出た。九江でも民衆に向けた銃撃があった。六月二三日、広州では英仏陸戦隊がデモ隊に掃射し、五十余人が死亡し、一〇〇人以上の中国人が負傷した。それによって、広東と香港では対英ゼネストに発展し、一六カ月間にわたり外国人に対する食料と水道の供給が絶たれ、イギリスの東洋支配の根拠地である香港が「死港」と化した。

北京でも、五万人あまりの学生がデモ行進をし、その後、二〇万人の市民が抗議集会を開いた。長沙では、一〇万人あまりの労働者と学生が抗議運動を行い、水口鉛鉱で警官が発砲し、十数名が負傷し、逮捕された二十数名は地元の軍閥の命令で銃殺された。運動が各地に波及し、南京、天津など各地で抗議デモが行われた。

事件当時から直後にかけて、諸外国の軍艦が次々と上海に侵入してきた。イギリス二隻、アメリカ三隻、フランス三隻、日本三隻、そのほかの国が二隻で、計一三隻だった。海軍陸戦隊も上陸し、大学などを包囲して鎮圧した。六月八日、外国の軍艦は二六隻に達した。その内訳は、アメリカ一三隻、日本五隻、イギリス四隻、フランス三隻、イタリア一隻だった。一二日、イギリスと日本の一〇〇人あまりの水兵が中国側と衝突した。上海は、まるで帝国主義者が殺戮を楽しむ狩り場のようになったのである。

事件後、日本側は流血事件の責任をイギリス側に押しつけた。「日本の紡績工場でのストライキは、英国側の殺人とは話が違う」と主張し、イギリス製品の不買運動をあおった。アメリカも「米兵は租界での銃撃はイギリス人の指揮に従ったのだ」と責任逃れをした。フランスは「イギリス人の暴挙だ」と、中国人に同情するふりをした。その後、英、米、日、仏、伊、中による「六カ国調査団」が現地で調査したものの、うやむやに終わってしまった。

中国では、一八四〇年のアヘン戦争、一八五七年の太平天国の乱への英仏連合軍介入、一八九四年の日清戦争、一九〇〇年の義和団事件への八カ国連合軍の侵入などにより、おびただしい数の中国人が虐殺された。中国の民衆は八〇年以上も列強の高圧下でもがいていた。帝国主義者が鼓吹した「親善」「平和」「正義」「文明」の本質を見破り、帝国主義に対抗していこうという気持ちがますます強くなり、もうがまんできず、ついに立ち上がったのだ。「五・三〇事件」は、その導火線となり、一九一九年の「五・四運動」に続く、反帝国主義運動の第二のピークとなったのである。

学生と労働者が主たる担い手だったこの抗議行動は、排英運動へと転換され、イギリスの対中貿易に打撃を与え、中国の外交にも大きな影響を及ぼした。また、この事件は、一九二五—一九二七年の「大革命」のはじまりとなり、以降、労働者の賃金闘争が「帝国主義反対」の方向に進み、社会主義運動の台頭を促した。こうした状況を懸念した国民党の蔣介石が、一九二七年四月、反共の「上海クーデター」を決行し、共産党との国内戦争を引き起こした。その後、抗日戦争、国内戦争をへて、一九四九年、中華人民共和国が成立したのである。

孫文の未亡人、宋慶齢（のちに中華人民共和国副主席）はかつて「五・三〇事件」について、次のように語っている。「わたしたちは、この機会をとらえて、長期にわたる闘争のために、全人民の精神を奮い起こさなければなりません。わたしたちの目的は、すべての不平等条約を廃棄することです。この上海の惨劇は、中国が三〇年来、外国に依存してきた結果なのであって、国民と民族の前進にとって非常に重要な意味をもっています。この事件を上海における局地的な交渉、あるいは数日間の衝突事件とみなしてはいけません」

「五・三〇事件」についての中国人の記憶は、これからも受け継がれていくであろう。不一致の箇所があっても、日本人と中国人がその歴史の時空を共有することは、時代の進歩であり、寛容な精神の進化ではないだろうか。人類はまちがいなく交錯した歴史の流れのなかで生きてきたのである。

一八四〇年のアヘン戦争から一九二五年の「五・三〇事件」まで、八〇年あまり経っているが、イギリスに対する中国国民の怒りは弱まることがなかった。「五・三〇事件」から今日までさらに八〇年あまり経った。ところが、いまの中国にはイギリスを恨む声はほとんど聞かない。ぼくが日本でよく耳にする話に、「戦後六〇年以上も経ったのに、どうして中国人は水に流さないのか」というのがある。そのたびにぼくは思う。戦争によってもたらされた恨み辛みの忘却には、百年はかかるだろうと。時間こそは、傷を治す最良の薬であろう。

「五・三〇事件」の流血地だった場所は、現在、上海南京東路にある「大光明時計店」である。一九八五年、事件の記念碑が建てられた。

多文化都市と言語の渦

「今自分のこうして眺めている支那の街の風景は、日本とは違って、何んとのんびりしたものであろう」「朝日を受けた街角では、小鳥を入れた象牙の鳥籠が両側の屋根の上まで積っていた。その鳥籠の街は深く鳥のトンネルを造って曲っていた」「塵埃を浴びて露店の群れは賑っていた。笊に盛り上った茹卵。屋台に崩れている鳥の首、腐った豆腐や唐辛子の間の猿廻し。豚の油は絶えず人の足音に慄えていた。口を開けた古靴の群れの中に転げたマンゴ、光った石炭、潰れた卵、膨れた魚の気胞の中を、纏足の婦人がうろうろと廻っていた」と、横光は描いている。横光のはじめての長篇小説である『上海』は、映像を強く意識した作品で、同時代に製作されたソ連映画「戦艦ポチョムキン」にみられるモンタージュ技法に非常に近いとの指摘もある。

横光利一は一九一四年、早稲田大学英文科に入学したが文学に傾倒して除籍され、ふたたび政治経済学科に入学したものの中途退学した。これまで、早稲田大学は数多くの中国人留学生を受け入れてきたので、中国でいちばん名の知られた日本の大学である。かつて中国共産党の創立者の一人、李大釗、および革命闘士の廖仲愷、彭湃、のちに指導者になった周恩来、廖承志らが早稲田に留学した。ぼくの日本語の先生も早稲田の出身だったし、ぼくも運よく早稲田大学で勉強することができた。横光は大先輩にあたる。

横光利一が上海を訪れたころ、上海にある内山完造の経営していた内山書店に魯迅をはじめ、中国や日本の文学者がよく集まっていた。一九二八年、横光は約一カ月上海に滞在したが、芥川龍之介に「君は上海に行くべきだ」といわれたのがきっかけだったという。この『上海』は、そのときの体験をもとに執筆されたのはまちがいない。「自分の想像と実地の差の激しかったのは、矢張り内地の旅行先ではなく上海やハルピンであった」と、横光は一九三一年「旅」というエッセーに書いている。

上海のあたりは、戦国時代、楚の政治家、春申君の封地であった。いまも申と称されるが、滬《ホウ》とも呼ばれている。唐の時代に上海一帯は華亭県の一部だったが、蘇州河の南に上海浦という村があった。宋代になると上海鎮と呼ばれていた。元代の一二九二年に上海県となる。現在の上海市は、長江の支流である黄浦江を遡ったところにあり、東海に面する。

アヘン戦争を終結させた一八四二年の南京条約により上海は開港した。それまで、上海の人びとは西洋人をほとんどみたことがなかった。突然、黄色い髪、白い肌、高い鼻、青い目のイギリス人が入ってくると、怖くて逃げたり、衝突したりしていた。一八四八年以降、イギリス、フランスなどの租界が形成された。投資された英国資本にはユダヤ人のものが多かった。イギリス国籍のユダヤ商人たちは最初のころ、主にアヘンを売買していた。上海の都市基盤はユダヤ人の資金でつくられたといっても過言ではない。上海のモデルはリヴァプールだった。一八七六年、上海—呉淞の鉄道が開通され、わずか一三キロの長さだが、中国の最初の鉄道となった。

一九二〇年代から一九三〇年代にかけて上海は極東最大の都市として発展し、アジアの金融の中心という地位が築かれ、世界的な大都会であった。上海は巨大な磁石のごとく、様々な人々をひきつけた。あでやかな「夜の上海」は上海のイメージをアピールした。そして、欧米文化の流入にしたがい、英語の洪水が押し寄せ、上海に氾濫していた。中国人は上海訛りの英語を話し、外国人は外国語訛りの上海語を話し、様々な言語が上海で変形されていた。一九一二年出版された『上海指南』というガイドブックには、次のような例文がある。

標準英語	上海英語
Do you understand?	Savvy?
Stop!	Man-man（慢慢）
Can you tell me what this is?	What thing this b'long?
Can you do this for me?	Can do?

「上海英語」はこの街の特殊な環境で生まれた特殊な文化でもある。「上海英語の発音がおかしくて、文法も間違っているなどと思わないでください。上海でもっとも実用的な言語だから。上海英語を使わなければ、あなたはきっととんちんかんなことをやらか

すことだろう」と、『上海指南』は指摘している。

横光は一九三〇年、「戦争と平和」という文章のなかで上海にいたときのことを書いている。「私を包んだ各国人の言語の渦が私を中心に巻き上っては笑声の中へ吸い込まれる。それらの言葉は前後左右の夫々《それぞれ》のグループから煙のように立ち昇っては最早や再びとは帰って来ないのだが、その殆ど言葉の意味の通じ合わぬ一団の密集した肉体の発する音を、私はその時手帳へ書き連ねておいた……彼らの共通の言葉は言葉がないということだ」

横光の目には、上海に集まる西洋人はみな「下劣な獣」にしかみえなかったらしい。そして、そのような数々の不条理が横光の民族意識を目覚めさせたのだろう。横光が上海でとくに興味をもったのは元、円、ドル、ポンドなどの渦巻く「取引市場」と、ゴミ層と泡の吹き出た「河口」だったという。『上海』の冒頭は「満潮になると河は膨れて逆流した」と始まる。また、「ふと見ると、上流から下って来た大きな筏が、その上に土を載せ、野菜の畑を仕立てて流れていた。その周囲の水の上で、舢舨《サンパン》が虫のように舞い歩いた」と、物語の展開に合わせ、随所に川の風景を挿んでいく。市場も河口も、不条理を浮かべる上海の象徴と映ったのだろう。

横光が訪れた前年の一九二七年、上海は特別市となり、一九三〇年、上海直轄市が成立している。一九三二年には上海事変が起こり、日本軍機の爆撃を受け、一九三七年に勃発した日中戦争で日本軍に占領された。

一九四九年の中華人民共和国成立により、外国資本は上海から撤退したが、一九五〇年代から六〇年代にかけて上海は社会主義計画経済の工業都市として力を発揮した。一九六六年からの一〇年間の文化大革命に、上海は「四人組」の牙城として混乱していた。文革後、一九七八年の改革開放政策により、再び外国資本が流入してめざましい発展を遂げ、中国経済の牽引車となっている。

上海市には、かつて「小東京」と呼ばれて戦前の日本の租界だった虹口区、日本の技術協力をえた宝山製鉄所の所在地である宝山区、旧イギリス租界、市人民政府やバンド地区が所在する金融や貿易の中心地である黄浦区、旧フランス租界、中国近代工業の発祥地である盧湾区、第二次世界大戦前の高級マンションが残っている静安区、資本家や有名人の旧居が数多く残っている徐匯区、人口最多の旧アメリカ租界だった楊浦区、上海浦東国際空港やドイツ製のリニアモーターカーがつくられ、上海の新しい玄関となった浦東新区などがある。

一九二〇年代の建築が点在している上海のなかでも、黄浦江の川沿いに面するバンドのヨーロッパ調の建築群はとくに知られている。いま、その対岸には、東方明珠電視塔や新しい摩天楼群が立ち並び、そのエキゾチックな景観には目を見張るものがある。市内には共同住宅だった「石庫門」といわれる建築様式も残っており、現在、貴重な文化財として保存されている。プラターンの白い花、菩提樹の幹、瓦斯燈……ノスタルジアをおぼえさせる旧上海の風情を復活させ、観光客を呼ぼうと、上海市政府は古い建築と街風景の保存に海外からの資金援助も呼びかけている。

そういう都市の過去を描いた横光の『上海』のなかで、「支那」と「中国」の名称が使い分けられているのは興味深い。中国人との日本語と英語の会話で「中国」を使い、他国のアジア主義者との日本語の会話も「中国」を使っている。それに対して、日本人同士の会話や欧米人との会話、および欧米人同士の会話では「支那」を使った。英語では「チャイナ」のはずなのに。また、地の文はほとんど「支那」を使っている。このことからも、横光は「支那」と「中国」を随意に書いたわけではなく、二つの呼称のニュアンスの違いを肌で感じとった上で、意識的に使い分けているのがわかる。

ぼくが最近翻訳した中国の長編小説『神なるオオカミ』(講談社)の著者、姜戎《ジャンロン》氏がこう話してくれたことがある。「中国の南方の一部の地域では、〝人〟と〝狼〟と〝郎〟は同じ発音だ。もともと同じ語源ではないかと考えている。モンゴルなどの遊牧民族の言語ではオオカミは赤那《チナ》というから、秦―Chin―赤那《チナ》―支那(中国語では赤那と支那の発音は近い)―China に何らかの関連があるように思う」と。人間の娘がオオカミと交配して生まれた男が王になったと、中国の古書に記載されている。オオカミの呼称である赤那《チナ》は、大昔から変化してきて「チャイナ」という英語のもとになったのではないかという説である。この説の考証は難しいだろうが、「支那」ということばに対して、中国人はもともと抵抗感がなかったはずである。いまも中国では「印度支那」という公式名称が使われている。

もちろん、いまの中国人は「支那」と聞くと、侮辱された気分になり、感情が害されるだろう。侵略された屈辱的な近代史にかかわっているからだ。あの悪夢のような日々を思い出させないためにも「支那」ということばは使うべきでないと思う。しかし、過去の文学作品に出ている表現を現在の価値観で変えるのも妥当とはいえないだろう。史実を直視することは、歴史を尊重する態度である。仮にぼくがこの『上海』を中国語に翻訳するとしたら、その時代の空気を再現するために、おそらく「支那」を「中国」とは訳さず、そのまま使うだろうと思う。

『上海』は、まさに国際都市の特殊な多言語的環境を表現したポリグロット小説である。しかし、登場人物同士が交わす日本語での、中国語での、また英語での会話は、ぜんぶ日本語文で書かれている。「翻訳」小説のようでもある。横光はこのような緻密な作業を通して、豊かな才能を作品に現しながら、見たもの、聞いたこと、肌で感じた国々の関係をどのように伝えようとしたのだろうか。

『上海』には日本人商社員がこのように語るくだりがある。「中国人がいなければ南洋群島一帯は勿論、フィリッピンにしたってアメリカにしたって、シベリアにしたって、アフリカにしたって濠洲にしたって、文化の進歩がよほど今より遅れていたに定っています。それらの土地の鉄道敷設や採鉱や農業に、中国人が他の人種に先だって、どれほど活動したかというようなことは、今は誰も忘れてしまって恩恵を感じなくなっておりますが、世の中の識者は、世界はたしかに中国人を中心にして廻転しているということぐらいは知っていますよ。しかし、それだからこそ、また世界は共同に中国人を敵に廻して争っていかなければならぬのだと思いますね。何しろ、中国人は世界で一番人数が多いのですから。人数が多いということは、食物と衣服がそれだけ地上で一番沢山そのもののために費されるということです。食物と衣服を一番費消する人種というものは、どうしたって世界の中心にならねばならぬのは必条です」

いうまでもなく、中国全体は上海のように発達してはいないし、内陸部には学校にもいけない貧しい子どもがまだいる。経済格差は深刻な問題だが、中国には格差のない社会はかつて存在したことがなかったのもまた事実である。中国文化そのものが、格差社会から生まれた格差の文化ともいえるかもしれない。

横光がいたころの上海には世界最大のクラブや最高級のホテルがあった。アジアでもっとも高い摩天楼もあり、外国の銀行もいちばん多かった。しかし、朝の街頭にはいつも凍死した死体が横たわっていた。高級マンションにはプールやエアコンなどの設備が備えられていたが、あばら家や小舟に住む貧しい人びとがあふれていた。上海料理を「芸術品」として楽しむ金持ちがいる一方、ゴミ箱から食い物を漁る子どもが走り回っていた。

『上海』にも格差がいっぱい書かれている。また、男と女、人種間、労働者と資本家、プロレタリアの時代とマルキシズム、中国人の団結力とだらしなさ、中国と日本のかかわりなど、様々な矛盾が描き出され、深い苦悩がにじんでいるように思われる。

横光は一九三七年に発表した「上海の事」という文のなかで次のように書いている。「上海について正確な判断を下すことは、恐らく何人も不可能なことだと思う。私は上海という作を、四年がかりで書いたことがある。その間、私はかの地で買って来た上海に関する書物や雑誌と日本で発行されたものと、四、五百冊ほど手に入れた。それも著者の立場を同じくするものを選ばず、異なったもののみ選んでみたので、立場にしたがってかくも見方が相違するものかという感想と同時に、上海という所は、人々の見方を、こんなに複雑にする特殊な場所だという結論を得た」、と。

享楽、矛盾、格差、退廃、美食、堕落、残酷、美女、狂騒、進取、頽廃、和諧、秘密、向上、商売、魅力、魔力……横光の『上海』にも、現実の上海にも、それらは充満している。

〔編集付記〕

一、底本には、単行本『上海』(書物展望社、昭和十年刊)の決定版テキスト(本書五頁「序」参照)を使用した。振り仮名については、『上海』初版(改造社、昭和七年刊)を参照し、補った。

一、本文中、差別的ととられかねない表現が見られるが、作品の歴史性を鑑み、原文通りとした。

一、左記の要項に従って表記がえをおこなった。

岩波文庫(緑帯)の表記について

近代日本文学の鑑賞が若い読者にとって少しでも容易となるよう、旧字・旧仮名で書かれた作品の表記の現代化をはかった。そのさい、原文の趣をできるだけ損なうことがないように配慮しながら、次の方針にのっとって表記がえをおこなった。

(一) 旧仮名づかいを現代仮名づかいに改める。ただし、引用が文語文であるときは旧仮名づかいのままとする。

(二) 「常用漢字表」に掲げられている漢字は新字体に改める。

(三) 漢字語のうち代名詞・副詞・接続詞など、使用頻度の高いものを一定の枠内で平仮名に改める。

(四) 平仮名を漢字に、あるいは漢字を別の漢字にかえることは、原則としておこなわない。

(五) 振り仮名を次のように使用する。

(イ) 読みにくい語、読み誤りやすい語には現代仮名づかいで振り仮名を付す。

(ロ) 送り仮名は原文どおりとし、その過不足は振り仮名によって処理する。

例、明に→明《あきらか》に

(岩波文庫編集部)

上《しゃん》　海《はい》

1956年1月9日　第1刷発行
2008年2月15日　改版第1刷発行

作　者　横光利一《よこみつりいち》

発行者　山口昭男

発行所　株式会社 岩波書店
〒101-8002 東京都千代田区一ツ橋2-5-5

案内 03-5210-4000　販売部 03-5210-4111
文庫編集部 03-5210-4051
http://www.iwanami.co.jp/

印刷 製本・法令印刷　カバー・精興社

ISBN 978-4-00-310752-2　Printed in Japan

読書子に寄す

――岩波文庫発刊に際して――

岩波茂雄

真理は万人によって求められることを自ら欲し、芸術は万人によって愛されることを自ら望む。かつては民を愚昧ならしめるために学芸が最も狭き堂宇に閉鎖されたことがあった。今や知識と美とを特権階級の独占より奪い返すことはつねに進取的なる民衆の切実なる要求である。岩波文庫はこの要求に応じそれに励まされて生まれた。それは生命ある不朽の書を少数者の書斎と研究室とより解放して街頭にくまなく立たしめ民衆に伍せしめるであろう。近時大量生産予約出版の流行を見る。その広告宣伝の狂態はしばらくおくも、後代にのこすと誇称する全集がその編集に万全の用意をなしたるか。千古の典籍の翻訳企図に敬虔の態度を欠かざりしか。さらに分売を許さず読者を繫縛して数十冊を強うるがごとき、はたしてその揚言する学芸解放のゆえんなりや。吾人は天下の名士の声に和してこれを推挙するに躊躇するものである。このときにあたって、岩波書店は自己の責務のいよいよ重大なるを思い、従来の方針の徹底を期するため、すでに十数年以前より志して来た計画を慎重審議この際断然実行することにした。吾人は範をかのレクラム文庫にとり、古今東西にわたって文芸・哲学・社会科学・自然科学等種類のいかんを問わず、いやしくも万人の必読すべき真に古典的価値ある書をきわめて簡易なる形式において逐次刊行し、あらゆる人間に須要なる生活向上の資料、生活批判の原理を提供せんと欲する。この文庫は予約出版の方法を排したるがゆえに、読者は自己の欲する時に自己の欲する書物を各個に自由に選択することができる。携帯に便にして価格の低きを最主とするがゆえに、外観を顧みざるも内容に至っては厳選最も力を尽くし、従来の岩波出版物の特色をますます発揮せしめようとする。この計画たるや世間の一時の投機的なるものと異なり、永遠の事業として吾人は微力を傾倒し、あらゆる犠牲を忍んで今後永久に継続発展せしめ、もって文庫の使命を遺憾なく果たさしめることを期する。芸術を愛し知識を求むる士の自ら進んでこの挙に参加し、希望と忠言とを寄せられることは吾人の熱望するところである。その性質上経済的には最も困難多きこの事業にあえて当たらんとする吾人の志を諒として、その達成のため世の読書子とのうるわしき共同を期待する。

昭和二年七月

《現代日本文学》

経国美談 全二冊	矢野竜渓 小林智賀平校訂
怪談牡丹燈籠	三遊亭円朝
真《しん》景《けい》累ケ《かさねが》淵《ふち》	三遊亭円朝
当世書生気質	坪内逍遥
雁	森鷗外
山椒大夫・高瀬舟 他四篇	森鷗外
渋江抽斎	森鷗外
舞姫・うたかたの記 他三篇	森鷗外
鷗外随筆集	千葉俊二編
浮雲	二葉亭四迷 十川信介校注
平凡 他六篇	二葉亭四迷
野菊の墓 他四篇	伊藤左千夫
吾輩は猫である	夏目漱石
坊っちゃん	夏目漱石
草枕	夏目漱石
虞美人草	夏目漱石
三四郎	夏目漱石
それから	夏目漱石
門	夏目漱石
彼岸過迄	夏目漱石
行人	夏目漱石
こころ	夏目漱石
硝子戸の中	夏目漱石
道草	夏目漱石
明暗	夏目漱石
思い出す事など 他七篇	夏目漱石
夢十夜 他二篇	夏目漱石
倫敦塔・幻影の盾 他五篇	夏目漱石
漱石日記	平岡敏夫編
漱石書簡集	三好行雄編
漱石俳句集	坪内稔典編
回想子規・漱石	高浜虚子
五重塔	幸田露伴
努力論	幸田露伴
幻談・観画談 他三篇	幸田露伴
露伴随筆集 全二冊	寺田透編
飯待つ間 —正岡子規随筆選	正岡子規 阿部昭編
子規句集	高浜虚子選
病牀六尺	正岡子規
子規歌集	土屋文明編
墨汁一滴	正岡子規
仰臥漫録	正岡子規
歌よみに与ふる書	正岡子規
松蘿玉液	正岡子規
筆まかせ抄	正岡子規 粟津則雄編
金色夜叉 全二冊	尾崎紅葉
伽羅枕	尾崎紅葉
小説不如帰	徳冨蘆花
自然と人生	徳冨蘆花
みみずのたはこと 全二冊	徳冨健次郎

北村透谷選集　勝本清一郎校訂
武蔵野　国木田独歩
蒲《ふ》団《とん》・一兵卒　田山花袋
縮図　徳田秋声
仮装人物　徳田秋声
黴《かび》　徳田秋声
新《あら》世《じょ》帯《たい》 足袋の底 他二篇　徳田秋声
藤村詩抄　島崎藤村自選
破戒　島崎藤村
千曲川のスケッチ　島崎藤村
夜明け前 全四冊　島崎藤村
にごりえ たけくらべ　樋口一葉
大つごもり 十三夜 他五篇　樋口一葉
高野聖・眉かくしの霊　泉鏡花
夜叉ケ池・天守物語　泉鏡花
草迷宮　泉鏡花
春昼・春昼後刻　泉鏡花

鏡花短篇集　川村二郎編
外科室・海城発電 他五篇　泉鏡花
海神別荘 他二篇　泉鏡花
俳句はかく解しかく味う　高浜虚子
虚子五句集 全二冊 ―付 慶弔贈答句抄　高浜虚子
俳句への道　高浜虚子
夢は呼び交す　蒲原有明
酔茗詩抄　河井酔茗
上田敏全訳詩集　山内義雄 矢野峰人編
小さき者へ・生れ出ずる悩み　有島武郎 三上秀吉 亀井俊介解説
一房の葡萄 他五篇　有島武郎
ホイットマン詩集 草の葉　有島武郎選訳
寺田寅彦随筆集 全五冊　小宮豊隆編
柿の種　寺田寅彦
与謝野晶子歌集　与謝野晶子自選
与謝野晶子評論集　鹿野政直 香内信子編
腕くらべ　永井荷風

つゆのあとさき　永井荷風
濹東綺譚　永井荷風
荷風随筆集 全二冊　野口冨士男編
摘録 断腸亭日乗　永井荷風 磯田光一編
すみだ川 新橋夜話 他一篇　永井荷風
あめりか物語　永井荷風
江戸芸術論　永井荷風
ふらんす物語　永井荷風
煤煙　森田草平
赤光　斎藤茂吉作
斎藤茂吉歌集　山口茂吉 柴生田稔 佐藤佐太郎編
斎藤茂吉随筆集　阿川弘之 北杜夫編
桑の実　鈴木三重吉
小僧の神様 他十篇　志賀直哉
暗夜行路 全二冊　志賀直哉
高村光太郎詩集　高村光太郎
北原白秋歌集　高野公彦編

野上弥生子短篇集　加賀乙彦編
海神丸 —付「海神丸」後日物語　野上弥生子
大石良雄・笛　野上弥生子
友情　武者小路実篤
銀の匙　中勘助
提婆達多　中勘助
若山牧水歌集　伊藤一彦編
新編 みなかみ紀行　若山牧水　池内紀編
南蛮寺門前 和泉屋染物店 他三篇　木下杢太郎
新編 啄木歌集　久保田正文編
啄木詩集　大岡信編
ISIKAWA TAKUBOKU ROMAZI NIKKI —啄木・ローマ字日記　石川啄木　桑原武夫編訳
蓼《たで》喰う虫　谷崎潤一郎　小出楢重画
吉野葛・蘆刈　谷崎潤一郎
幼少時代　谷崎潤一郎
道元禅師の話　里見弴
萩原朔太郎詩集　三好達治選

郷愁の詩人 与謝蕪村　萩原朔太郎
猫町 他十七篇　萩原朔太郎　清岡卓行編
恩讐の彼方に 忠直卿行状記 他八篇　菊池寛
河明り 老妓抄 他一篇　岡本かの子
或る少女の死まで 他二篇　室生犀星
出家とその弟子　倉田百三
羅生門・鼻・芋粥・偸盗　芥川竜之介
地獄変・邪宗門・好色・藪の中 他七篇　芥川竜之介
河童 他二篇　芥川竜之介
歯車 他二篇　芥川竜之介
蜘蛛の糸・杜子春・トロッコ 他十七篇　芥川竜之介
或日の大石内蔵之助・枯野抄 他十二篇　芥川竜之介
侏儒の言葉・文芸的な、余りに文芸的な　芥川竜之介
海に生くる人々　葉山嘉樹
日輪・春は馬車に乗って 他八篇　横光利一
宮沢賢治詩集　谷川徹三編
童話集 風の又三郎 他十八篇　宮沢賢治　谷川徹三編

童話集 銀河鉄道の夜 他十四篇　宮沢賢治　谷川徹三編
山椒魚・遥拝隊長 他七篇　井伏鱒二
川釣り　井伏鱒二
井伏鱒二全詩集　井伏鱒二
伸子 全二冊　宮本百合子
渦巻ける烏の群 他三篇　黒島伝治
伊豆の踊子 温泉宿 他四篇　川端康成
抒情歌・禽獣 他五篇　川端康成
雪国　川端康成
山の音　川端康成
詩を読む人のために　三好達治
檸檬《レモン》・冬の日 他九篇　梶井基次郎
蟹工船 一九二八・三・一五　小林多喜二
風立ちぬ・美しい村　堀辰雄
富嶽百景 走れメロス 他八篇　太宰治
斜陽 他一篇　太宰治
人間失格 グッド・バイ 他一篇　太宰治

津軽　太宰治
お伽草紙・新釈諸国噺　太宰治
真空地帯　全二冊　野間宏
青年の環　全五冊　野間宏
日本唱歌集　堀内敬三・井上武士編
日本童謡集　与田凖一編
変容　伊藤整
小説の方法　伊藤整
鳴海仙吉　伊藤整
小説の認識　伊藤整
中原中也詩集　大岡昇平編
晩年の父　小堀杏奴
木下順二戯曲選　全三冊　木下順二
子午線の祀り・沖縄 他一篇 ―木下順二戯曲選Ⅳ―　木下順二
元禄忠臣蔵　全二冊　真山青果
随筆滝沢馬琴　真山青果
みそっかす　幸田文

土屋文明歌集　土屋文明自選
古句を観る　柴田宵曲
俳諧随筆 蕉門の人々　柴田宵曲
評伝 正岡子規　柴田宵曲
新編 俳諧博物誌　柴田宵曲・小出昌洋編
随筆集 団扇《うちわ》の画《え》　柴田宵曲・小出昌洋編
貝殻追放抄　水上滝太郎
漱石文明論集　三好行雄編
漱石・子規往復書簡集　和田茂樹編
初すがた　小杉天外
鏑木清方随筆集 ―東京の四季―　山田肇編
野火・ハムレット日記　大岡昇平
中谷宇吉郎随筆集　樋口敬二編
雪　中谷宇吉郎
中谷宇吉郎紀行集 アラスカの氷河　渡辺興亜編
伊東静雄詩集　杉本秀太郎編
冥途・旅順入城式　内田百閒

東京日記 他六篇　内田百閒
ゼーロン・淡雪 他十一篇　牧野信一
佐藤佐太郎歌集　佐藤志満編
草野心平詩集　入沢康夫編
金子光晴詩集　清岡卓行編
大手拓次詩集　原子朗編
評論集 滅亡について 他三十篇　武田泰淳・川西政明編
宮柊二歌集　宮英子・高野公彦編
山の絵本　尾崎喜八
日本児童文学名作集　全二冊　桑原三郎・千葉俊二編
山月記・李陵 他九篇　中島敦
新選 山のパンセ　串田孫一自選
新美南吉童話集　千葉俊二編
量子力学と私　朝永振一郎・江沢洋編
科学者の自由な楽園　朝永振一郎・江沢洋編
増補 新橋の狸先生 ―私の近世畸人伝―　森銑三・小出昌洋編
新編 明治人物夜話　森銑三・小出昌洋編

新編 おらんだ正月　森 銑三　小出昌洋 編
自註鹿鳴集　会津八一 作
窪田空穂随筆集　大岡 信 編
わが文学体験　窪田空穂
窪田空穂歌集　大岡 信 編
屋上登攀者　藤木九三
明治文学回想集 全二冊　十川信介 編
踊る地平線 全二冊　谷 譲次
森鷗外の系族　小金井喜美子
欧米の旅 全二冊　野上弥生子
子規を語る　河東碧梧桐
鳴雪自叙伝　内藤鳴雪
新編 春の海 —宮城道雄随筆集　千葉潤之介 編
林芙美子随筆集　武藤康史 編
林芙美子紀行集 下駄で歩いた巴里　立松和平 編
山の旅 —大正・昭和篇　近藤信行 編
山の旅 —明治・大正篇　近藤信行 編

日本近代文学評論選 —明治・大正篇　千葉俊二　坪内祐三 編
日本近代文学評論選 —昭和篇　千葉俊二　坪内祐三 編
吉田一穂詩集　加藤郁乎 編
観劇偶評　三木竹二　渡辺 保 編
浄瑠璃素人講釈 全二冊　杉山其日庵　内山美樹子・桜井弘 編
食道楽 全二冊　村井弦斎
文楽の研究 全二冊　三宅周太郎

《法律・政治》

- 人権宣言集　高木八尺・末延三次・宮沢俊義 編
- 君主論　マキアヴェッリ／河島英昭 訳
- リヴァイアサン 全四冊　ホッブズ／水田洋 訳
- 哲学者と法学徒との対話 —イングランドのコモン・ローをめぐる　ホッブズ／田中浩・重森臣広・新井明 訳
- 法の精神 全三冊　モンテスキュー／野田良之・稲本洋之助・上原行雄・田中治男・三辺博之・横田地弘 訳
- ローマ人盛衰原因論　モンテスキュー／田中治男・栗田伸子 訳
- 人間知性論 全四冊　ジョン・ロック／大槻春彦 訳
- 市民政府論　ロック／鵜飼信成 訳
- フランス二月革命の日々 —トクヴィル回想録　トクヴィル／喜安朗 訳
- アメリカのデモクラシー 全四冊　トクヴィル／松本礼二 訳
- 犯罪と刑罰　ベッカリーア／風早八十二・五十嵐二葉 訳
- ヴァジニア覚え書　T・ジェファソン／中屋健一 訳
- 権利のための闘争　イェーリング／村上淳一 訳
- 法における常識　P・G・ヴィノグラドフ／末延三次・伊藤正己 訳
- 近代国家における自由　H・J・ラスキ／飯坂良明 訳
- 外交談判法　カリエール／坂野正高 訳
- 近代民主政治 全四冊　ブライス／松山武 訳
- ザ・フェデラリスト　A・ハミルトン、J・ジェイ、J・マディソン／斎藤眞・中野勝郎 訳
- フランス革命についての省察 全二冊　エドマンド・バーク／中野好之 訳

《経済・社会》

- 国富論 全四冊　アダム・スミス／水田洋 監訳・杉山忠平 訳
- 道徳感情論 全二冊　アダム・スミス／水田洋 訳
- 法学講義　アダム・スミス／水田洋 訳
- 人間の権利　トマス・ペイン／西川正身 訳
- 戦争論 全三冊　クラウゼヴィッツ／篠田英雄 訳
- 自由論　J・S・ミル／塩尻公明・木村健康 訳
- 女性の解放　J・S・ミル／大内兵衛・大内節子 訳
- ユダヤ人問題によせて・ヘーゲル法哲学批判序説　マルクス／城塚登 訳
- 経済学・哲学草稿　マルクス／城塚登・田中吉六 訳
- 新編輯版 ドイツ・イデオロギー　マルクス、エンゲルス／廣松渉 編訳・小林昌人 補訳
- 共産党宣言　マルクス、エンゲルス／大内兵衛・向坂逸郎 訳
- 賃労働と資本　マルクス／長谷部文雄 訳
- 賃銀・価格および利潤　マルクス／長谷部文雄 訳

- マルクス 経済学批判　武田隆夫・遠藤湘吉・大内力・加藤俊彦 訳
- マルクス 資本論 全九冊　エンゲルス 編／向坂逸郎 訳
- 文学と革命 全二冊　トロツキイ／桑野隆 訳
- ロシア革命史 全五冊　トロツキー／藤井一行 訳
- トロツキー わが生涯 全二冊　森田成也・志田昇 訳
- 空想より科学へ　エンゲルス／大内兵衛 訳
- 家族・私有財産・国家の起源　エンゲルス／戸原四郎 訳
- イギリスにおける労働者階級の状態 —一九世紀のロンドンとマンチェスター 全二冊　エンゲルス／一條和生・杉山忠平 訳
- 改訳 婦人論 全二冊　ベーベル／草間平作 訳
- 帝国主義　レーニン／宇高基輔 訳
- 金融資本論 全二冊　ヒルファディング／岡崎次郎 訳
- ローザ・ルクセンブルクの手紙　L・カウツキー 編／川口浩・松井圭子 訳
- 価値と資本 —経済理論の若干の基本原理に関する研究 全二冊　J・R・ヒックス／安井琢磨・熊谷尚夫 訳
- シュムペーター 経済発展の理論 全二冊　塩野谷祐一・中山伊知郎・東畑精一 訳
- シュムペーター 経済学史 —学説ならびに方法の諸段階　中山伊知郎・東畑精一 訳
- 租税国家の危機　シュムペーター／木村元一・小谷義次 訳
- 理論経済学の本質と主要内容 全二冊　シュムペーター／大野忠男・木村健康・安井琢磨 訳

近代経済学の解明 全二冊　杉本栄一
世界をゆるがした十日間 全二冊　ジョン・リード　原光雄訳
ロシヤにおける革命思想の発達について　ゲルツェン　金子幸彦訳
古代社会 全二冊　L・H・モルガン　青山道夫訳
有閑階級の理論　ヴェブレン　小原敬士訳
社会科学と社会政策にかかわる認識の「客観性」　マックス・ヴェーバー　富永祐治・立野保男訳　折原浩補訳
プロテスタンティズムの倫理と資本主義の精神　マックス・ヴェーバー　大塚久雄訳
職業としての学問　マックス・ウェーバー　尾高邦雄訳
社会学の根本概念　マックス・ヴェーバー　清水幾太郎訳
職業としての政治　マックス・ヴェーバー　脇圭平訳
古代ユダヤ教 全三冊　マックス・ヴェーバー　内田芳明訳
宗教生活の原初形態 全二冊　デュルケム　古野清人訳
社会学的方法の規準　デュルケム　宮島喬訳
金枝篇 全五冊　フレイザー　永橋卓介訳
マッカーシズム　ロービア　宮地健次郎訳
世論 全二冊　リップマン　掛川トミ子訳
産業者の教理問答 他一篇　サン＝シモン　森博訳

《自然科学》

改訳 科学と方法　ポアンカレ　吉田洋一訳
光学　ニュートン　島尾永康訳
ガリレオ・ガリレイ 新科学対話 全二冊　今野武雄・日田節次訳
星界の報告 他一篇　ガリレオ・ガリレイ　山田慶児・谷泰訳
種の起原 全二冊　ダーウィン　八杉龍一訳
自然発生説の検討　パストゥール　山口清三郎訳
ギルバト・ホワイト セルボーン博物誌 全二冊　寿岳文章訳
完訳 ファーブル昆虫記 全十冊　ファーブル　山田吉彦・林達夫訳
大脳半球の働きについて ―条件反射学 全二冊　パヴロフ　川村浩訳
メンデル 雑種植物の研究　岩槻邦男・須原準平訳
アインシュタイン 相対性理論　内山龍雄訳・解説
因果性と相補性 ―ニールス・ボーア論文集1　山本義隆編訳
量子力学の誕生 ―ニールス・ボーア論文集2　山本義隆編訳
ハッブル 銀河の世界　戎崎俊一訳
パロマーの巨人望遠鏡　D・O・ウッドベリー　関正雄・湯澤博・成相恭二訳
生物から見た世界　ユクスキュル、クリサート　日高敏隆・羽田節子訳

ゲーデル 不完全性定理　八杉満利子・林晋訳

《音楽・美術》

音楽と音楽家　シューマン　吉田秀和訳
モーツァルトの手紙 —その生涯のロマン　全二冊　柴田治三郎編訳
美術の都　澤木四方吉
レオナルド・ダ・ヴィンチの手記　全二冊　杉浦明平訳
ゴッホの手紙　全三冊　硲伊之助訳
ロダンの言葉抄　高村光太郎訳　高田博厚　菊池一雄編
ビゴー日本素描集　全二冊　清水勲編
ワーグマン日本素描集　清水勲編
河鍋暁斎戯画集　山口静一　及川茂編
岡本一平漫画漫文集　清水勲編
うるしの話　松田権六
ドーミエ諷刺画の世界　喜安朗編
河鍋暁斎　ジョサイア・コンドル　山口静一訳

《哲学・教育・宗教》

ソクラテスの弁明・クリトン　プラトン　久保勉訳
ゴルギアス　プラトン　加来彰俊訳
饗宴　プラトン　久保勉訳
テアイテトス　プラトン　田中美知太郎訳
パイドロス　プラトン　藤沢令夫訳
メノン　プラトン　藤沢令夫訳
国家　全二冊　プラトン　藤沢令夫訳
プロタゴラス —ソフィストたち　プラトン　藤沢令夫訳
パイドン —魂の不死について　プラトン　岩田靖夫訳
クセノフォーン　ソークラテースの思い出　佐々木理訳
アリストテレス　ニコマコス倫理学　全二冊　高田三郎訳
アリストテレス　形而上学　全二冊　出隆訳
アリストテレス　アテナイ人の国制　村川堅太郎訳
アリストテレス　弁論術　戸塚七郎訳
アリストテレース詩学　ホラーティウス詩論　松本仁助　岡道男訳
物の本質について　ルクレーティウス　樋口勝彦訳
人生の短さについて　他二篇　セネカ　茂手木元蔵訳
人さまざま　テオプラストス　森進一訳
老年について　キケロー　中務哲郎訳
友情について　キケロー　中務哲郎訳
弁論家について　全二冊　キケロー　大西英文訳
キケロー弁論集　小川正廣　谷栄一郎　山沢孝至訳
方法序説　デカルト　谷川多佳子訳
哲学原理　デカルト　桂寿一訳
精神指導の規則　デカルト　野田又夫訳
スピノザ　知性改善論　畠中尚志訳
スピノザ　エチカ（倫理学）　全二冊　畠中尚志訳
スピノザ往復書簡集　畠中尚志訳
デカルトの哲学原理 —附 形而上学的思想　スピノザ　畠中尚志訳
スピノザ　神・人間及び人間の幸福に関する短論文　畠中尚志訳
単子論　ライプニッツ　河野与一訳
ノヴム・オルガヌム（新機関）　ベーコン　桂寿一訳
ベーコン随想集　渡辺義雄訳
ニュー・アトランティス　ベーコン　川西進訳
デイヴィッド・ヒューム　人性論　全四冊　大槻春彦訳
エミール　全三冊　ルソー　今野一雄訳

孤独な散歩者の夢想　ルソー　今野一雄訳
人間不平等起原論　ルソー　本田喜代治・平岡昇訳
社会契約論　ルソー　桑原武夫・前川貞次郎訳
ディドロ・ダランベール編　百科全書 —序論および代表項目　桑原武夫訳編
ラモーの甥　ディドロ　本田喜代治・平岡昇訳
ディドロ　絵画について　佐々木健一訳
道徳形而上学原論　カント　篠田英雄訳
啓蒙とは何か　他四篇　カント　篠田英雄訳
純粋理性批判　全三冊　カント　篠田英雄訳
カント　実践理性批判　波多野精一・宮本和吉・篠田英雄訳
判断力批判　全二冊　カント　篠田英雄訳
永遠平和のために　カント　宇都宮芳明訳
プロレゴメナ　カント　篠田英雄訳
フィヒテ　全知識学の基礎　全二冊　木村素衛訳
シュライエルマッハー　独白　木場深定訳
小論理学　全二冊　ヘーゲル　松村一人訳
精神哲学　全二冊　ヘーゲル　船山信一訳

ヘーゲル　政治論文集　全二冊　金子武蔵訳
歴史哲学講義　全二冊　ヘーゲル　長谷川宏訳
自殺について　他四篇　ショウペンハウエル　斎藤信治訳
読書について　他二篇　ショウペンハウエル　斎藤忍随訳
知性について　他四篇　ショーペンハウエル　細谷貞雄訳
将来の哲学の根本命題　他二篇　フォイエルバッハ　松村一人・和田楽訳
反復　キルケゴール　桝田啓三郎訳
死に至る病　キェルケゴール　斎藤信治訳
西洋哲学史　全二冊　シュヴェーグラー　谷川徹三・松村一人訳
眠られぬ夜のために　全二冊　ヒルティ　草間平作・大和邦太郎訳
幸福論　全三冊　ヒルティ　草間平作・大和邦太郎訳
悲劇の誕生　ニーチェ　秋山英夫訳
ツァラトゥストラはこう言った　全二冊　ニーチェ　氷上英廣訳
道徳の系譜　ニーチェ　木場深定訳
善悪の彼岸　ニーチェ　木場深定訳
この人を見よ　ニーチェ　手塚富雄訳
純粋経験の哲学　W・ジェイムズ　伊藤邦武編訳

デカルト的省察　フッサール　浜渦辰二訳
創造的進化　ベルクソン　真方敬道訳
笑い　ベルクソン　林達夫訳
思想と動くもの　ベルクソン　河野与一訳
時間と自由　ベルクソン　中村文郎訳
人間認識起源論　全二冊　コンディヤック　古茂田宏訳
ラッセル　幸福論　安藤貞雄訳
存在と時間　全三冊　ハイデガー　桑木務訳
学校と社会　デューイ　宮原誠一訳
民主主義と教育　全二冊　デューイ　松野安男訳
我と汝・対話　マルティン・ブーバー　植田重雄訳
アラン　幸福論　神谷幹夫訳
四季をめぐる51のプロポ　アラン　神谷幹夫編訳
アラン　定義集　神谷幹夫訳
文法の原理　全三冊　イェスペルセン　安藤貞雄訳
天才の心理学　E・クレッチュマー　内村祐之訳
日本の弓術　オイゲン・ヘリゲル述　柴田治三郎訳

似て非なる友について 他三篇　プルタルコス 柳沼重剛訳
エジプト神イシスとオシリスの伝説について　プルタルコス 柳沼重剛訳
夢の世界　ハヴロック・エリス 藤島昌平訳
ヴィーコ学問の方法　上村忠男 佐々木力訳
ソクラテス以前以後　F・M・コーンフォード 山田道夫訳
ハリネズミと狐 ―『戦争と平和』の歴史哲学　バーリン 河合秀和訳
言語 ―ことばの研究序説　エドワード・サピア 安藤貞雄訳
論理哲学論考　ウィトゲンシュタイン 野矢茂樹訳
自由と社会的抑圧　シモーヌ・ヴェイユ 冨原眞弓訳
全体性と無限 全二巻　レヴィナス 熊野純彦訳
フランス革命期の公教育論　コンドルセ他 阪上孝編訳
隠者の夕暮・シュタンツだより　ペスタロッチー 長田新訳
旧約聖書 創世記　関根正雄訳
旧約聖書 出エジプト記　関根正雄訳
旧約聖書 ヨブ記　関根正雄訳
新約聖書 福音書　塚本虎二訳
キリストにならいて　トマス・ア・ケンピス 大沢章 呉茂一訳
聖アウグスティヌス 告白 全二冊　服部英次郎訳
新訳 キリスト者の自由・聖書への序言　マルティン・ルター 石原謙訳
コーラン 全三冊　井筒俊彦訳
エックハルト説教集　田島照久編訳
シレジウス瞑想詩集 全二冊　植田重雄 加藤智見訳
霊操　イグナチオ・デ・ロヨラ 門脇佳吉訳・解説
ある巡礼者の物語 ―イグナチオ・デ・ロヨラ自叙伝　門脇佳吉訳・注解
神を観ることについて 他二篇　クザーヌス 八巻和彦訳
アリストテレース 動物誌 全二冊　島崎三郎訳

岩波文庫の最新刊

ケインズ／間宮陽介訳

雇用、利子および貨幣の一般理論（上）

経済学の歴史に「ケインズ革命」と呼ばれる一大転機を画した書。雇用と有効需要を軸に、資本主義の主要問題と対峙する画期的な体系書。待望の新訳。

〔白一四五－一〕 **定価九四五円**

デカルト／谷川多佳子訳

情念論

近代感情論の源泉となった本書は、スコラ的見方を否定し心身両面から情念に迫る。オートマティズムや脳の知見を含み、デカルトと現代を結ぶ古典、待望の新訳。

〔青六一三－五〕 **定価六九三円**

菊池寛

半自叙伝 無名作家の日記 他四篇

生い立ちから作家として世に出る頃までを描いた「半自叙伝」。他に、自身をモデルにした短篇小説二篇、恩師・上田敏と友・芥川龍之介の回想文を収録。

〔緑六三－三〕 **定価六九三円**

松田道雄

定本 育児の百科（中）
―5カ月から1歳6カ月まで―

著者は、教科書通りにいかなくても気に病む必要のないことと、細心の注意を払うべきこととの区別を明確に述べ、育児初心者たちを勇気づける。（全三冊）

〔青N一一一－二〕 **定価一〇五〇円**

……今月の重版再開……

牧野信一

ゼーロン・淡雪 他十一編

定価七三五円

〔緑一二八－二〕

パール・バック／小野寺健訳

大地（3）（4）

定価八四〇・九〇三円

〔赤三二〇－三・四〕

大杉栄／飛鳥井雅道校訂

自叙伝・日本脱出記

定価九四五円

〔青一三四－一〕

岩波文庫の最新刊

ミルトン／原田純訳
言論・出版の自由 他一篇
—アレオパジティカ—

今年生誕四百年を迎える『失楽園』の詩人ミルトン(一六〇八―一六七四)。激動の清教徒革命の時代に、自由のために戦い続けた詩人の魂の叫びとも言うべき二篇。
〔赤二〇六―一〕 **定価五八八円**

ラシーヌ／渡辺守章訳
ブリタニキュス ベレニス

暴君ネロの誕生が照らす帝国の悲劇「ブリタニキュス」。皇帝と女王の壮麗な悲恋「ベレニス」。権力とエロス、政治と情念の破滅的な絡み合いを描くローマ物悲劇の頂点。〔赤五一一―五〕 **定価九八七円**

横光利一
上海（シャンハイ）

日系紡績工場のスト、邦人と中国女性の恋を軸に五・三〇事件や排日排英にゆれる国際都市を、新感覚派の手法で多声的に描く問題作。解説＝小田切秀雄・唐亜明。
〔緑七五―二〕 **定価六九三円**

松田道雄
定本 育児の百科 (下)
—1歳6カ月から—

一九六七年の刊行後も、日課とした最新の医学の摂取と読者との交流により逐次改訂を加え、数多くの読者の熱い支持を得た本書の定本版を文庫化。(全三冊完結) 〔青N一一一―三〕 **定価一〇五〇円**

今月の重版再開

ラ・フォンテーヌ 今野一雄訳
寓話 (上)(下) 〔赤五一四―一・二〕 **定価七三五・八四〇円**

ムージル／古井由吉訳
愛の完成 静かなヴェロニカの誘惑 〔赤四五〇―一〕 **定価五二五円**

エンゲルス／松村一人訳
フォイエルバッハ論 〔白一二八―九〕 **定価四八三円**

岡本綺堂
明治劇談 ランプの下にて 〔緑二六―二〕 **定価八四〇円**